FOLIO SCIENCE-FICTION

Thomas Geha

Le sabre de sang, 1

Histoire de Tiric Sherna

Gallimard

Thomas Geha est né en Bretagne en 1976. Libraire, il a également créé les Éditions Ad Astra. Il est l'auteur d'une vingtaine de nouvelles, parues dans diverses revues et anthologies. Ses romans pour adultes forment trois séries distinctes : les sagas *Alone* et *Planètes Pirates* publiées aux Éditions Black Coat Press, ainsi que le diptyque du *Sabre de sang* paru aux Éditions Critic, qui ont aussi publié *Les Créateurs*, son premier recueil de nouvelles. Son roman pour la jeunesse, *Cent visages*, est édité par les Éditions Rageot. En 2013, il a reçu le prix Rosny aîné pour sa nouvelle de *space opera* « Les Tiges ».

REMERCIEMENTS DE L'AUTEUR

Pour Fred, l'Amélie Poulain du Forum, et mes collègues et amis du « premier ».

Merci à Philippe Ward et Florence Bury pour leur relecture, à Simon et Éric pour leur implication.

PREMIÈRE PARTIE

FERZA

CHAPITRE 1

An 727.
Royaume shao

Une tête à la bouche ouverte et aux yeux surpris injectés de sang roula près de moi, idiote incarnation de la mort. Une tête de Shao. Tout un symbole. Les yeux farinés de poussière et de cendres, je marchais, aussi droit que possible, sur des monticules de cadavres. Il s'agissait de Qivhviens et de Shaos entremêlés à leurs montures, ou à leurs armes ensanglantées devenues inutiles. Délétère, l'atmosphère de poussière, de feu et de sang était intenable. Je suais sous ma légère armure, toussais sous mon casque.

Trop loin pour que je puisse agir, mais assez près pour le reconnaître, je vis le cartar Darsantic tomber à terre, transpercé par la lance d'un soldat qivhvien. Une détresse profonde m'envahit : encore un de nos nobles chefs mort ! Cela signifiait aussi une flamme d'espérance en moins.

J'avais envie de hurler. Avec l'énergie du désespoir, je me jetai sur l'assassin de Darsantic. Mon épée ravagea le casque du Qivhvien, avant que sa pointe ne lui transperce la carapace. Ma lame était à peine ressortie qu'un autre ennemi m'attaquait déjà. Sans hésiter, je m'élançai vers le soldat. Nos lames s'entrechoquèrent à plusieurs reprises. Malgré la fatigue, je compris que ce gros serpent ne tiendrait pas longtemps. Ses mouvements, trop lents, trop gourds, le perdraient très vite. Trente secondes plus tard, je le décapitais. Je ne savais plus trop combien d'ennemis mon épée avait éliminés : beaucoup, c'était évident mais vain. Le royaume des Shaos allait tomber. Cette ultime bataille, celle du désespoir, ne tournerait pas en notre faveur. Le ciel noir veiné d'orange en raison des gigantesques feux allumés par les Qivhviens avait tranché : Tabari, notre Dieu, était déchu de son trône au profit de Karez, la triste divinité qivhvienne.

Si autour de moi tout n'était que cris de charge et bruits d'épées, je ne me leurrais pas. Les chants guerriers shaos ne résonnaient plus à mes oreilles. Des larmes coulèrent sur mes joues. Mon chagrin me porterait jusqu'à la mort. Je ne pouvais renoncer.

La bataille approchait de sa conclusion, et je savais qu'elle serait fatale aux hommes du grand cartar Rartac. Nous n'étions plus assez puissants pour résister aux hordes qivhviennes, mieux armées, plus nombreuses. Et moi, cartar Tiric Sherna, je pouvais seulement me battre jusqu'à la mort. Je *devais* me battre jusqu'à la mort.

Après cinq bonnes minutes de répit où je pus reprendre mon souffle, je fus attaqué par trois soldats qivhviens. Cette fois-ci, je n'avais plus de garde-cartar, mes fidèles protecteurs, pour me prêter assistance. Je ne pourrais pas résister bien longtemps. Outre leur grande taille, leurs longs bras et leur peau squameuse presque aussi dure qu'une armure, les Qivhviens étaient intelligents et organisés. À trois, ils sauraient inévitablement s'y prendre pour me tuer. Dans les alentours, il ne restait qu'eux et moi. Le reste de la bataille s'était déplacé un peu plus en avant, dans une vallée encaissée où résonnait la furie des combats. Les guerriers qivhviens me jetèrent des regards narquois et dans le même temps se déployèrent en arc de cercle. Je ne pouvais bien sûr pas assurer ma défense de chaque côté, mais j'allais vendre chèrement ma peau. Prêt pour le dernier baroud d'honneur.

— Allez, venez, je vous attends, mignonnes plantes vertes !

Leurs queues rétractiles hérissées d'écailles acérées fouettèrent le sol en signe de colère.

— Insolent, lâcha l'un d'entre eux d'une voix rauque, quasi désincarnée derrière son casque. Je vais t'attraper et me faire un plaisir de te dépecer vivant, morceau par morceau. Tu crieras pitié bien vite.

— Essaie, dis-je simplement, en rapprochant de mon cœur la garde de mon épée.

Mais je ne reçus jamais la charge de mes adversaires : une volée de flèches les transforma en jolis hérissons. Je voulus remercier mon sauveur, qui s'était caché sur un promontoire rocheux, mais au même instant son corps bascula, et il s'écrasa à mes pieds. Il s'agissait de Jornar Karinko, un fidèle serviteur de ma compagnie. Je le remerciai silencieusement, tout en lui souhaitant une après-vie plus heureuse.

Je marchais sur des cadavres. Des Shaos, des Qivhviens. Je devais rejoindre les derniers groupuscules de résistance. Seul, je ne pouvais rien espérer. Mais, alors que j'enjambais un énième corps de harull, je ne vis pas le petit précipice qui s'ouvrait devant moi. Ma chute ne dura qu'un court instant. Je retombai sur le dos en maugréant, égarai mon casque et me cognai la tête contre un gros rocher noir.

Je perdis connaissance en maudissant ma stupidité.

*

Une gerbe d'eau usée jetée au visage me fit reprendre conscience. Je voulus tâter mon crâne – qui avait dû récolter une belle bosse – mais mon geste ne put jamais suivre ma pensée : j'étais solidement enchaîné. Et nu.

Ma vision mit un certain temps à se régler. Mes yeux, usés par la poussière et les combats, étaient irrités. Un colosse qivhvien, vraisemblablement un pidoorgar – chef de troupe – se tenait devant moi, ses belles dents blanches et pointues bien visibles.

— Toi, tu n'es pas mort parce que tu es un guerrier et un noble, m'annonça-t-il sans préambule. Quel est ton nom ?

— Tiric Sherna. Je suis cartar en la province de Silga.

— Ouais, je connais ce coin. Une région broussailleuse, à la terre morte, vide de population en temps normal, encore plus désormais. Tu n'as donc aucune importance politique… Je pourrais te tuer sur le champ, mais je crois que tu seras plus utile ailleurs.

Il fit mine de réfléchir tout en grattant sa barbécaille. J'en profitai pour jeter un œil autour de moi. Nous étions dans un avant-poste, où les Qivhviens parquaient leurs prisonniers. Quelques étendards impériaux flottaient au-dessus des yourtes. Près de moi, d'autres captifs, endormis ou blessés, partageaient mon sort. Je cherchai une trace du grand cartar, en vain. Je reconnus néanmoins son écuyer, en piteux état, un bras en moins. Si, par chance, je parvenais à l'approcher, il me serait possible de savoir ce qu'il était advenu de notre chef. Cependant, je devais agir vite. Vu son état, il était inutile aux Qivhviens et ne tarderait pas à mourir. Vidé de son sang, probablement.

— Tu seras conduit aux arènes de Ferza, capitale de l'empire qivhvien. Notre noblesse raffole de ces combats. Tu pourras faire honneur à ton rang de guerrier. Enfin, si tu survis au voyage, bien entendu.

Il me gratifia d'un coup de pied dans l'estomac – qui me plia en deux – et donna des instructions à un garde avant de s'éloigner en boitillant. J'avais une envie furieuse de me le farcir, ce gros tas d'écailles. Patience. Si j'avais la moindre chance, je la saisirais. Les arènes de Ferza ne m'attiraient pas le moins du monde. Leur réputation n'était pas glorieuse. On en ressortait forcément les pieds devant et la tête au ras du sol.

Le désespoir me submergea soudain. Le royaume des Shaos était tombé entre les mains qivhviennes, pour de bon ! Cela devait arriver tôt ou tard. Le grand cartar s'était préparé à l'invasion, mais ses troupes étaient insuffisantes, comparées aux forces ennemies. Nul n'était en mesure d'interrompre l'avancée des Qivhviens jusqu'aux derniers royaumes du nord. Ils étaient organisés, au contraire des Sept Royaumes qui n'avaient su s'allier pour combattre la menace. Dommage. Un beau gâchis. Bientôt, le dernier royaume, Karao, subirait le même châtiment. Et le Premier Continent appartiendrait entièrement à ces fichus reptiles.

Je regardai le ciel : la nuit ne tarderait plus à tomber. J'avais peur d'apercevoir, au loin, le reflet des flammes qui réduisaient en cendre Balajer, la capitale. Feu. Sang. Cris. Douleur. Viols. J'imaginais le chaos. Mon corps entier frémissait de colère. J'aurais préféré mettre fin à mes jours. Malgré tout, si Tabari, notre dieu tout-puissant, avait voulu que je survive au carnage, sans doute avait-il encore des projets pour moi. Peut-être. Tout le monde ne pouvait pas capituler devant les Qivhviens ; dans ce cas, ils n'auraient ni mon âme ni mon corps. Je ne devais pas finir esclave, mais au contraire chercher un moyen de m'en tirer.

La question était : seul ou avec quelqu'un ? Une aide serait-elle un avantage ou un obstacle ? Quoi qu'il en soit, je me décidai à agir à un moment ou à un autre. Autant mourir en m'évadant.

*

Le lendemain matin, à l'aube, une compagnie de soldats qivhviens nous mit en rangs serrés.

C'était l'effervescence dans le camp : de nombreux fantassins préparaient les garocks, ces chariots aux toits crénelés – une tour de défense intégrée au chariot – tirés par des draguins, grosses carcasses reptiliennes apprivoisées, trapues, puissantes, bien que peu rapides. En effet, aucune autre espèce, hormis les harulls, n'était capable de résister aux longues traversées de déserts, aux longs voyages tout court, sans boire ni manger autre chose que des herbes maigres. Les soldats chargeaient les garocks du sol au plafond, d'armes, de tentes, de nourriture, du fruit des pillages récents aussi. Les esclaves, quant à eux, étaient attachés en binôme derrière les chariots à une longue chaîne qui reliait tout le monde. Il était difficile de marcher ainsi et, si par malheur l'un de nous s'effondrait de fatigue, un soldat lui coupait les mains et le laissait crever sur la piste. Les rares Shaos qui avaient échappé aux Qivhviens lors des batailles précédentes le racontaient avec une lueur horrifiée dans les yeux. Et voilà que je me retrouvais dans cette situation.

La matinée s'était déroulée sans que je ne puisse rien tenter. Mes chaînes s'avéraient un obstacle incontournable que seul un charme magique aurait pu éliminer. Seulement, la magie relevait de l'histoire ancienne, de secrets oubliés depuis des siècles et des siècles. La rumeur disait que quelques sages ermites possédaient encore certains pouvoirs mais, à ma connaissance, personne n'avait jamais pu le prouver. Je me souvenais que le grand cartar, lors d'une réunion du conseil au palais royal de Rambrone, avait évoqué, en dernier recours, cette possibilité de défense. Il avait envoyé des arpenteurs fouiner dans tout le pays, pour écouter la moindre rumeur, le moindre écho. Rien. Nul ne parlait plus de magie, ni dans les tavernes, ni chez les commerçants. Au mieux trouvait-on quelques cartomanciennes de pacotille et des guérisseurs aux pouvoirs douteux. Aucun fait troublant ou surprenant n'avait donc été signalé depuis des lustres. Finalement, le grand cartar avait renoncé à cette idée et s'était concentré sur d'autres tactiques de défense. Hélas, toutes avaient échoué.

La caravane s'ébranla en fin de matinée. Les essieux des garocks grincèrent tandis que les cavaliers, nerveux comme à l'approche d'une bataille, se plaçaient en position d'escorte sur les flancs du cortège. Armés jusqu'aux dents, les Qivhviens n'avaient raisonnablement personne à redouter. Certes, le pays regorgeait de bandes de truands, mais oseraient-elles attaquer une caravane aussi puissante ?

Mon binôme s'appelait Kardelj, un robuste soldat d'infanterie, d'âge mûr. Grand, yeux ocres comme la terre, il avait le visage fermé, inexpressif, et seules quelques ridules au coin des paupières marquaient chez lui un changement d'humeur. Je ne souhaitais pas accorder ma confiance à ce simple soldat : il ne m'inspirait guère. Il me le rendait bien et évitait toute discussion avec moi. Avant le départ, les soldats qivhviens avaient exécuté les infirmes. Hélas, je n'avais pu interroger l'écuyer du grand cartar. Personne parmi les prisonniers, du moins ceux avec qui j'avais pu échanger quelques mots, n'avait idée du sort de notre souverain. J'espérais qu'il avait eu l'occasion de prendre la fuite, de se réfugier – pourquoi pas ? – dans le dernier royaume libre. Cependant, j'en doutais. Il était peu probable que l'armée qivhvienne ait laissé passer pareille occasion.

— Avance plus vite, m'ordonna soudain Kardelj, me tirant de sombres pensées. Tu ralentis la marche et déséquilibres cette partie de la chaîne. On souffre déjà suffisamment. Pas la peine d'en rajouter. Si les gardes te voient traîner, ils te fouetteront. Et moi avec.

Je jetai un regard sévère à Kardelj.

— Sais-tu que je suis ton supérieur ? Que je suis cartar ? Ne me parle plus sur ce ton.

Kardelj se mit à rire paisiblement.

— Mon pauvre ami. Tu n'es plus cartar. Tu es

comme moi : un esclave. Nous avons les mêmes fers, la même chaîne, la même nudité. Rien ne nous différencie plus. Avance.

Je me mis à rire, aussi calmement que lui.

— Tu te moques de moi ?

— Non, Kardelj, je ne me moque pas. Je viens de me rendre compte à quel point tu as raison. Pardonne-moi.

Ma réaction eut le mérite de le dérider un peu. Il me sourit et reporta son attention devant lui. Astragaal brillait fort dans le ciel. La journée serait sans doute difficile, la soif se ferait ressentir, et il ne faudrait pas compter sur nos gardes-chiourme pour nous allaiter. Sans compter que, sous cette chaleur, notre cuir serait cuit et recuit. Le chef qivhvien, cela me parut flagrant d'un seul coup, avait été lucide : arriver vivant à Ferza relevait du tour de force physique. Mais j'étais convaincu d'une chose : je ne verrais jamais Ferza. Soit je serais mort avant, soit j'aurais réussi mon évasion. À choisir, je préférais la deuxième partie de l'alternative.

CHAPITRE 2

Je n'en pouvais plus. Ces salauds de Qivhviens ne s'occupaient pas de nous. Une seule ration d'eau quotidienne, un repas tous les deux jours tandis qu'eux n'hésitaient pas à se saturer la panse comme de véritables gorets. Peut-être était-ce là le plus difficile : regarder les autres manger à satiété quand, dans son propre estomac ne résonnent que gargouillis et l'écho insoutenable du vide. Sans compter que nous marchions plus de quinze heures par jour. Nous souffrions de la chaleur et des lourdes chaînes qui nous entravaient. Nos pieds râpés par la terre et les cailloux brûlaient, et des crampes insoutenables assaillaient tous nos muscles. D'ailleurs, la chaîne s'était déjà séparée d'une vingtaine de membres. La vision des mains prisonnières des menottes, sans leur légitime propriétaire, était tout bonnement insupportable ; il traînait dans l'air des relents de viande cuite et de décomposition. Comble de notre accablement et de notre état second, une femme, privée de son binôme, avait été surprise en train de grignoter les mains de son compagnon mort. Complètement démente, elle avait les yeux révulsés et les cheveux plus secs et désordonnés qu'un balai de paille. Même les coups de fouet n'avaient plus de prise sur sa conscience et, finalement, un de nos gardes reptiles la poignarda sans une once de remord.

— Voilà ce qui vous attend tous, bande de petits bâtards ! cracha-t-il en ricanant.

Ils laissèrent la morte traîner au bout de la chaîne deux jours durant, avant de finalement la jeter nonchalamment au fond d'un fossé.

Nous évoluions dans une région aride, mais pas désertique. Il y avait très peu de zones désertiques sur le Premier Continent. À présent, nous devions traverser un royaume limitrophe du nôtre, Carmintrao ou Kamp. Déterminer lequel m'était impossible. La caravane évitait, autant qu'elle le pouvait, les axes principaux afin de ne pas tomber dans une embuscade. On pouvait sans risque qualifier les Qivhviens d'arrogants et belliqueux, mais ils n'étaient pas idiots. Leurs écoles militaires formaient de très bons stratèges et d'excellents pisteurs. La guerre était le socle de leur culture, et ils exploraient toutes les voies pour maîtriser au mieux l'art de la guerre. À bien y réfléchir, les Sept Royaumes s'étaient révélés d'une naïveté confondante en croyant pouvoir repousser les assauts de leurs ennemis reptiliens. Une naïveté finalement bien proche de l'arrogance et de la suffisance qivhviennes. Cela découlait d'une démarche intellectuelle à peu près similaire. D'un côté, un peuple certain de sa puissance et de sa force de frappe, de l'autre un peuple certain de pouvoir se défendre et garder sa liberté…

Je secouai la tête. Astragaal commençait à me taper sur le système et le délire était en passe de m'envahir. Nous avions certes été moins arrogants que les Qivhviens, mais trop fiers pour demander assistance au royaume de Karao. Du coup, nous avions été battus. À plate couture.

Je secouai à nouveau la tête. Il me fallait à boire. Et vite. Ma gorge était plus sèche qu'une peau de harull, mes poumons plus enflammés qu'un feu de forêt. Depuis une vingtaine de kilomètres déjà, mes jambes donnaient des signes de faiblesse et Kardelj, du coin de l'œil, m'observait, soucieux.

— Tiens bon, cartar. La nuit tombera bientôt et nous pourrons nous reposer. Tiens encore une heure.

Je tentai de le remercier pour son assistance en hochant la tête, mais je ne parvins pas à la tourner vers lui. Je me contentai donc d'un geste mou du bras.

*

« Bien, nous cria le chef qivhvien en serrant une baguette de bois dans sa longue main gauche verdâtre. Seuls les plus costauds d'entre vous sont parvenus en vie jusqu'ici. Maintenant, la donne va changer. Vous serez nourris plus convenablement, aurez le droit à trois rations d'eau par jour et une heure de repos à mi-journée. Mais essayez seulement de profiter de ce regain d'énergie pour vous rebeller ou vous sauver, et le régime sec des derniers jours reprendra, en pire. »

Ça, c'était une très bonne nouvelle.

J'avais tenu deux semaines dans un état second, proche de l'abandon total quelques milliers de fois. La souffrance avait été quotidienne. Mes pieds nus, d'abord sanguinolents, se transformaient en corne. Mes jambes m'avaient souvent lâché tant je ne les sentais plus. Je m'étais foulé une cheville en dérapant sur une pierre, et j'avais boité deux ou trois jours. Sans compter les insectes qui nous harcelaient, nous piquaient, s'engouffraient dans nos orifices. Nous avions quasiment tous de l'urticaire, des boutons et des plaques rouges sur la peau que cuisait Astragaal. Mais je voulais montrer aux Qivhviens que la peau d'un cartar valait bien leurs squames solides. Je voulais leur prouver que j'avais encore un honneur, foi en moi et en mon peuple. Je dus m'avouer que Kardelj m'avait apporté une aide primordiale. Lui aussi souffrait, lui aussi était à la limite de la rupture physique et mentale. Il avait puisé dans ses propres ressources, comme moi dans les miennes en retour, pour me prêter assistance. Par de petits mots, des gestes, un regard. Au départ, je le pensais définitivement cloîtré dans un état d'esprit d'esclave, mais le fond de ses yeux et son attitude avaient fini par me prouver le contraire ; au bout de quelques semaines passées ensemble, ce genre de choses se remarque facilement. C'était un allié de confiance, sans aucun doute. Et j'aurais remis ma vie entre ses mains sans hésiter. Cet homme-là, je m'étais complètement trompé sur son compte…

À partir du moment où les Qivhviens nous nourrirent un peu mieux, et surtout quand nous reprîmes quelques forces, Kardelj et moi parlâmes plus souvent. Dès qu'ils avaient le dos tourné, nous en profitions. Peut-être allions-nous finalement devenir amis ? En tout cas, il acceptait bien mieux ma présence et moi la sienne qu'au début de notre calvaire ; ou du moins acceptait-il plus ouvertement de m'accorder sa confiance. Toute cette souffrance commune y aidait bien. Il finit d'ailleurs par s'ouvrir à moi. Il avait combattu sous les ordres de notre souverain pendant des années et avait longtemps fait partie de la garde personnelle du grand cartar avant d'être déchu de son grade pour une raison qu'il refusa de me révéler. J'avais vu les cicatrices sur ses épaules et ne pouvais m'empêcher de me demander s'il existait un rapport entre elles et le retrait de son grade. Néanmoins, je respectai son silence et évitai de l'interroger comme on l'aurait fait avec un criminel. Je n'étais pas un de ces Qivhviens... Après tout, les combats avaient été assez nombreux, ces deux dernières années, pour laisser des cicatrices sur les corps des guerriers, y compris les plus vaillants et les plus habiles, de la trempe de Kardelj.

Même si nous étions toujours enchaînés, les jours s'écoulaient à présent plus tranquillement.

Les Qivhviens respectaient leur promesse et nous laissaient plus ou moins en paix. Si la faim nous tiraillait parfois encore, elle était supportable. Nous sinuions à présent vers un lointain col. L'air, sur le chemin pierreux et étroit, nous apportait une certaine fraîcheur.

La chaleur oubliée, il nous arrivait de contempler tristement le paysage en contrebas. Pas besoin d'yeux perçants pour observer une multitude de foyers d'incendie. Inlassablement, sur leur passage, les Qivhviens brûlaient tous les villages rebelles dans les différents royaumes. Kardelj me jetait des regards moroses. Lui aussi considérait ce spectacle comme plus déprimant encore que notre condition d'esclaves, car il signifiait que nul ne parvenait à résister. Nos chères contrées ressemblaient désormais à de sombres ruines. Autant s'y habituer : les Qivhviens brûlaient et détruisaient tout, puis reconstruiraient à leur convenance, selon leurs propres modèles architecturaux et leurs croyances.

En deux jours bien calmes, nous gravîmes la montagne et dépassâmes le col. Commença alors une longue descente vers une vaste prairie. Le pays que nous abordions était d'une extrême platitude. D'après mes souvenirs, seul le pays qivhvien possédait de telles étendues herbeuses, peut-être en raison de sa position centrale sur le Premier Continent. Nous arriverions bientôt à destination. Notre période de délire avait duré bien plus longtemps que nous l'avions cru ; tous les esclaves paraissaient étonnés d'aborder si tôt la frontière qivhvienne. Bien sûr le royaume de Shao n'était pas si loin, mais tout de même ! Cela signifiait juste que notre caravane s'était contentée de traverser le royaume de Camintrao, récemment conquis et limitrophe en bordure orientale du pays shao.

Nous sentions les gardes qivhviens excités de rentrer au pays, ils hurlaient sur le bord des routes où des familles venaient les accueillir sous un tonnerre d'applaudissements. Des familles dont les rejetons ne se gênaient guère pour nous balancer pierres ou morceaux de bois, tout ce qui leur tombait sous la main, en sus des insultes racistes. En approchant de zones plus peuplées, Kardelj et moi fûmes très surpris de voir des humains sur les routes. Près de Qivhviens richement vêtus, ils étaient tenus en laisse comme de vulgaires animaux de compagnie. L'esclavage humain devenait chez eux monnaie courante. Les Qivhviens raffolaient surtout des femmes, plus dociles à leur goût, plus faciles à mater en cas de rébellion.

D'ici peu, nous allions atteindre Ferza, capitale historique du peuple qivhvien, la perle de l'empire.

Plus nous approchions, plus l'humeur de Kardelj s'assombrissait, en écho à la mienne peut-être. J'étais nerveux et angoissé, amaigri. Forcément. Lorsque, à la tombée d'une nuit sans étoiles, nous atteignîmes les premiers faubourgs doucement éclairés par les lumignons urbains, Kardelj me mit en garde :

— Tiric, je suis déjà passé à Ferza, avec un convoi diplomatique shao. Nous venions dans le but d'éviter la guerre. L'impératrice nous avait invités aux arènes, par pure provocation je crois. En réalité, ce n'était qu'un lucide et ironique avertissement : « Voyez ce qui vous attend. » Évidemment, nul Qivhvien ne combattait dans l'arène, pas de représentant des Sept Royaumes non plus, rien que des Derviens ou des Snadiens. Et je peux te garantir une chose : jamais je n'avais assisté, même en temps de guerre, à pareille boucherie. Pas de tactique, pas de respect pour ton adversaire, un seul mot d'ordre : sauve ta peau si tu le peux. Tente de plaire à ce public fou furieux, obtiens la faveur d'un ponte. Nous allons être vendus sur la grande place aux esclaves, choisis par de nobles qivhviennes. Les esclavagistes auxquels nous appartenons désormais vont nous tâter les muscles, nous inspecter les dents, la chevelure, et j'en passe. Autant de critères qui définissent un prix de départ pour les enchères publiques. Ce que je veux dire, Tiric, c'est que nous allons être séparés et il se pourrait bien – Tabari nous en garde ! – qu'un jour nous nous retrouvions face à face dans cette maudite enceinte. À ce moment-là, il faudra que nous nous battions jusqu'à la mort. Nous n'aurons pas le choix.

Mes chaînes tintèrent lorsque je levai un bras amical vers l'épaule de Kardelj. Celui-ci avait fini son discours et, les sourcils froncés, il m'observait d'un air morose.

— Kardelj, dis-je tout bas, au départ, je ne t'aimais pas. Trop froid, trop sûr de toi, et je te soupçonnais de vouloir collaborer activement avec nos ennemis, dans le seul but de rester en vie. Mais je me suis trompé sur ton compte. Je crois que tu ne voulais te lier avec personne pour éviter d'avoir à tuer un ami dans l'arène. Voilà pourquoi tu me racontes tout cela. Mais sois rassuré, nous ne nous combattrons pas là-bas. Je serai mort ou en fuite avant.

Kardelj tira sur la chaîne.

— Tu es fou, cartar Tiric. Ne repousse pas de ton esprit un événement qui pourrait réellement advenir. Au contraire, assimile-le, convaincs-toi que tu pourrais me combattre le cas échéant. Viande contre viande. Rien de plus. Quant à une hypothétique fuite, j'espère que tu en auras l'occasion, et moi aussi. Mais n'y songeons pas, nous ne connaissons pas nos conditions de détention. Je sais que tu voulais essayer quelque chose pendant notre voyage avec cette caravane, mais tu as admis que toute tentative était inutile. Imagine que la vigilance de notre prochain maître soit aussi efficace… tu ne pourras rien faire d'autre que te battre pour sauver ta peau, chaque jour, ou te suicider pour échapper à ce funeste sort. Patience… et espérance : deux maîtres mots.

Je n'avais rien à ajouter ; comme toujours, le discours empreint de sagesse révélait toute son expérience. Et bien entendu, dans les grandes lignes, la raison était de son côté. Je n'avais plus qu'à appliquer ses conseils avisés.

Le lendemain serait une journée cruciale. Elle allait déterminer notre avenir ; un pidoorgar nous l'avait suggéré. Avec Kardelj nous eûmes du mal à nous endormir cette nuit-là.

J'avais des cloques sur la peau qui me démangeaient mais, surtout, je crois que la peur m'envahissait un peu plus. Lentement, mais sûrement.

CHAPITRE 3

Ferza, capitale de l'empire qivhvien, était protégée par d'immenses murailles granitiques, sombres et envahies de mousses humides. Aux créneaux, sur le chemin de ronde, une multitude de soldats déambulait. La première pensée qui me vint fut, à peu de chose près : « Comment peut-on s'échapper de pareille ville fortifiée ? » Mais chaque chose venant en son temps, je reportai mon attention sur le trajet que nous empruntions. Devant nous, à cinq cents mètres, s'ouvrait une immense porte que la tête de caravane s'apprêtait à franchir. Les draguins braillaient, forcés par les cavaliers à ralentir leur allure. Les roues des garocks grinçaient à se rompre. Le voyage avait été éreintant pour les caravaniers, pour les esclaves bien sûr, mais également pour les bêtes et le matériel.

— Ceci n'est pas la Grande Porte de Ferza, chuchota Kardelj, mais une annexe. Ici, la religion n'autorise pas les esclaves à franchir l'entrée principale. La déesse Karez protège les habitants de la ville et la Grande Porte est son premier lieu de bénédiction. Aucun esclave ne peut prétendre à un tel honneur.

— Tu as bien étudié la civilisation qivhvienne, dis-je en forçant un sourire.

— École des Gardes Royaux oblige, Tiric. Nous n'y apprenions pas qu'à lutter, vois-tu ?

— Bien sûr. Il faut connaître son ennemi avant de songer à l'abattre.

— Exactement, acquiesça Kardelj.

Nous nous tûmes. À cet instant précis, nous venions de franchir l'immense portail de fer, orné de motifs guerriers en tout genre. Scènes de combat, ou plutôt, scènes de victoire se mêlaient à de simples représentations d'armes qivhviennes ou de nobles blasons – du moins ce fut ce que j'en déduisis. Nous débouchâmes à l'orée d'une place fourmillant d'étals et de marchands qivhviens. L'endroit était saturé d'odeurs d'épices, de fumets ; un vendeur de ragoût remplissait des bols de portions alléchantes. Un vieux reptile à la voix rauque haranguait la foule, cherchant à fourguer des ilanes, sortes de suçoirs anisés importés de Kamp. Il n'avait guère de succès et crachait ouvertement sur les passants qui l'ignoraient. Douces mœurs.

Une nouvelle fois, mais d'un peu plus près, je vis à quoi ressemblait une femelle qivhvienne. Leur corps dessinait des courbes bien plus gracieuses que celui des mâles : plus longilignes, moins d'écailles aux reflets bleutés. Mais une croûte squameuse plus impressionnante couvrait une tête assez fine et étrangement harmonieuse. Il me vint à l'esprit que ces femelles étaient belles, d'une morphologie peu éloignée de celle des femmes de notre race. Je croisai le regard de l'une d'elles. Ses yeux d'un violet magnifique me renvoyèrent une image scabreuse : celle de l'esclave que j'étais. Elle se moquait ouvertement de moi et entre ses lèvres deux petites canines bien pointues étincelaient de méchanceté. Elle m'aurait croqué pour avoir osé la regarder en face, j'en étais certain. Un frisson me parcourut le dos. La femelle qivhvienne vit la chair de poule se former sur mon corps nu et se mit à rire. Elle se détourna et s'engouffra entre deux étalages de viande séchée et de fruits.

— Te voilà avec une nouvelle amie, ironisa Kardelj, qui n'avait pas manqué la scène. Ne tombe pas sous le charme des Qivhviennes. Elles sont belles, mais ici, ce sont elles qui ont le pouvoir. Si tu ne le sais pas encore, l'empereur est… une impératrice. Les mâles sont les guerriers, et les femelles gouvernent. Depuis toujours. Les Qivhviens naissent par portées, et les femelles sont très rares. Elles secrètent aussi un poison, au bout de leurs doigts, qui peut tuer le mâle rien qu'au toucher. De fait, elles sont sacralisées. Et craintes.

— Je le sais, Kardelj, je suis cartar, pas simple campagnard. Seulement, je n'en avais encore jamais vu d'aussi près…

— Rassure-toi : cette lacune sera bientôt comblée.

Kardelj avait le don de frapper au bon endroit. Ma lucidité me revint.

La caravane forma un cercle. Nous fûmes débarrassés de nos chaînes et escortés vers une autre place publique, circulaire et impressionnante par sa taille, quelques pâtés de maisons plus loin. Les habitations étaient d'une rare beauté, en pierres blanches, hautes de deux à trois étages. De vrais palais entourés de rues délicatement pavées et rectilignes. Les Qivhviens pratiquaient l'architecture avec un art consommé.

Nos gardes séparèrent les hommes et les femmes – très peu nombreuses à avoir survécu au voyage. Il restait peut-être trente femmes et deux cents hommes. Pas plus.

Il suffisait d'observer un peu la nouvelle place pour comprendre sa fonction : une estrade ronde et, en arrière-plan, des cages aux lourds barreaux rouillés. Elles étaient là depuis bien longtemps et avaient vu défiler du monde.

La place aux esclaves. Nous y étions.

Un mouvement de panique secoua notre file. Un homme tenta de s'échapper en courant. Mais où pensait-il aller, ce fou ? Un énorme garde à l'allure un peu pataude arma sa lance et transperça le fuyard de part en part sans difficulté. Il s'écroula avec fracas dans un bassinet attenant à la place. Il fut repêché et jeté sur un garock par deux civils hilares.

— Il s'est suicidé, me chuchota Kardelj avec une moue triste sur ses lèvres charnues.

— Je ne crois pas. Il aurait pu le faire bien avant.

— Tu te trompes. Sur la route il restait une lueur d'espoir. Ici, dans cette ville-prison, il a estimé que l'espoir s'était définitivement éteint.

Les grilles des cages s'ouvrirent soudain, et les pointes de quelques lances nous y poussèrent brutalement. Les gardes nous parquèrent dans les cellules comme du bétail dans un enclos. Une odeur malsaine infestait malheureusement l'endroit, entre le moisi et la putréfaction, et prenait au ventre comme un coup de poing. Mais au bout de quelques minutes, elle s'atténua. Le corps humain s'adapte à tout.

— La vente va débuter. Ils ne perdent pas de temps, annonça calmement Kardelj.

— Que va-t-on nous faire ? interrogea d'une voix faible un homme à l'allure osseuse.

Kardelj ne répondit rien. Il se contenta d'un léger grognement. L'angoisse de l'attente commençait à peser sur les esprits, et les gardes en faction ne bougeaient pas d'un millimètre. Cependant, après dix minutes de flux modéré, la place se remplit très vite. Les Qivhviennes, richement vêtues, investirent le lieu portées par des mâles dans de somptueux palanquins. Les Qivhviens, habillés comme des pages, marchaient cérémonieusement en donnant la nette impression de se diriger vers un point précis. J'avais dans l'idée que certaines places étaient réservées selon un système bien défini de caste, d'autant qu'un certain nombre de Qivhviennes, sans palanquins, affluèrent et se calèrent légèrement en retrait et en arc de cercle. Il y avait très peu de Qivhviens civils mâles, et ceux-ci ne s'ornaient pas d'atours aussi riches que les Qivhviennes recroquevillées dans leurs palanquins.

Soudain, une formation de soldats s'approcha de nous et entra dans les cages. Le chef, sans doute un commandant, à l'uniforme plus fin et plus riche que ceux de ses comparses prit la parole.

— Relevez-vous, bande de fjarks des marais ! Et formez des rangs de dix ! Nous allons procéder à une première sélection.

Une fois que nous eûmes tous obéi, le commandant passa dans les rangs, très lentement, en désignant des hommes du bout de sa baguette – sorte de verge d'apparat. Je compris aussitôt qu'il sélectionnait les plus faibles d'entre nous.

— Ceux-là iront dans les mines de la mer qivhvienne, me souffla Kardelj. Les veinards !

— Silence, fjark ! tonna un garde en claquant son fouet vers mon ami, qui ne broncha pas.

En tout et pour tout, une cinquantaine d'hommes sortit de la cage et gravit les marches menant à l'esplanade de vente. Un petit Qivhvien aux yeux avides débarqua sur l'estrade. Il allait, selon toute vraisemblance, mener les enchères. Les nobles qivhviennes se redressèrent sur leurs coussins et reportèrent leur attention vers la scène qui allait se dérouler, où elles auraient le beau rôle. Mais je me trompais : elles n'intervinrent pas tout de suite dans les tractations, elles attendaient autre chose que des esclaves pour les mines. Les ventes se firent par lots de dix hommes et à chaque fois, nous vîmes le même civil mâle, un individu obèse aux squames purulentes gagner les enchères. Cela dit, il n'avait que très peu de concurrents. Des ventes se déroulaient ici tous les jours : des mineurs, il y en avait pour tout le monde.

La matinée passa, avec dans ma tête la voix nasillarde du médiateur qivhvien, dont la capacité à faire grimper les prix était ahurissante d'efficacité. Imprécations, harcèlement des acheteurs (il quittait parfois son estrade pour renifler l'un d'eux, bien qu'il ne le fît jamais pour une femelle), insultes parfois. Cela fusait comme une volée de flèches. Nous le vîmes même, ahuris, descendre dans la foule pour frapper un notable qui refusait de poursuivre une enchère. Celui-ci se retira tout de suite, tête basse, poings serrés. Mais il ne répliqua en aucune façon.

Bientôt, une dizaine d'entre nous restèrent dans la cellule, Kardelj compris. Maussade, il évitait de me regarder. Je ne décelai aucune réaction chez les autres non plus, mais je les sentis tous tendus à l'extrême. Il ne restait que des guerriers. Certains, tel Gordano, avec qui j'avais discuté un peu après ma capture, étaient de véritables colosses. Je frissonnai à l'idée de devoir les affronter un jour : cela me répugnait.

Sur la place, le brouhaha devenait plus assourdissant, la tension était palpable et les Qivhviennes sur le qui-vive. Le clou des enchères approchait. Pour l'occasion, nous eûmes droit à l'escorte de Gardes Impériaux, aux plastrons de cuir finement brodés, aux lances ornées de pierres précieuses, et aux casques tout aussi richement décorés. Cela, non pour nous, mais en l'honneur des dames qui participaient aux enchères. Arrivé sur l'estrade, une fois placé dans mon rang, j'eus la surprise de reconnaître dans un palanquin la Qivhvienne dont j'avais croisé le regard en pénétrant dans la ville. Nos regards se croisèrent de nouveau, et je vis un sourire moqueur courir sur ses lèvres. Mais impossible de baisser les yeux. Elle en fut froissée. Son sourire s'effaça, remplacé par une moue cruelle. Je finis par détourner le regard. Quelle horrible femelle !

L'attitude du médiateur impérial avait également changé du tout au tout. Il se courba élégamment devant chaque palanquin.

— Nobles qivhviennes, redoutées prêtresses de Karez, voici pour orner vos magnifiques demeures de dangereux guerriers shaos. Observez leurs muscles qui n'attendent que les formidables arènes de Ferza dont vous êtes les gardiennes ancestrales ! Achetez, nobles dames, grandes prêtresses !

Le médiateur impérial effectua de serviles courbettes, se redressa puis entama la vente.

Cinq d'entre nous furent cédés très vite à, semblait-il, des Qivhviennes de petite noblesse, mais aux dents longues. Puis vint le tour de Gordano. Étant donné ses mensurations et sa stature, les enchères s'envolèrent, au grand plaisir – évident à son rictus béat – du médiateur impérial. Finalement, une vieille prêtresse, nommée Stigma, emporta la vente. Gordano fut escorté vers le palanquin de la dame, non sans avoir tenté de se débattre. Un rire réjoui parcourut l'assemblée. Visiblement, tout le monde avait hâte de le voir à l'œuvre dans l'arène, sentiment que je ne partageais pas. Mais pas du tout.

Tout ce qui me tourmentait, c'était les regards que ne cessait de me jeter cette jeune Qivhvienne. Son visage montrait clairement qu'elle avait fait de moi sa priorité. Étant donné son comportement, je n'avais pas de quoi me réjouir. Bientôt, nous ne fûmes plus que trois, et mon tour approcha. Deux Gardes Impériaux m'encadrèrent et me poussèrent sans ménagement vers le médiateur.

— Pour ce morceau de choix, annonça-t-il en couvrant de sa voix nasillarde le grondement des chuchotis, les enchères débutent à 45 000 qih. À vous, nobles dames ! À vous, grandes prêtresses ! Soyez inspirées et dépensez sans compter ! La marchandise en vaut la peine.

Quelle merde, pensai-je. Tendu, et peut-être un brin désespéré, j'attendis, en essayant vainement de ne rien laisser deviner de mes sentiments sur mon visage.

Ma nouvelle amie fut la première à lancer les hostilités, provoquant un « oh ! » de stupéfaction dans la foule. Visiblement, elle commençait très fort. Elle avait annoncé 100 000 qih. Du coin de l'œil, j'essayai de trouver un appui chez Kardelj. Seulement, celui-ci avait les yeux dans le vague et ne croisa pas mon regard, comme s'il souhaitait soudain se détacher complètement de moi.

— 150 000 ! répliqua une autre Qivhvienne, dont le palanquin était placé à proximité immédiate de la première enchérisseuse.

— 200 000 ! lâcha Yeux Violets.

Rapidement, je compris qu'il existait une rivalité entre ces deux femmes. Et elles se disputaient ma personne en vue d'une suprématie dont les arcanes m'étaient inconnues.

La joute se poursuivit une bonne dizaine de minutes. Le petit médiateur se frottait les mains. La perspective d'une bonne commission le rendait joyeux. De mon côté, j'espérais que Yeux Violets perdrait cette enchère. Silencieusement, je priai Tabari de me venir en aide. Mais Tabari nous avait abandonnés. Avec un frisson qui me secoua de haut en bas, j'entendis :

— Ce guerrier shao est adjugé à la Skada Zua Lazpoa, première suivante de Sa Majesté Impériale Zerna Krillia, pour la somme de trois millions de qih, payables au créditeur impérial dans les deux jours suivant la vente ! J'ai dit !

Le médiateur impérial, tout sourire, apposa un sceau sur un modeste parchemin.

L'horreur me submergea. Yeux Violets avait gagné. Mes épaules retombèrent, aussi molles qu'une balle de coton. Mes deux gardes m'escortèrent jusqu'au palanquin de la Skada, auquel je fus attaché à l'aide d'une longue chaîne raccordée à un collier.

La Skada se pencha vers moi et me glissa froidement :

— Esclave shao, tiens-toi droit. Nous quittons la place et je désire te voir marcher la tête haute, en mon honneur. Si tu ne suis pas mes ordres, tu seras torturé en arrivant à ma villa.

Malgré ma peur, je lui lançai un regard de défi. La Skada m'observa dix secondes au fond des yeux puis se rallongea sur ses coussins soyeux. La vente de

Kardelj allait débuter, mais nous étions partis avant qu'elle n'aboutisse, et je ne pus saluer mon ami, pas même d'un simple regard. Kardelj, mon frère. Je souhaitais ardemment le revoir vivant, et dans de meilleures conditions. Un jour.

À présent, je n'avais plus peur. Au fond de moi venait de naître un sentiment puissant, indivisible, et peut-être égotique : la soif de vengeance. Yeux Violets, par son attitude, venait de multiplier ma haine des Qivhviens par mille. Un jour, je m'en sortirais. Pour étrangler la Qivhvienne, pour détruire son peuple si orgueilleux et belliqueux.

Les poings serrés, les muscles tendus tout au long du trajet, mon regard fixe dirigeait toute sa haine vers un point focal : les petits pieds verts de la Skada Zua Lazpoa qui dépassaient mollement d'un édredon de plumes.

CHAPITRE 4

Noir. Cauchemar. Silence entrecoupé de légers bruissements. Sans doute des voix. Depuis combien de temps étais-je enfermé dans cette cave ? Cinq heures ? Dix ? J'avais dormi, mais très peu. Le sol, empoissé d'une humidité nauséabonde, ne possédait pas de couche convenable. J'avais connu pire, bien sûr, mais j'avais du mal à me faire à cet environnement. Au moins, dans le ciel nocturne, lorsque l'on dort en plein air, on peut se reporter sur le réconfort brillant des étoiles. Ici, rien de tout ça. Juste ce silence entrecoupé de chuchotements, et mes pensées plus sombres que la pièce. J'allais perdre le contrôle de mon esprit, si cela continuait. Aussi loin que remontait l'histoire des Shaos, ceux-ci avaient toujours craint le noir. Dans les saintes écritures, Ekaz, disciple de Tabari, relatait comment notre dieu avait été enfermé de nombreux siècles par un autre dieu jaloux du nom de Kolhga. Des siècles dans une bulle de noir total. Voilà, sans doute, d'où venait notre peur instinctive de l'obscurité. Bien entendu, les Qivhviens, en artistes de la torture physique et mentale, connaissaient ce point faible. La Skada Zua Lazpoa n'échappait pas à la règle. Elle voulait me mater tout de suite, me briser pour que je devienne le plus servile possible. La technique était rodée, sans doute, mais je me promis qu'avec moi, cartar Tiric Sherna, elle ne fonctionnerait pas. Je devais résister, mes nerfs tiendraient le coup.

Les heures succédèrent aux heures. Les yeux grands ouverts, j'essayais de penser à mon pays, à ma sœur Dussa, mon unique famille, que je ne reverrais sans doute jamais plus. J'avais soif, j'avais faim aussi, mais je refusais de demander pitié, grâce ou... peu importe. La soumission n'était pas à l'ordre du jour. Je préférais mourir dans cet endroit plutôt que de donner la moindre once de plaisir à Yeux Violets. Je me raccrochais à un détail d'importance : elle m'avait payé cher, très cher si j'en croyais les exclamations de la foule. Je pouvais légitimement supposer qu'elle ne souhaitait pas ma mort. Pas tout de suite. Elle avait des projets pour moi, qui lui tenaient à cœur. Elle céderait la première. Cette unique pensée m'aida à biffer mentalement le plus gros de la terreur qui s'était insidieusement engouffrée dans mon esprit.

Quelques heures plus tard, une porte s'ouvrit, et un rai de lumière éclaira légèrement ma prison. Je me surpris à sourire. Deux Qivhviens en tunique me prirent par les bras, me soulevèrent, et me signifièrent de gravir les marches. En haut, la vive lumière du jour me transperça les yeux, et je dus les refermer bien vite. Ils se réadaptèrent sur le chemin, alors que nous approchions de ce qui ressemblait à la résidence principale de la Skada : une magnifique maison blanche aux fenêtres ornées de balconnets métalliques peints en rouge et de corniches sculptées représentant de belles Qivhviennes nues. La porte principale, faite de bois blanc – du firtaro –, était immense, fermée par un battant et gardée par un Qivhvien plus proche d'un mastodonte style draguin que du citoyen classique. Il était là pour impressionner et il y parvenait sans peine. Néanmoins, il s'effaça devant nous et nous accorda l'accès à la résidence, non sans me jeter un regard narquois et en même temps un avertissement : « Quand la Skada l'autorisera, je te tuerai avec grand plaisir. » Bien reçu. Je n'allais pas m'y frotter tout de suite.

Sortir de la cave avait eu sur moi un effet bénéfique. Moralement, j'étais un Shao neuf. Après un long et frais corridor aux parois laiteuses, nous débouchâmes dans une salle à ciel ouvert. En plein milieu, un grand bassin rempli d'eau et cerné d'un ovale de marbre, servait au délassement d'une Lazpoa complètement nue. Elle nageait comme un bon petit serpent, de façon fluide et rapide, s'aidant de sa queue rétractile – moins prononcée que chez les mâles – pour se mouvoir avec plus de vélocité. Après quelques longueurs, elle nous aperçut, atteignit le bord en jade poli, et se redressa sur ses coudes. Hormis sa queue peu séduisante, je trouvai cette apparition paradoxalement délicieuse. Elle vit mes yeux tomber sur sa poitrine, et l'érection qui naissait entre mes cuisses. Elle eut un sourire lourd de mauvais présages.

— Notre guerrier shao aurait-il une attirance sexuelle envers une Qivhvienne ?

— Plutôt mourir que de coucher avec l'ennemi, répondis-je sans trop réfléchir.

Elle s'assit confortablement sur le rebord et s'adressa à ses soldats.

— Laissez-nous. Je veux lui parler seul à seul.

Mes gardiens se retirèrent jusqu'à l'embrasure de la porte, là où leurs oreilles ne pourraient capter notre conversation, mais où leurs regards ne me perdraient pas. Zua sortit de l'eau. Le liquide s'écoula sensuellement sur ses – douces ? – écailles, jusque sous son pubis imberbe. J'étais réellement troublé par cette beauté divine. Elle poussa son avantage en frôlant ma poitrine de ses mains. Je m'attendais à un contact rêche, dur, mais sa main explorant mes pectoraux avait un côté charnel, bien que froid, assez incomparable. Elle s'écarta soudain, sans autre commentaire qu'un ricanement.

— Tu es intéressant, Shao, dit-elle enfin. Quel est ton nom ?

— Je suis le cartar Tiric Sherna.

Elle garda le silence une vingtaine de secondes, tout en gravitant autour de moi. Mais son regard n'avait plus rien de sensuel : elle évaluait la marchandise. Elle vérifiait si son achat valait le prix.

— Tu dois être un grand combattant, Tiric.

— Un grand combattant est un combattant mort. Moi, je suis vivant et prisonnier. Pas de quoi me vanter !

Ses arcades sourcilières – ou plutôt sa croûte sourcilière – se froncèrent.

— Dorénavant, je t'ordonne d'oublier cette insolence. Je t'ai choisi parce que tu as du caractère, je l'ai vu tout de suite. Tu pourras faire preuve de caractère bientôt, sois-en assuré. Mais pas avec moi. Si tu adoptes à nouveau cette attitude je te ferai trancher la langue et la donnerai à dévorer à mes draguins nains. Je veux une totale soumission. Compris, esclave Tiric ?

Je décidai d'être un peu plus diplomate. Je gagnerais forcément à le devenir. Peut-être au fil du temps relâcherait-elle son attention, me ferait-elle davantage confiance… Mon corps ne la laissait pas non plus indifférente, je le savais à ses yeux remplis de convoitise. Je pourrais – qui sait ? – devenir son amant, même si l'idée me répugnait, et profiter de son sommeil pour la liquider.

— Oui, j'ai compris.

— Oui, j'ai compris, Skada Lazpoa ! insista-t-elle calmement mais avec autorité.

— Très bien, Skada Lazpoa.

— J'espérais que ton petit séjour dans l'obscurité t'aurait rendu plus aimable… mais je suis finalement heureuse du contraire. Tu seras un combattant difficile à manœuvrer et à tuer dans l'Arkar, la grande arène de Ferza. Dans ton intérêt – et dans le mien bien entendu – il faudra que tu portes mon étendard au sommet. Si tu gagnes dans l'arène, tu seras traité comme un roi. Si tu perds et que par un malheureux hasard tu vis encore, je te torturerai longuement puis te jetterai à mes draguins nains. Mais avant cela, tu passeras un test.

Elle me caressa la joue. Je ne pus réprimer un léger frisson.

— Tu devras vaincre Varzza, le Qivhvien qui garde l'entrée principale de ma maison. Sache que je n'ai envoyé personne dans l'arène depuis que Varzza est à mon service. Aucun esclave humain n'est parvenu à le vaincre. Mais en attendant le jour de votre affrontement, il va falloir te remplumer et faire de l'exercice. Tu n'aurais aucune chance dans ton état.

Vaincre ce gros tas d'écailles ? Je rêvais d'en découdre de nouveau avec les Qivhviens. Ils m'avaient enchaîné et humilié. Celui-là prendrait pour tous les autres. Et il souffrirait. Je lui briserais les écailles une par une.

Yeux Violets observa l'éclat sauvage qui traversait mes yeux et devina mes pensées.

— Ne crois pas que cela va être aisé parce que tu as la rage au cœur. Varzza est tout autant que toi un véritable guerrier. Et il ne te fera pas de cadeau. Le précédent humain passé par ici est mort sous ses poings en moins de trente secondes. Ajoutons à cela qu'il n'avait en apparence rien à t'envier.

Je ne répondis rien, par prudence. Ce fut elle qui continua :

— À présent que tout est clair, mes gardes vont te conduire à ta chambre. Interdiction d'en sortir, sauf pour des exercices physiques dans le grand jardin. Ta présence est bannie partout ailleurs, et si tu essaies de t'enfuir, tu seras tué sans hésitation.

J'exécutai une jolie courbette, servile.

— Bien, Skada Lazpoa. Il en sera ainsi.

Jusqu'à nouvel ordre, ajoutai-je pour moi-même.

Les jours passèrent, monotones, sans que Zua m'apparaisse à nouveau. Je savais quand elle était là et quand elle était absente. Les gardiens me taquinaient beaucoup plus quand elle quittait sa résidence.

Sinon, elle se cloîtrait dans l'aile de la villa à laquelle je n'avais aucun droit d'accès. Elle m'ignorait, et ça me convenait. Ma condition physique s'améliorait très nettement et, au bout de trois semaines, j'avais repris du muscle, refait le plein d'énergie. Le jardin, exotique à souhait, mais d'une fraîcheur agréable, calmait mon esprit. Je pensais souvent à Kardelj. J'espérais qu'il était aussi bien traité que moi. Si son propriétaire avait les mêmes motivations que Zua, il n'y avait aucune raison de me ronger les sangs.

Évidemment, la vie plutôt tranquille que je menais était l'arbre qui cachait la forêt : bientôt, très bientôt, je devrais combattre cette larve de Varzza, avec lequel j'avais déjà échangé un nombre incalculable d'insultes et de regards meurtriers. Au départ, je feignais de l'ignorer, mais ses nombreuses allusions à ma sexualité, à ma famille ou à mon peuple avaient fini par m'exaspérer. Un matin, par surprise, je lui avais flanqué un énorme coup de poing et écrasé son nez osseux. Je crois bien que je l'avais cassé et du coup, j'avais attisé sa haine envers moi. Ce geste me valut trois jours de cave. Après réflexion, je me disais que je ne m'étais pas forcément rendu service en agissant de cette manière : pendant notre combat, il se méfierait beaucoup plus de moi.

Deux jours passèrent encore.

Je fus convoqué par la Skada au soir de ce deuxième jour, dans son salon d'été, une pièce immense dotée d'une verrière qui laissait filtrer agréablement les rayons d'Astragaal. Au centre du salon, deux grandes et luxueuses baignoires étaient irriguées par un réseau de petits canaux creusés dans le sol marbré, qui rejetaient une eau d'une pureté cristalline. Ça sentait la richesse à plein nez : meubles d'orfèvres, plantes luxuriantes, statues diverses parachevaient le décor. Et au milieu de cette richesse exubérante trônait la magnifique Skada Zua Lazpoa, délicatement vêtue d'une simple robe en laine aux mailles transparentes.

— Mon cher Tiric, voici venu le moment de prouver ta valeur au combat. Ce soir, tu affronteras Varzza, annonça-t-elle de but en blanc.

— Je vais en faire de la bouillie de votre Varzza, Skada Lazpoa. J'espère que vous en êtes consciente. Vous n'êtes pas trop attachée à lui ?

— Tu es très amusant, Tiric. Il me tarde de te voir à l'œuvre. Il me tarde de savoir si je ne t'ai pas nourri inutilement pendant des semaines.

— Vous verrez que les Shaos sont de vrais guerriers.

Je vis frémir les douces écailles bleutées de Zua. La perspective du combat l'excitait terriblement.

— Très bien Tiric, tu es vaillant en paroles. Nous verrons pour les actes !

Évidemment. J'allais lui faire une démonstration, et elle ne serait pas déçue. Foi de guerrier shao.

*

Le grand jardin, outre arbres et parterres de fleurs, recelait également une aire de combat. J'avais eu l'occasion de m'y entraîner, et j'en connaissais le moindre centimètre. Il s'agissait d'un carré de sable fin entouré d'une clôture de bois. Lazpoa le nommait l'enclos. Onze mètres sur cinq environ. Très suffisant pour un joli corps à corps. Cependant, je savais que Varzza était un habitué de l'endroit et qu'il ne fallait pas compter sur une meilleure maîtrise du lieu pour l'emporter. Ma force, j'en étais conscient, résidait globalement dans ma rapidité d'exécution. Et après le coup de poing que je lui avais assené, Varzza ne se laisserait pas surprendre par cette qualité. Il était au courant. Et s'il avait un minimum d'intelligence, il saurait s'en servir. J'avais bien observé mon adversaire, sa morphologie, ses déplacements, toutes ses attitudes. Lui, c'était la force brute, avec une pointe de technique mais, question vivacité, il pouvait repasser. Pataude, c'était l'adjectif qui décrivait le mieux son allure. Typiquement le genre d'adversaire coriace, qui ne doute jamais, mais prenable. Des

Qivhviens dans son genre, j'en avais rétamé une bonne dizaine sur les champs de bataille. Soit, sans doute jamais d'aussi costauds, mais tout de même, la confiance était au beau fixe. Du moins, je faisais en sorte qu'elle le soit.

J'en étais là de mes réflexions quand Zua Lazpoa nous intima du doigt l'ordre de pénétrer dans l'Enclos. Une heure auparavant j'avais soumis la requête de me faire couper les cheveux courts, très courts. Comme ce devait être un combat à mains nues, il était primordial de minimiser les endroits du corps où l'adversaire pouvait trouver une prise. Torse nu, tout comme moi, et ses longs bras musclés croisés, Varzza montrait un visage impassible. Sûr de lui. Mon bel optimisme s'effaça soudain au profit du doute. Et s'il me tuait finalement ? L'absurdité de cette pensée me submergea : pourquoi s'en faire puisque je n'étais qu'un esclave voué à une mort certaine, à court ou moyen terme ? Je ne devais penser qu'à une chose : mon peuple et ses souffrances. Voilà l'idée qui me porterait.

Varzza s'engouffra le premier dans l'Enclos et je l'y suivis tranquillement, sans allonger le pas. Inutile de se presser, il me fallait canaliser ma respiration, me détendre, et cela passait par un calme absolu. Varzza se campa d'un côté, moi de l'autre. Immobiles, muscles tendus, nous ne nous quittions pas des yeux, attendant le signal donné par la Skada. Cette dernière, sourire tordu aux lèvres, faisait durer le plaisir de la guerre des nerfs. Je sentais que Varzza, contrairement à moi, s'impatientait. Je le voyais à ses doigts en perpétuel mouvement.

— Combattez ! entendis-je fuser de la bouche fielleuse de la Skada Zua Lazpoa.

Mes pieds nus enfoncés dans le sable, les muscles tendus, j'expulsai le reste de nervosité qui coulait en moi. J'étais prêt. Doucement, je fis quelques pas chassés pour me rapprocher de la clôture. Varzza ne bougeait pas et observait mon manège. Il n'était plus que fureur contenue ; il avait le visage crispé, tout en angles. Il ressemblait à un rapace dont le nid a été profané.

— Tu vas crever, Shao ! cracha-t-il entre ses dents pointues.

Tactique de combat, bien sûr. Tenter de déconcentrer l'adversaire par des paroles. Mais il était mal tombé. Les seuls mots qu'il entendrait jaillir de ma bouche seraient ceux de ma victoire.

Le temps d'observation dura deux minutes. Nul ne voulait prendre les devants. Zua s'étonnait de voir Varzza hésiter à combattre. Apparemment, ce n'était pas dans ses habitudes. Très bien, cela signifiait qu'il me craignait, et qu'il n'avait pas fait le plein de confiance. La moindre erreur lui serait fatale, et il le savait sans doute. Petit à petit, mes pas chassés m'avaient rapproché de lui, à deux ou trois mètres. Puis à une détente. Il attendait que j'agisse, et je lui fis ce plaisir. D'un bond soudain, je me jetai en avant. Il esquiva mollement, trop mollement. J'avais été rapide, très rapide, et j'en étais moi-même étonné. Mon avant-bras s'enroulait déjà autour de son cou osseux, tandis que je pivotais pour me retrouver derrière lui. Je fis pression pour lui écraser la trachée. Un moment, ses mains jouèrent autour de mon avant-bras pour tenter d'éliminer la pression que je lui imposais. Cependant, il se résigna bien vite et opta pour des coups de coude dans les côtes. La douleur provoquée par ses os pointus comme le bout d'un couteau me fit lâcher prise, idiotement, par réflexe. Mon adversaire en profita pour se dégager, se retourner, et m'envoyer son poing en pleine figure. Je m'effondrai sur le sable. Varzza plongea sur moi, m'écrasant de sa masse. De ses dents aiguisées, il chercha ma gorge. Technique peu conventionnelle, mais efficace. Un réflexe instinctif me permit néanmoins d'éviter sa mâchoire, et je répliquai par plusieurs coups de genou dans l'estomac. Il se plia en deux, sans pour autant relâcher son étreinte. Ses bras étaient deux troncs d'arbres séculaires dont les branches en forme de mains me brisaient les épaules. Il ne me restait que très peu de liberté de mouvement. J'optai alors pour le coup de tête frontal. J'y mis toute la puissance possible et je vis la croûte sourcilière de Varzza éclater comme un fruit pourri. La violence de l'impact le repoussa en arrière. Il me parut tomber au ralenti sur les genoux. Dans l'intervalle, j'en profitai pour me relever et lui envoyer un énorme coup de tibia à la base du cou. Sa tête partit de côté, dans un mouvement de torsion improbable et un jaillissement de sang brun jaune.

Je vis la Skada observer la scène avec un plaisir évident, les mains proches de sa figure. Elle vivait notre combat comme si elle y était impliquée. Indéniablement, elle avait le goût du sang et de la douleur d'autrui.

Si jamais je survivais, me dis-je, il faudrait vraiment que je me méfie de cette vipère.

J'allais survivre. Varzza tardait à relever sa grosse carcasse. Une partie de sa croûte sourcilière retombait, à l'instar de son sang, dans ses yeux, et il ne voyait sans doute plus grand-chose. Sincèrement, je sus à cet instant que le Qivhvien ne pourrait plus me battre. Et tout aussi honnêtement, j'eus envie de m'amuser un peu, de faire souffrir mon adversaire au maximum, me venger de tout ce que j'avais subi depuis plusieurs mois. Mais ma haine s'essouffla étrangement. Je m'approchai d'un Varzza titubant, lui donnai un coup de poing, sec et puissant, qui cassa de nouveau son nez. Il s'écroula sur le sable et ne bougea plus, assommé.

— Pour le peuple shao, régurgitai-je tout bas.

— Tue-le, Tiric ! hurla la Skada, les mains en porte-voix.

Je me tournai vers elle en lui renvoyant mon meilleur regard de tueur. Mes pulsions d'assassin avaient désormais changé de cible. Étrangler Zua Lazpoa. Oui. La battre et l'étrangler. Lui faire vomir son venin.

Mais sa garde traînait à ses côtés. Impossible de rien tenter, surtout avec mes côtes en feu, ma figure en sang. J'avais pris bien plus de coups que je n'avais cru. Varzza était un bon combattant.

— Faites le boulot vous-même, Skada Lazpoa, répliquai-je en soutenant son regard, les poings serrés. Je l'ai battu, ça devrait vous suffire.

— Tue-le ! Ne discute pas !

— Pas question.

La Skada comprit qu'elle ne tirerait plus rien de moi. Je crois que je lui gâchais un peu sa fête.

— Très bien, dit-elle, les lèvres raidies par l'énervement. Prépare-toi pour les arènes. Cette fois-là, tu ne pourras pas t'esquiver. Tu devras tuer ou mourir.

Pour toute réponse, elle obtint un sourire moqueur.

Elle se retourna, fit un signe rageur à son escorte

et s'en retourna vers ses appartements, me laissant seul avec mes douleurs et le Qivhvien assommé.

Zua Lazpoa fit exécuter Varzza dans l'heure. Le lendemain, un nouveau colosse répondant au doux nom de Rouzef fit son apparition au service de la Skada. Quant à moi, elle me laissa tranquille deux bonnes journées, pour me permettre de guérir mes blessures. Le calme avant la tempête.

Et, malgré moi, je commençais à redouter cette tempête.

CHAPITRE 5

Une tête à la bouche ouverte et aux yeux surpris injectés de sang roula non loin de moi, idiote incarnation de la mort.

Les arènes de Ferza. À en vomir ses tripes. Sur ce point, Kardelj ne m'avait pas menti ; un vrai jeu de massacre. Dès mon premier combat, je pris conscience de tout ce que représentaient les arènes. Les combattants n'étaient que les avatars des puissantes Qivhviennes, prêtresses ou suivantes. Les nobles manipulaient un guerrier relié à des ficelles. Quant au combat dans l'arène, il ne reflétait que les dissensions entre les différentes puissances politiques qivhviennes. La suprématie dans l'arène apportait renommée et respect aux diverses maisons.

Mon premier rival fut un Snadien. Grands yeux gris amers, peau noire, muscles peu développés dissimulant néanmoins une redoutable vivacité.

C'était le matin. Un peu plus tôt, la Skada était venue me chercher, escortée par ses valets. Ceux-ci m'avaient remis des chaînes et attaché derrière le palanquin. Le trajet avait été ennuyeux. J'étais rongé par l'incertitude et l'humiliation, plus que par la peur. Pourtant, je fus impressionné par l'enceinte.

L'endroit était immense, haut, circulaire. Les murs en pierre blanche étaient recouverts de fresques gigantesques, guerrières bien entendu, racontant peut-être l'histoire des combattants dont les exploits avaient résonné dans l'arène au fil des siècles. D'ailleurs, collés aux parois, de nombreux peintres hissés sur des échafaudages précaires s'appliquaient sur des fresques en perpétuelle évolution. Un jour, peut-être, les murs seraient entièrement recouverts.

Nous étions entrés par une petite porte bien gardée. Puis nous fûmes escortés jusqu'à une petite pièce de trois mètres carrés où j'allais devoir me préparer. M'attendait également mon équipement. Sommaire, puisqu'il s'agissait d'un simple pagne aux couleurs de la Skada et d'un sabre d'assez mauvaise qualité.

La Skada me regardait, quelque peu nerveuse. Enrobée d'un lainage finement brodé et moulant, chaussée de longues bottes en cuir, coiffée d'une sorte de toque brodée tout en hauteur, sa beauté la valorisait indéniablement.

— Tâche de me faire honneur dans l'arène, siffla-t-elle. Ton premier adversaire est le champion snadien Gourach'. Il représente la maison Frouzatri dont la Première est la prêtresse Zérioni. C'est une petite noblesse, mais ambitieuse. Ma maison ne peut se permettre une défaite contre eux. Ils sont alliés à la maison de la grande prêtresse Zœziu. Tu la connais, elle a tenté de t'acheter quand tu es arrivé à Ferza.

Nous y étions.

Zœziu la prêtresse avait un lourd antagonisme avec Zua Lazpoa. Rivales, elles s'affrontaient par le biais des arènes. Et moi, j'étais l'instrument insignifiant de leur lutte de pouvoir.

Zua, après quelques ultimes conseils que je

n'écoutai pas, sortit. J'attendis calmement qu'un gardien vienne me chercher. L'attente ne dura pas : une escorte qivhvienne déboula une dizaine de minutes plus tard. Nous nous engouffrâmes dans un long tunnel jalonné de combattants blessés que l'on soignait et des cadavres de ceux qui n'avaient pas eu la chance de s'en tirer. Les cadavres, appris-je par un de mes gardes, étaient accumulés là toute la journée pour n'être évacués qu'en toute fin de soirée par des esclaves. Jetés dans une fosse de draguins nains. De redoutables prédateurs à l'appétit insatiable.

Je fus littéralement propulsé dans l'arène au même instant que mon adversaire à l'extrémité opposée, sous la clameur de la foule. Impressionnant. Je ne parvenais pas à dénombrer les gradins. Entre quatre-vingts et cent peut-être. Et pas une place libre. Ça grondait, ça grouillait, ça caquetait, ça riait. Anarchie multicolore de Qivhviens excités. Seul le premier rang gardait une once de dignité et de concentration. À l'abri de la foule, il se composait uniquement des représentants de nobles maisons. Une sorte de petite bâtisse pierreuse à coupole sculptée contenait un trône vide. Celui de l'impératrice. À gauche et à droite de ce trône, j'aperçus un siège luxueux. Ces deux-là étaient occupés, et j'eus une grosse surprise. À droite, Zua Lazpoa, à gauche Zœziu. J'avais dû louper une information dans mon appréciation de Zua. Je croyais qu'elle n'était qu'une petite noble, ambitieuse certes, mais de là à pouvoir s'asseoir à la droite de l'impératrice, il y avait un monde que je n'avais pas imaginé. Elle était bien plus puissante que je ne l'avais pensé, et haut placée dans la hiérarchie qivhvienne. Son regard hostile fixait ma surprise et cette minute de tétanie faillit me coûter cher. Le

Snadien courait vers moi à toute allure, silencieusement, pour ne pas m'alerter. Il avait déjà dû gagner un certain nombre de combats, à en juger par son équipement. Outre une masse d'armes, il possédait un couteau – pendant à une ceinture –, des genouillères, des coudières, un couvrecœur cuivré, un bouclier en bois, et enfin, un casque à pointe rouillé.

Toujours est-il qu'au prix d'une acrobatie miraculeuse, j'évitai les piques de la boule métallique qui demandaient à voir mon sang couler. Kardelj avait raison : ici, pas de respect de l'adversaire, pas de code d'honneur – viande contre viande. Jusqu'au bout j'avais espéré éviter cet endroit, mais voilà, j'étais dans l'arène de sable blanc, face à un Snadien prêt à tout pour sauver sa peau. Alors que faire ? Suivre les conseils de Kardelj et ceux de Zua : se battre ou mourir.

*

Mon premier combat ne dura que deux minutes. Le Snadien avait commis l'erreur de croire que ma tétanie m'empêcherait de lutter. Erreur d'appréciation. Ma surprise n'était due qu'à la place de Zua dans les tribunes, non à la peur. Une fois que j'eus évité la masse d'armes, celle-ci resta un instant plantée dans le sol. Étant donné son poids, le Snadien fut légèrement déséquilibré et en retard sur l'esquive de mon attaque. Et je ne lambinai pas : à peine avais-je évité son coup que je me relevai et lui plantai mon sabre profond dans l'estomac. Un instant plus tard, je le retirai. Le Snadien vacilla, la main sur sa blessure. Il délaissa sa masse d'armes au profit du couteau. Les yeux révulsés, il se jeta sur moi en un ultime assaut de l'espoir. Seulement, mon bras et mon sabre furent à nouveau plus rapides que l'action désespérée du Snadien : il me suffit d'un geste mécanique et précis pour lui trancher la tête.

Derrière moi la foule grondait, apparemment mécontente de la tournure du combat. Soit ce Snadien était aimé, soit le combat avait été trop court à leur goût. Je penchais pour la seconde option. Seule la Skada Lazpoa souriait, fière de son poulain. De mon côté je ne ressentais rien, ni remords, ni tristesse : j'étais vide. Méthodiquement, je dépouillai le Snadien de son couteau et de ses protections, hormis le bouclier et le casque. Il s'agissait, après tout, de mes prises de guerre. J'avais gagné le droit de les posséder. D'ailleurs, nul ne tenta de m'en empêcher ni de m'en priver quand je me retrouvai dans ma cellule après avoir quitté l'arène.

Dehors, de nouveaux combats avaient débuté, j'entendais encore la foule excitée. Avec le recul, j'eus envie de vomir. Ce que je fis dans un coin de la pièce. Pauvre de moi. Ma situation devait changer. Je ne voulais plus être obligé de combattre de cette manière. J'avais vraiment besoin d'un plan d'évasion. Le suicide – bien que ce ne fût pas un déshonneur pour un Shao –, très peu pour moi, je l'avais compris depuis longtemps.

Zua me rejoignit bientôt dans ma cellule. Armée de son sourire le plus amical et d'un bouquet de fleurs – un bouquet de fleurs, non mais vraiment ! – elle me sauta littéralement au cou. S'il n'y avait eu ses gardes prêts à me bondir dessus, j'en aurais profité pour l'étrangler.

— Tiric, mon brave et valeureux Tiric ! Tu as été

parfait ! Tout le monde ne parle plus que de mon nouveau champion. Je suis comblée, vraiment !

Je ne répondis rien et jetai son bouquet de fleurs dans le coin où j'avais vomi. Mon geste ne la froissa même pas. Elle ne songeait qu'à ma victoire, ou plutôt à la sienne.

— Dès ce soir, tu emménageras dans un nouvel appartement, luxueux. Tu l'as bien mérité. Ton combat m'a confirmé tout le bien que je pense de toi. Tu es vif, agile et rusé.

— Jusqu'à ce que je me fasse rétamer pour vos beaux yeux. Au fait, quelle est votre fonction auprès de l'impératrice ? J'ai été surpris de vous voir siéger à sa droite.

La Skada lâcha mes avant-bras et me regarda en silence. Elle étudiait ma question et se demandait sans doute si elle allait me proposer une réponse ou m'envoyer balader. Mais elle était d'humeur favorable :

— Tu es bien curieux, Tiric Sherna. Cependant, je ne vois aucune raison de te cacher ma fonction. Cela ne t'apportera pas grand-chose de plus que la satisfaction d'une réponse. Je suis la première suivante de l'impératrice. Visiblement, tu n'as pas saisi toutes les implications de ce titre.

— Pour moi, suivante équivaut à valet de chambre. Mais je dois me tromper, bien sûr.

Zua ricana un court instant, très amusée par mes paroles.

— Tu t'es bien fourvoyé : première suivante signifie que je suis l'héritière désignée et donc légitime de l'impératrice. Si celle-ci meurt, je serai, par voie de conséquence, la nouvelle impératrice. Ma réponse te convient-elle ?

J'avoue que la surprise fut encore au rendez-vous. Certes, je m'attendais à ce qu'elle occupe un poste très élevé dans la hiérarchie qivhvienne, mais de là à penser qu'elle hériterait du pouvoir, ça me restait en travers de la gorge. Une impératrice avec une telle mentalité serait un vrai désastre pour tous les peuples du Premier Continent.

— En effet, vous n'êtes pas qu'une simple servante vouée à remonter les coussinets de l'impératrice, Skada Lazpoa, dis-je en m'inclinant légèrement, un rien provocateur. Mais, ajoutai-je, si vous mouriez avant l'impératrice, qui serait donc la légitime héritière du trône ?

Zua me jeta un regard noir. J'avais visé juste. Et elle n'avait pas besoin de me le dire. J'avais déjà la réponse : Zœziu, bien entendu.

— Nous partons, Tiric, jeta-t-elle très sèchement. Ramasse tes affaires. Dans deux jours, tu devras affronter un nouvel adversaire, sans doute plus coriace que le Snadien. Tu as besoin de repos.

Physiquement, j'étais plus affûté que jamais ; moralement, j'étais au plus bas. Seul mon cerveau demandait du repos. Le massacre du Snadien passait encore très mal. Heureusement, j'avais l'estomac vide. Mais souiller les jolies bottes de Zua ne m'aurait pas déplu !

*

Mon nouvel appartement, grand et richement décoré, doté d'une piscine, proposait un confort que je n'avais jamais eu de ma vie. Mais je m'y ennuyais. Une véritable prison gardée vingt-cinq heures sur vingt-cinq. Rien à faire. Il m'arrivait donc souvent de sortir et d'aller m'entraîner de longues heures. Ça ou autre chose…

J'avais enchaîné les combats dans l'arène, tous assez facilement remportés contre des Snadiens, des Derviens, et même, hélas, des Shaos et des Bétareks, nos alliés de toujours. Mais le pire de mes combats fut celui que je dus mener contre Gordano. Au début, je refusai de l'affronter. Je ne fis qu'éviter son importante masse musculaire. Je lui lançai quelques mots mais il ne me répondit pas. Ses yeux, lorsque je les croisai, n'avaient plus rien d'humain. Je compris qu'il était devenu fou à lier et qu'il ne me reconnaissait pas. Qu'avait-il subi pour se retrouver dans cet état ? Je dus batailler ferme pour le vaincre. Ma seule satisfaction fut de le tuer proprement, sans souffrances inutiles. Adieu Gordano, bon vent, et que Tabari sauve ton âme.

D'après Zua Lazpoa, j'étais devenu une sorte d'idole parmi les spectateurs qui se déplaçaient en masse pour me voir. Mais je n'étais pas dupe. Les combats étaient pour l'instant calculés d'avance. Je n'avais pas encore rencontré les meilleurs combattants. Zua avait vaguement évoqué la question et m'avait annoncé que je rencontrerais bientôt un autre grand champion. Celui de la prêtresse Zœziu ?

Qui plus est, je n'avais toujours aucun plan d'évasion. J'avais beau retourner le problème dans ma tête, aucune solution acceptable ne jaillissait. J'aurais pu, de nuit, sauter par-dessus le mur d'enceinte de la propriété de la Skada, mais une fois dehors, comment m'y serais-je pris pour quitter cette ville-prison ? Le problème était d'autant plus compliqué que je n'avais aucun allié, personne avec qui monter un projet. J'étais seul et isolé, sans ressources et sans idées, à attendre que le temps passe et que la chance frappe à ma porte. Autant dire que plus les semaines et les mois s'écoulaient, plus je sombrais dans la morosité.

Il me fallait du changement.

La Skada Lazpoa me convoqua dans son patio à ce moment de ma réflexion. Une fois de plus, elle ne cachait pas sa nudité. Cette fois-ci, j'étais habillé, et prévenu. Sa nudité n'eut aucun effet sur moi.

Elle ne me convoquait que pour aborder des sujets qui lui tenaient à cœur, j'étais donc sur mes gardes. Au fond de moi, j'attendais une mauvaise nouvelle à chaque fois qu'elle ouvrait sa bouche vicieuse. Dégoulinante d'eau, elle m'annonça, sans prendre de chemins de traverse – ce n'était décidément pas dans ses habitudes – que j'allais, le lendemain, affronter le champion de Zœziu Garskand, la grande prêtresse de Karez.

— Je veux que tu prennes conscience de l'importance de ce combat, Tiric. Je ne peux pas perdre la face devant cette prêtresse et son ordre. Si je perdais, son pouvoir serait renforcé, et elle obtiendrait de toute évidence de nouvelles faveurs impériales. Elle peut même, à terme, prendre ma place de première suivante, bien que l'impératrice goûterait assez peu d'avoir comme successeur un représentant de l'ordre de la déesse Karez. Mais la déesse détient une cote de dévotion illimitée parmi le peuple qivhvien. L'impératrice ne peut donc pas écarter purement et simplement Zœziu. Ce que je veux dire avec ce discours, c'est que moins les remous politiques sont nombreux, plus la puissance de l'impératrice se renforce.

Ainsi que ton propre pouvoir, Skada Lazpoa, pensai-je.

— Si tu perds ce combat, qui hélas était inévitable, je serai fragilisée. Longtemps j'ai omis d'envoyer un guerrier dans l'arène, sous prétexte que je n'en trouvais pas de valable. Je voulais éviter, autant que possible, une confrontation avec Zœziu. Mais, à un moment donné, la pression devient trop forte, et il faut céder. Tu es arrivé à point nommé. Je ne pouvais espérer meilleur guerrier que toi. Tu as toute ma confiance. Cependant (les yeux de la Skada se révulsèrent bizarrement), si tu échouais, et qu'après le combat tu étais encore en vie, sache que je t'enfoncerais moi-même une épée dans le cœur.

Je désirais du changement ? Eh bien, j'étais gâté. Ma carrière d'arénier – comme on appelait ici les esclaves guerriers de l'arène – allait atteindre son apogée. La mort ou la vie, comme d'habitude, mais cette fois-ci avec un piment supplémentaire : la suprématie ou l'humiliation de la Skada Lazpoa et de sa faction politique. Et moi, j'étais au centre de tout ce foutoir ? Je pouvais décider de qui allait gagner ou perdre ? L'occasion d'un dernier coup d'éclat était vraiment trop belle. Allais-je aider la Skada, ou allais-je l'enfoncer ? Au fond de mon esprit naquit un intense sentiment de jubilation que mon visage ne refléta jamais. Et d'un ton monocorde, j'annonçai à la Skada :

— Je ferai tout ce qui est en mon pouvoir pour régaler l'assemblée, Skada Lazpoa.

— Voilà qui est parlé, Tiric ! Ne me déçois pas. Peut-être, ensuite, te rendrai-je la liberté, continua-t-elle d'une voix qui manquait tant de conviction que je n'y crus pas une seule seconde.

Elle me tuerait dès l'instant où je ne lui serais plus d'aucune utilité. Voilà qui était plus crédible.

Je me retirai dans mes appartements, où je fis des exercices physiques durant une bonne heure et demie. Ensuite, un serviteur qivhvien m'apporta mon repas : viande et fruits, accompagnés d'un vin délicat. Le grand luxe, quoi.

Vers vingt-deux heures, j'eus la surprise de voir débouler la Skada Lazpoa dans mes appartements. Elle était accompagnée d'une véritable escouade. Vêtue d'un simple voile de soie, recouvrant l'intégralité de son corps hormis la tête et les avant-bras, elle s'approcha de moi, puis se tourna vers ses gardes.

— Attendez ici, Gardes. Au moindre bruit suspect, intervenez.

Elle m'entraîna dans ma chambre.

Quand nous fûmes à l'abri des regards, elle m'annonça posément, avec un léger sourire :

— Je vais t'aider à être plus courageux demain.

Je ne répondis rien. Je la fixais sans relâche, un brin ahuri. Sa peau de soie tomba sur les dalles de marbre. La lueur des lunes, qui passait doucement à travers les persiennes, donnait à ce corps nu les atours d'une déesse.

— Je sais que tu me veux depuis longtemps, souffla-t-elle dans mon cou.

Elle se trompait lourdement. Je ne la désirais pas réellement, mais je m'abstenais depuis trop longtemps et je ne fis pas de scandale.

J'aurais eu tort de refuser. L'expérience fut très intéressante. Très satisfaisante.

Pas une seule seconde, je ne pensai à tordre son charmant petit cou de vipère.

CHAPITRE 6

De véritables hurlements provenaient de l'arène. Jamais je n'avais entendu telle cacophonie. Inutile de préciser que l'approche du combat entre le champion de Zœziu et celui de la Skada Lazpoa excitait les spectateurs. L'arène était sans doute pleine à craquer et, fort probablement, de larges échelles donnant sur le mur d'enceinte avaient été mises à disposition de ceux qui n'avaient pu obtenir une place en gradin. De mon côté, je me préparais tranquillement. Je n'avais pas encore décidé de la conduite à tenir, mais j'avais l'intention d'insinuer un gros doute dans l'esprit de la Skada durant le combat. Comme équipement, j'avais décidé de prendre le sabre que l'on m'avait octroyé pour mon premier combat. Il avait été affûté. C'était une bonne arme. Pesante, mais solide. J'enfilai également un couvrecœur en fer. Il n'était pas trop lourd et, surtout, il pouvait rendre service. Pour finir, je décidai, malgré la gêne qu'elles provoquaient dans le maniement de mon sabre, d'enfiler des coudières. En sus de protéger les coudes, elles possédaient une extension suivant la ligne des avant-bras jusqu'aux poignets. Pour parer l'attaque d'un sabre ou d'une épée, c'était l'idéal. Quant au reste, nul besoin de casque ou de genouillères, cela contrariait considérablement ma mobilité. Et si je voulais rester en vie, il me fallait conserver un maximum de rapidité.

L'heure du combat sonna. Deux portiers qivhviens vinrent me chercher. L'un d'eux me poussa légèrement et me lança :

— Prépare-toi à souffrir, arénier shao. J'ai vu ton adversaire en découdre. C'est un dur à cuire. Un véritable enragé.

— Ouais. C'est noté, je ferai bien attention, maman.

Le portier eut un rire hoquetant.

— Tu appelleras peut-être ta mère dans moins de dix minutes.

Je ne répliquai rien. Inutile de se déconcentrer.

Trente secondes plus tard, j'étais jeté dans l'arène comme un jeune fjark. Un moment, je fus ébloui par la puissante lumière d'Astragaal et étourdi par le bruit infernal qui résonnait dans l'arène. Il faisait chaud, pour ne rien arranger. La Skada Lazpoa était nerveusement engoncée dans son siège. Ça n'allait pas plus fort du côté de Zœziu, la prêtresse de Karez. Premier étonnement, tout de même : le trône n'était pas vide. L'impératrice Zerna Krillia avait effectué le déplacement. Quel honneur ! C'était une vieille Qivhvienne toute ratatinée, noyée dans ses habits d'apparat, mais qui dégageait, même de loin, une aura impressionnante. Alors que la foule aurait dû brouiller son image, je ne voyais qu'elle. Finalement, pour magnifier ce tableau idyllique, il ne manquait plus que la touche finale : mon adversaire. Il se faisait attendre, et j'avais hâte de le découvrir.

Seulement, lorsque ses traits passèrent de la simple

esquisse à une vue pleine et entière, mon cœur faillit lâcher. À l'autre bout du champ de bataille, venait d'apparaître Kardelj : mon ami, que dis-je, mon frère. Sans oublier la prudence – je gardais l'attitude de Gordano en mémoire – je m'avançai vers lui. Dès l'instant où je croisai son regard, je sus que lui n'avait pas sombré dans la folie. Il était en bonne santé apparente, malgré une récente cicatrice qui lui zébrait la moitié du torse. La clameur de la foule couvrait nos voix, et je dus crier pour me faire entendre :

— Salut, vieux frère. Tu avais raison, comme toujours. Nous voici face à face !

Ses yeux brillaient, et je ne sus dire s'il s'agissait de contentement ou d'hostilité. Peut-être rien de tout cela.

— Tiric Sherna. Je savais depuis un moment que tu serais mon adversaire. Sache que j'ai refusé de te combattre, mais qu'on m'a jeté à coups de pieds dans l'arène. Tu peux me tuer si tu le désires. Je n'ai pas l'intention de me défendre.

Autour de nous, le grondement de la foule s'amplifia. Instinctivement, les spectateurs qivhviens comprenaient que le combat n'allait pas se dérouler comme prévu. Ils guettaient tous la tournure des événements.

— Kardelj, je n'ai pas envie de porter la main sur toi. Refusons de nous battre et lâchons nos armes. Qu'en penses-tu ?

— Tout à fait d'accord.

Il joignit le geste à la parole et jeta son sabre le premier dans le sable. J'en fis autant et m'approchai de lui. Nous nous serrâmes la main, chaleureusement, et eûmes une sincère accolade. Même en cette circonstance, il était bon de retrouver un ami.

La foule fit savoir sa colère, et nous commençâmes à recevoir des projectiles de toute sorte. Jusqu'à ce que l'impératrice Krillia se lève et intime le silence. D'un coup, il n'y eut plus l'ombre d'un murmure. Pas à dire, la vieille vipère en imposait.

— Esclaves shaos, cria-t-elle d'une voix rêche et encore vigoureuse, approchez !

Il n'y avait même pas à discuter. Par précaution, nous ramassâmes nos sabres. Par instinct de survie plus que par précaution.

Lorsque nous fûmes devant elle, à deux ou trois mètres seulement, elle nous donna l'ordre de nous arrêter.

— Pourquoi refusez-vous le combat, aréniers ? Vous souillez la volonté de la déesse Karez et la volonté impériale.

— Votre Majesté Impériale, dis-je cérémonieusement, cet homme et moi sommes frères. Nous ne pouvons nous entretuer.

— Bats-toi, Tiric, je te l'ordonne ! s'écria Zua en se levant d'un bond de son siège.

— Silence, Skada ! cria l'impératrice.

L'effet fut immédiat. Zua se rassit et parut se dégonfler sur son siège. Mais si elle avait pu prendre une épée et m'embrocher avec sur-le-champ, elle n'aurait pas hésité une seconde.

— Votre Majesté, demandai-je soudain, pourrais-je vous parler en… privé ? Je pense avoir une idée de compromis.

Étonnée par mon aplomb, elle ne dit mot pendant un instant, très long pour moi et Kardelj, qui se demandait ce que je pouvais bien avoir derrière la tête.

— M'abaisser à traiter avec un esclave ? Tu es

fou, Shao ! Comment peux-tu oser présenter pareille requête ?

— Je n'ose pas, Votre Majesté, j'espère simplement. Soit, je ne suis qu'esclave, mais je voudrais que vous m'écoutiez. Ensuite, vous pourrez faire de nous ce que vous désirez. Tout ce qui m'importe, c'est d'éviter ce combat.

L'impératrice resta silencieuse. Elle pesait le pour et le contre. Pour être là où elle était, elle possédait sans doute tous les défauts du monde, mais elle n'était vraiment pas idiote. Un idiot ne bâtit pas un empire prospère.

— Je vais te recevoir dans ma loge, sous bonne garde. Tu as intérêt à être convaincant, jeune fou. Dans le cas contraire, consentant ou non, tu combattras ton frère. Ce n'est pas une menace, mais une promesse.

Pas facile, la vieille. Et plutôt angoissante, avec ses yeux de tueuse. Je la pensais effectivement très capable de nous obliger à combattre, Kardelj et moi. Sincèrement, je me fichais presque de mourir, mais combattre un autre ami, c'était hors de question.

Dix minutes plus tard, je me retrouvai dans une loge d'allure spartiate, uniquement destinée à de brefs passages. Ce qui était le cas. Il était très rare que l'impératrice se déplace aux arènes. L'enjeu devait être de taille. Et il l'était aujourd'hui.

Assise dans un confortable fauteuil, l'impératrice me faisait face. Dehors, les grondements étaient revenus.

— Parle, Shao. Et dépêche-toi. Je ne suis guère d'humeur patiente. Choisis bien tes mots, je te laisse trente secondes.

— Votre Majesté, commençai-je d'une voix un

peu tremblante, je crois que si le combat n'a pas lieu, vous serez gagnante.

Voilà. Au mouvement soudain de ses yeux, je sus que j'avais son attention. Je poussai mon avantage avant qu'elle ne parle :

— D'après la Skada Zua Lazpoa, ma maîtresse, ce combat devait conforter la suprématie d'une des deux factions. Celle de la Skada, ou celle de la grande prêtresse de Karez. Mais si le combat n'a pas lieu, personne ne sera humilié, et les positions resteront telles qu'elles sont à ce jour. Et si je comprends bien, il faudra beaucoup de temps avant de trouver de nouveaux champions. Cela vous laisse encore plus de latitude pour affermir votre situation.

La vieille Qivhvienne se mit à rire. Elle secouait la tête.

— Dis-moi, Shao, tu n'es pas bête. Ton idée n'est pas mauvaise en soi. Mais que crois-tu ? Les différentes maisons vont faire circuler des rumeurs. Mon peuple me reprochera un combat arrangé. Mes nobles s'entredéchireront, s'accuseront mutuellement de tous les torts. Donc, au contraire, cette pagaille provoquera une dégradation de la situation politique et des troubles intérieurs. Vois-tu, je préfère l'éviter.

Mon plan tombait bêtement à l'eau, et je n'eus rien à répliquer. Je ne connaissais pas suffisamment les subtilités de la politique qivhvienne pour m'aventurer plus loin.

— Par contre, continua l'impératrice en me rendant d'un coup un peu d'espoir, j'ai une idée. Il va y avoir un combat. Nous allons passer un marché que je ne t'autorise bien sûr pas à refuser. Je vais annoncer que, ici-même, tu as tenté de m'assassiner. Pour te punir de ce sacrilège, je te renvoie, toi et ton ami, combattre une dizaine d'adversaires dans l'arène. Je ne pense pas que vous survivrez, mais du point de vue politique, l'équilibre sera rétabli. Il ne pourra peser aucun soupçon sur ce combat. Le désastre va être évité, finalement.

J'en restai coi. Elle nous envoyait à une mort certaine, ce qui ne m'émouvait guère, mais j'étais surtout ahuri de la facilité avec laquelle elle avait monté son plan. Ce genre de femmes était appelé avec raison langues de vipères.

— Il en sera fait selon vos désirs, Votre Majesté, concédai-je, sans trop de réticence toutefois.

Au moins, Kardelj et moi allions mourir et sauver notre honneur.

*

Arénier. J'aurais dû me douter que derrière ce mot se cachait une double signification. On nous avait réservé la meilleure surprise pour la fin. Nos adversaires débouchèrent dans l'arène. Armés jusqu'aux dents… Oh, ils étaient bien dix ! Mais ils apportaient avec eux une compagnie supplémentaire : trois belles araignées d'un mètre soixante-dix, montées par trois des aréniers. Kardelj et moi nous entreregardâmes, un peu surpris, peut-être fatalistes. Mon camarade sourcillait, l'air de se dire : « Merde, on n'est vraiment pas vernis. » Ma foi, j'étais bien d'accord. Je détestais les araignées, surtout de cette taille. Leurs pattes fines étaient recouvertes de tubes métalliques, comme une armure, dont les jointures correspondaient à leur morphologie et leur permettaient une mobilité totale. Elles étaient sans doute alourdies, mais en contrepartie, il était difficile de leur trancher les pattes. Les aréniers, eux, possédaient des griffes métalliques, longues et acérées, à la main gauche. Dans l'autre, ils tenaient qui un bouclier, qui une lance ou un sabre.

— Mon ami, dis-je à Kardelj, voici un joli défi pour des Shaos. Je te souhaite une belle mort.

Kardelj secoua la tête et me gratifia d'un sourire narquois.

— J'ai bien l'intention de le relever, ce défi, Tiric. Je vais sans doute mourir, mais ma tombe, je la partagerai avec certains d'entre eux.

Du doigt, il me désigna nos adversaires et cracha par terre. J'en fis autant, mais en direction de la Skada Lazpoa, qui m'observait attentivement, le regard mauvais et peut-être – du moins cette impression fugace me traversa l'esprit – calculateur. Elle devait mijoter encore quelque coup fumant dans son cerveau de serpent.

Les dix combattants s'étaient mis en ligne, attendant le signal de l'impératrice Zerna Krillia. Leurs arachnides géants avaient les pattes qui fourrageaient nerveusement le sable de l'arène, peut-être crispés aussi par les harangues d'une foule surexcitée qui jetait de nombreux « À mort ! » et autres invectives dirigées contre nous. Visiblement, la rumeur d'assassinat évoquée par l'impératrice lors de notre entretien avait eu le temps de parcourir les gradins. Les insultes à notre encontre fusaient de partout.

Je vis l'impératrice lever lentement son bras décharné et l'abaisser aussitôt. Cette fois-ci, nous y étions. Un étrange silence plana sur les spectateurs avides du divertissement à venir. Voir les araignées dans les arènes était sans doute un fait rarissime, réservé aux plus grandes occasions. Et les Qivhviens reportaient inconsciemment sur nous toute la tension qu'ils dégageaient. Ma main serrait le manche de mon sabre en tremblant légèrement. Non que la peur m'envahissait, mais l'adrénaline sourdait et montait en moi comme un appel au meurtre. Une voix me susurrait : « Ne meurs pas, montre à tous ces Qivhviens qui tu es vraiment. »

Les trois araignées prirent les devants. Leurs cavaliers serraient difficilement une bride de cuir, à l'aide de leur main griffue. Il leur était peu aisé de maîtriser les araignées sans leur embrocher l'encolure. Ils ne devaient leur efficacité qu'à de nombreuses heures d'entraînement. Rien n'était joué. Et Kardelj devait penser la même chose que moi. Ce que les cavaliers dépensaient comme énergie en maniement des bestioles, ils le perdaient en concentration au combat. Les sept autres aréniers formaient un arc de cercle derrière eux : la seconde vague si le besoin s'en faisait sentir.

Mais, là-dessus, je me trompais. Les trois insectes avaient bien plus d'importance que les sept guerriers – leur prix se négociait sans doute au plus haut.

Les gladiateurs, d'un coup, foncèrent vers nous, dépassèrent les bestioles le sabre levé, cri de guerre en sus. Kardelj et moi fûmes surpris. L'un à côté de l'autre, nous nous mîmes sur un genou, pointe de nos armes en avant, juste avant que la première vague ne nous submerge. Deux aréniers sans protection ventrale furent transpercés et rapidement refoulés du pied vers la deuxième vague qui nous assaillait. Il y eut un moment de confusion parmi nos adversaires : l'un d'eux tomba à la renverse, coincé sous le corps d'un des morts.

Avec la rapidité d'un rokal des sables, Kardelj s'en approcha et lui ficha son sabre dans la gorge. Le sang gicla, inonda l'arme et le sable, tandis que, de mon côté, deux aréniers, l'un armé d'une lance, l'autre d'un sabre, me harcelaient et me poussaient vers le mur d'enceinte. Le lancier me posait de gros problèmes. Il possédait trop d'allonge pour que je puisse répliquer. L'autre commençait à tourner autour de moi et essayait de se rapprocher au maximum. J'avais un couteau de jet mais j'hésitais à m'en servir de suite. Il pouvait être intéressant dans un corps à corps perdu d'avance. Cependant, je n'eus pas le choix. La lance venait de me taillader par trois fois les abdominaux, sans gravité cependant. Je grinçai des dents, éructai je ne sais quoi d'incohérent, saisis mon couteau à ma ceinture et, tout en me répétant que je n'avais pas le droit à l'erreur, le jetai vers le guerrier à la lance. J'eus une chance incroyable : sans doute surpris par ma rapidité d'exécution, il n'eut pas le temps de s'effacer, et sa gorge fut le réceptacle de ma lame. Il fit un bond en arrière et s'écroula, mort pour le compte. Du coup, l'autre, un type à la mâchoire en forme d'arbalète rouillée, faisait moins le malin, et avait cessé de jouer les girouettes. C'était un rouquin, sans doute un Samancien, costaud – assez pour me poser de gros problèmes. Derrière moi, j'entendais cliqueter des sabres, mais je ne voyais rien. Cela signifiait, malgré tout, que Kardelj était encore en vie.

Les huées qivhviennes avaient repris. Le public était galvanisé par un combat peut-être plus incertain qu'il ne l'avait cru.

Mais je ne me leurrais pas : pour l'instant, nous avions de la chance, beaucoup de chance. Nos adversaires s'étaient bêtement dispersés après l'échec du premier assaut. Se séparer pour mieux se défendre. Il s'agissait sans doute de la meilleure tactique à adopter.

Rouquin s'approcha de moi, sabre levé. Nos armes s'entrechoquèrent violemment. Il avait du bras, le bougre, et je faillis tomber à la renverse. Rapide, il profita de son avantage pour charger à nouveau. Je me défendis maladroitement, parant son coup grâce au métal de ma coudière. J'avais été bien inspiré de les enfiler, celles-là. Ma réplique s'avéra moins molle et beaucoup plus incisive. Mon sabre s'abattit sur son épaulette, qui se trancha net. Dans un réflexe, Rouquin balança son bras en avant et je reçus la pointe de sa lame dans la jambe. Elle y resta légèrement enfoncée tandis que mon sabre se dégageait de son épaule blessée et s'abattait sur son crâne. Cheveux en sang. Yeux révulsés. La carcasse s'écrase lourdement sur le sol, les jambes arquées, les genoux relevés, dans un nuage de poussière. Mort, Rouquin.

Ma fascination ne dura qu'un court instant : je n'avais pas une seconde à perdre. Je me retournai vers Kardelj. Celui-ci s'était débarrassé des deux derniers combattants et, plus proche qu'il était des araignées, se voyait déjà acculé contre le mur d'enceinte, face aux trois mygales géantes et aux lances de leurs maîtres. Quelques secondes encore et il serait tué. Je courus vers la zone de combat en hurlant le plus fort possible. Les arachnides gigotèrent un moment lorsqu'elles décelèrent mon approche, mais les cavaliers maintinrent leur position, avec peine. Cette diversion permit à Kardelj de se dégager et de s'éloigner du mur.

Les spectateurs étaient debout, tendus comme des roseaux. Du côté de la rotonde impériale, même constat : l'impératrice elle-même se tenait debout, les mains crispées sur le rebord du mur. J'aperçus la Skada Lazpoa, et Zœziu, rigides comme de vulgaires statues de pierre. Elles ne devaient pas en revenir, pensant que l'affaire serait réglée en moins d'une minute. Bizarrement, je jubilais. J'étais euphorique. Kardelj me paraissait dans le même état d'esprit. Je crois que nous pensions tous deux la même chose : nous faisions honneur à notre peuple.

Mais le plus difficile nous attendait. Comment se débarrasser de ces maudits arachnides ? Et si nous y parvenions, si nous remportions ce combat, que ferait-on de nous ?

La réponse nous viendrait plus tard, si nous survivions. Et le pari n'était pas gagné d'avance. Tranquillement, alors que Kardelj était parvenu jusqu'à moi, les mygales s'avancèrent vers nous, leurs aréniers arrogants collés sur leur dos velu. La vue des araignées, plus que le sang versé, me donnait la nausée.

— Comment allons-nous procéder ? murmura Kardelj.

Et avec le bourdonnement qui faisait résonner le creux de l'arène, je faillis ne rien entendre.

— Aucune idée. Nous devons trouver une faille à leur carapace. Nous ne pouvons pas attaquer les pattes à l'aide de nos sabres. Leurs guêtres métalliques nous en empêchent.

— Et par en-dessous ?

— Hein ? ânonnai-je niaisement.

Puis je compris où Kardelj voulait en venir. Il avait peut-être dégoté la solution idéale.

— D'accord, essayons. Laissons-les s'approcher le plus possible.

Dans un cliquetis à peine audible, les araignées se

déplaçaient vers nous, assez écartées les unes des autres, mais assez proches pour se porter secours en cas d'attaque soudaine. Kardelj et moi ne bougions plus : nous attendions stoïquement l'approche de nos adversaires. Il ne restait plus que dix petits mètres entre eux et nous.

Derrière, autour, la foule grondait violemment, apportant son soutien massif aux champions arachnéens.

Kardelj me jeta un regard discret et hocha la tête : c'était le signal. Au même moment, nous courûmes chacun vers une araignée et, lorsque leurs pattes ne furent plus qu'à quelques centimètres, nous fîmes un roulé-boulé synchronisé qui resterait dans les annales de l'arène de Ferza. Une scène qui serait peut-être peinte, un jour ou l'autre, sur les murs d'enceinte. Cela dit, l'histoire se déroula mieux pour moi que pour Kardelj. L'araignée que je visais manquait peut-être de vivacité. Ses pattes ne purent me saisir et je me retrouvai soudain sous son abdomen. D'un vif coup de sabre, pointe vers le haut, je le lui crevai. Un liquide jaunâtre me dégoulina dessus à flots visqueux. Instinctivement, je protégeai mes yeux et me dépêtrai des pattes de la bestiole qui menaçait de s'effondrer sur le sol. L'arénier installé sur son dos, et que j'avais apparemment touché aux fesses, tomba dans un même mouvement ; et je pus, serein, lui sectionner le cou d'un geste précis.

Un « oh ! » de stupéfaction et de fureur traîna un moment dans les gradins.

De son côté, Kardelj était à la peine. Ses jambes étaient entremêlées aux huit hachoirs vivants d'une araignée, et celle-ci tentait de lui crever le corps. Sans compter que l'araignée restante s'était portée au secours de celle choisie par Kardelj. Par je ne sais quel miracle, il parvint néanmoins à crever l'abdomen de l'araignée. Dans un geste brutal accompagné de geignements d'agonie, l'insecte s'affaissa sur mon ami. Seul un bras dépassait encore du corps de l'araignée qui, dans d'ultimes soubresauts, faisait jouer ses huit pattes velues, ointes de son sang dégoulinant. Je courus vers le cavalier, qui plantait sa lance rageusement à travers la chair de l'araignée, pour être certain de bien achever Kardelj. Du sang rouge se mêla au sang jaune : mon binôme avait été touché. La rage au ventre, je me précipitai à l'assaut du lancier comme s'il s'était agi de s'engager seul dans la prise d'une forteresse inexpugnable. La violence de l'impact avec mon crâne fut telle que l'homme se trouva projeté deux mètres plus loin, aux pieds de la dernière araignée. Celle-ci, dans un geste qui ressemblait à l'instinct de survie, le transperça de ses membres devenus fous. Je ne calculais plus rien. Il ne restait plus qu'eux et moi.

Mon Frère de sang et de souffrances. Kardelj. Mort.

J'en avais les larmes aux yeux. Plus rien autour de moi n'était audible. Plus un son. Juste le battement frénétique d'un tambour invisible contre mes tempes. Plus d'image, plus de Skada, plus d'impératrice, plus de spectateurs. Juste cette grosse araignée hideuse et ce cavalier au sourire sanglant, aux yeux torves. Un Snadien, me dis-je. C'était un signe : mon premier adversaire venait de ce pays lointain.

Je ne fus bientôt plus qu'une tempête, un torrent de cris, de douleurs, le fracas d'un orage menaçant.

J'étais l'œil d'un cyclone, et une seule idée figeait mon esprit vidé : tout balayer sur mon passage.

Et faire cesser tout cela. Ce terrifiant cauchemar de mort.

Je suis le cartar Tiric Sherna. Donnez-moi la paix, ou bien mourez tous.

CHAPITRE 7

Il y eut un moment d'un calme absolu et merveilleux, où je fermai les yeux, suivi d'un autre où je les rouvris, doucement. Et le silence dura.

La foule était pétrifiée. Un coup d'œil vers la loge impériale me permit de constater le même saisissement. Rien. Pas un mouvement.

L'arène était jonchée de cadavres. Kardelj me revint subitement en mémoire. Je courus vers l'endroit où il était tombé, je saisis un bras et le tirai vers moi. Sa peau, collante, recouverte de fluide arachnéen, était encore chaude du combat que nous avions mené, mais son corps était inerte, et je le crus sans vie. Une patte avait traversé son épaule, alors que la lance lui avait troué la peau dans une jambe, et sous le cœur. Moi-même, j'avais un bras et une jambe ensanglantés par une perforation. Sans compter une multitude de zébrures et autres hématomes.

Je pris Kardelj dans mes bras, le hissai sur mes épaules, puis me dirigeai lentement vers la sortie, sous le regard de porcelaine de l'assemblée. Mes pieds traînaient dans le sable, creusant un léger sillon.

Quand je parvins à l'entrée du corridor de sortie, un garde s'effaça et me laissa passer. Quand nous eûmes disparu dans le tunnel sombre mais frais, les bruits explosèrent à l'extérieur. Colère. Joie. Applaudissements. Que sais-je ? Tous les sentiments se mêlaient dans cette foule bigarrée, totalement abasourdie par le spectacle auquel elle venait d'assister. Mais je m'en fichais. Seul Kardelj comptait. Je pénétrai dans la première loge d'arénier que je trouvai. D'un mouvement délicat, je déposai mon ami sur un banc de bois. Sa cage thoracique se soulevait de façon erratique : il était encore en vie. Je ne donnais pas cher de sa peau. Difficilement, il ouvrit les yeux.

— C'est fini, mon frère, dis-je, la voix frémissante. C'est fini, tu peux mourir en paix. Et si tu le désires, je peux abréger tes souffrances…

— Tiric… la ferme ! répliqua-t-il sur un ton faiblard mais assuré.

Je ne sus que répondre. J'étais surpris par ses paroles. Et aussi de constater qu'il pouvait parler. Malgré toutes ses blessures…

— La pièce a-t-elle un verrou, Tiric ? En a-t-elle un ? Vite !

J'allai vérifier. La semi obscurité me dérangeait un peu. Ma main tâtonna la porte un court instant et trouva un loquet. Pas très résistant. Quelques coups d'épaules suffiraient à le faire sauter. Juste à côté, je trouvai une lampe. Je soufflai fort sur le tison de bois-immortel, et une flamme naquit. La pièce perdit son obscurité.

— La porte est fermée, Kardelj.

— Parfait, assieds-toi dans un coin.

Trop étonné pour réagir, j'obtempérai sagement, observant Kardelj du coin de l'œil. Il s'était placé sur le ventre, mouvement qui lui arracha des gémissements. Les cicatrices parallèles sur ses épaules que j'avais remarquées lors de notre voyage vers Ferza exerçaient sur moi, dans la lumière feutrée, une étrange fascination. Je crus que ma vue se troublait. Mais non. Elles bougeaient, ou vibraient, je n'aurais su le préciser exactement. Rapidement, elles devinrent de longues ficelles, ou des tiges de chair, molles, mais douées de mouvement, comme si elles vivaient.

Ce ne sont pas des cicatrices, pensai-je naïvement.

Bientôt, leur longueur s'accrut, leur mouvement s'amplifia, puis elles entourèrent le corps de Kardelj pour le ficeler, l'envelopper comme un cocon. J'entendis un bruit de succion, très net, et peu agréable. Les lamentations de Kardelj, aussi. La pièce suintait de sa souffrance. Toute la cellule dégoulinait d'une humidité moisie qui me titillait les narines. Quant au cocon, il vibrait, se gonflait, puis se dégonflait. J'étais tétanisé. Mon incompréhension était telle que, bouche ouverte, j'observai le phénomène, oubliant mes propres douleurs. Puis soudain, les lamelles de chair se ramassèrent sur elles-mêmes, tel le claquement d'un fouet. Si rapidement que je les vis à peine rentrer dans les épaules de Kardelj et redevenir de simples cicatrices.

Au même instant, j'entendis la porte gronder sous les coups. Quelqu'un tentait de l'enfoncer. Un regard vers mon ami me suffit pour comprendre que ses souffrances étaient apaisées, que ses blessures étaient, pour la plupart, refermées, ou même disparues. Incroyable.

— Ouvre la porte, Tiric. Ils ne peuvent plus rien surprendre. Et ne me regarde pas comme si j'étais un monstre !

Je n'eus pas à mettre un pied devant l'autre. Des lambeaux et des échardes de bois volèrent dans toute la pièce : la porte était fracassée. Et dans l'embrasure déchiquetée, légèrement en retrait, se tenait la crème de l'aristocratie qivhvienne : Lazpoa, Zœziu, et l'impératrice Zerna Krillia. Le tout orné, aux avant-postes, de quelques gardes aux crocs baveux, un pidoorgar et sa petite troupe d'élite.

— Comptiez-vous vous terrer, ici, aréniers ? Pensez-vous pouvoir échapper à l'impératrice, dans sa propre arène ? Et je croyais que le guerrier de la prêtresse Zœziu était mort ?

Dans la lumière opaline qui ceignait l'embrasure, l'impératrice ressemblait à un spectre. De mauvais augure. Elle était en colère. Visiblement, elle avait tout prévu, sauf notre victoire dans l'arène.

— Vous avez décimé mes araignées de combat. Savez-vous que, d'habitude, leur seule vue attise la peur des combattants ? Mais vous, non. Pourquoi ? Pourquoi ? répéta-t-elle, au bord de l'hystérie.

Ses questions étaient ridicules ; et il était étonnant de surprendre l'impératrice dans cet état second. Rien, lors de notre première entrevue, n'avait laissé présager chez elle ce genre de faiblesse. Elle était vieille, très vieille, à ce que m'avait dit Zua. Ceci expliquait peut-être cela.

Quant aux deux suivantes, Lazpoa et Zœziu, elles faisaient figure de simples marionnettes, incapables d'expulser un seul mot de leurs bouches artificielles. Elles se trouvaient sous l'emprise de l'impératrice. Ou d'un facteur plus fort encore que l'influence de Zerna Krillia.

Kardelj et moi restâmes sans voix, sans réaction. Pour tout dire, j'étais encore sous le choc de la guérison magique de mon ami, en tout cas plus impressionné par ce phénomène que par la présence des trois pontes qivhviennes dans la pièce. Quant à Kardelj, lui non plus ne tendait pas vers le dialogue et restait muet, bras en croix, le visage cadenassé.

— Très bien, asséna l'impératrice, vous avez perdu votre langue ! Soit.

Elle dirigea son attention vers sa garde.

— Enfermez-les dans les geôles impériales, et la déesse Karez m'en soit témoin, faites en sorte que plus jamais je n'entende parler de ces deux Shaos avant leur exécution.

Sa cape noire, soyeuse et brodée, virevolta sèchement, et elle sortit avec fracas de la cellule. Zua Lazpoa et Zœziu suivirent le mouvement sans nous prêter la moindre attention. Visiblement, nous ne les intéressions plus. J'avais tendance à penser : tant mieux ! Bon débarras. Je préférais mourir – je commençais à relativiser cette notion – plutôt que subir de nouveau les pressions de Zua, et sa morbide et obsessionnelle soif de pouvoir.

Adieu, la vipère.

*

Notre évacuation de l'arène ne fut pas une partie de plaisir pour le pidoorgar et sa troupe de brutes épaisses. Pour je ne sais quelle raison, la foule guettait nerveusement notre sortie. Des Qivhviens se battaient entre eux, s'insultaient dans un brouhaha de tous les diables. Je pris conscience de la masse compacte à travers un trou dans la toile du discret garock qui prenait la direction du palais impérial. Et de ses cachots.

Je me pris à songer que nous avions sans doute gagné des partisans durant notre ultime combat, peut-être même avions-nous provoqué une certaine forme d'admiration parmi les Qivhviens. Pourtant, je le savais très bien, nous avions été plutôt chanceux – avisés aussi –, et l'adrénaline qui précède une mort certaine nous avait galvanisés, Kardelj et moi. Enfin, pour Kardelj, la donne était différente : son état n'aurait pas dû lui permettre de survivre. Un autre élément venait s'incruster dans la trame des événements.

Il n'avait pas ouvert la bouche depuis notre départ, bien que nous fussions une fois de plus liés par les mêmes chaînes. Comme le trajet risquait de durer un bon moment, je me décidai à prendre la parole :

— Kardelj, mon frère, pas la peine de faire cette tête-là. Tu peux avoir tes petits secrets, cela ne change rien pour moi. Si tu veux tout me raconter, tu trouveras en moi une oreille attentive ; si au contraire ton désir est de garder bouche close, alors je respecterai ton choix et j'oublierai ce à quoi j'ai assisté.

Kardelj esquissa un sourire de bon augure. Il semblait sortir de sa torpeur morose.

— Tiric, tu n'es pas le problème. J'aurais fini par tout te dire. Durant le trajet vers Ferza, j'ai déjà failli tout t'avouer. Ma seule peur, c'est qu'un Qivhvien assiste à la scène dont tu as été témoin. Avec un peu d'imagination, ils parviendraient à me faire parler : je ne suis pas un dieu, et la torture, je n'apprécie pas.

Un brusque cahot interrompit Kardelj, qui en profita pour déglutir, et peser ses prochains mots.

— Alors, je vais te raconter une histoire. Pas pour soulager ma conscience, je n'en ressens nullement le besoin, mais parce que tu mérites une explication.

Il vérifia un instant, oreille tendue, que personne ne pouvait écouter notre conversation. Heureusement, la cacophonie ambiante rendait tout espionnage difficile et improbable. Sans compter que la troupe qivhvienne avait visiblement d'autres chats à fouetter : déblayer le chemin de la foule qui l'obstruait. Il était également heureux que cette foule craigne suffisamment les soldats impériaux pour ne pas avoir l'audace d'essayer de prendre d'assaut le garock.

— Mon histoire débute à l'école des Gardes Royaux shaos de Balajer. J'avais treize ans quand j'y fus recruté. Je me souviens encore du jour où un représentant de la garde est venu chez moi. Mes parents, paysans sans le sou, acceptèrent de me louer jusqu'à ma majorité avec, en contrepartie, une compensation pécuniaire régulière. Je ne leur en ai jamais tenu rigueur, soyons clairs. Le travail dans les champs ne m'amusait guère, et les autres enfants de mon âge ne partageaient que très rarement mes goûts et mes préoccupations, dont la lecture. Être enrôlé m'apparut davantage comme une aubaine que comme une punition et, en outre, savoir que mes parents, de braves gens, allaient mieux vivre grâce à moi, m'allégeait le cœur. Mes premières années furent très difficiles. Peu d'amis, et un ennemi jaloux de ma réussite, un dénommé Zariao. Nos professeurs nous dispensaient une éducation stricte. Il fallait aussi subir l'âpreté des entraînements au combat : à mains nues, avec armes ou en groupes. Nous n'avions pas la permission de sortir de l'école, hormis une fois tous les quatre mois, pour retourner dans nos familles une semaine. Nos instructeurs étaient fermes sur la question : à la moindre déviance des principes fondamentaux, le fouet nous attendait. Autant éviter les flagellations inutiles. Et avec le temps, je devins un bon petit soldat, un des meilleurs si j'en crois mes maîtres d'armes.

« Le jour de mes dix-huit ans, je fus autorisé à rentrer chez moi pour fêter ma majorité et pour régler les détails de ma future vie. J'avais décidé de rester dans la Garde Royale, au service du grand cartar Rartac, et je devais l'annoncer à mes parents. Je n'avais pas d'autre vie, plus vraiment d'autres envies, si bien que servir mon royaume me paraissait le plus bel accomplissement possible. D'autant que, je le savais, mon maître, Vorion Pœrao, m'avait choisi pour devenir chef d'escadron. Une récompense que je savais méritée.

« Seulement, rien ne se déroula comme prévu. Sur le chemin, alors que je longeai un ravin, j'entendis un bêlement craintif et désespéré. Après avoir cherché la provenance du cri, j'aperçus, en contrebas, un agneau coincé sur un étroit affleurement rocheux prêt à s'écrouler sous le poids de la bête. Oh, j'aurais pu passer mon chemin : ce n'était sans doute pas la première brebis à chuter au fond d'un ravin, mais je croisai ses grands yeux de bête affolée. Je ne me savais pas le cœur tendre. À mes risques et périls, je descendis délicatement la paroi jusqu'à l'animal. Lorsque j'accostai l'affleurement, en équilibre instable, je testai du pied sa solidité. Il semblait tenir, malgré quelques menus éboulis de pierre érodée ou effritée. La brebis me sauta littéralement dans les bras dès que je fus stabilisé. Mais son réflexe était un peu trop brusque. Je parvins à la lancer, à la force des bras, hors de portée du ravin, mais je ne pus empêcher mon corps entier de basculer en arrière.

S'ensuivit une dégringolade durant laquelle je sus, en une fraction de seconde, que ma fin était venue. J'eus sans doute la chance de ricocher sur les parois, et ma dernière pensée fut que j'étais gravement blessé.

Kardelj interrompit son récit. Les souvenirs qui l'assaillaient le mettaient en émoi. Ses yeux brillaient d'une lueur un peu mélancolique. Dehors, la foule désormais écartée, le garock filait tranquillement sur une route caillouteuse et rectiligne. Il nous restait peu de temps avant de parvenir au palais, et Kardelj s'en rendit compte lui aussi. Il reprit son récit :

— La brume d'un long sommeil peuplé de cauchemars s'évapora par une belle après-midi, si j'en juge par la puissante lumière d'Astragaal qui filtrait entre de sombres volets. J'étais dans un lit, chaudement recouvert d'un gros drap de laine, la tête calée contre un oreiller rembourré aux plumes de fjark. Un silence complet régnait dans la maisonnée où l'on m'avait recueilli. Dehors, seuls les oiseaux donnaient signe d'une autre vie que la mienne. J'attendis un long moment, immobile. Je me sentais cependant en pleine forme, comme si nul accident n'avait jamais eu lieu, comme si l'histoire du ravin n'était qu'un cauchemar. En tâtant mon corps, je découvris les cicatrices sur mes épaules. De bien étranges cicatrices. Leur forme laissait penser que deux tridents avaient tracé des lignes parallèles. Elles bosselaient légèrement ma peau, de façon osseuse, comme de petites colonnes vertébrales. Pour des cicatrices, elles étaient dures. Mais cela ne m'inquiéta pas outre mesure. Jamais de ma vie je n'avais eu de blessure pire qu'un bras fracturé.

« Mon sauveur s'avéra être une femme. Une femme d'âge mûr. Quand elle pénétra dans la chambre, je fus aussitôt frappé par ses yeux d'un vert plus sombre que les plus sombres herbes des pâturages de mes souvenirs. Ils brillaient de l'éclat du verre poli, ou mieux, de celui d'une émeraude. Ce regard, pensai-je alors, était bien plus âgé que l'apparence physique de la femme ne le laissait supposer. Du moins fut-ce mon impression, et elle ne varia jamais plus. Elle portait une belle houppelande brodée d'or et à sa main gauche, un anneau d'une pureté saisissante capta mon attention. Mais je revins vite à sa figure, encore lisse, et à cette bouche incroyablement belle qui me renvoyait un sourire chaleureux.

« — Te voici réveillé, jeune Kardelj, dit-elle d'une voix à la douceur telle qu'une plume aurait pu en mourir de jalousie.

« — Vous connaissez mon nom ? balbutiai-je.

« — Ton nom, et bien d'autres choses encore. Une brebis m'a raconté tes exploits. Elle te remercie sincèrement, d'ailleurs.

« — Une brebis me remercie ? Pardon, madame, mais j'ai envie de rire.

« — Bien sûr. C'est normal. Il faut savoir écouter les brebis égarées. Et personne ne les écoute jamais.

« — Sauf vous.

« — Et d'autres. Mais ils sont rares, Kardelj, c'est vrai.

« Je décidai de changer de sujet. La conversation ne me plaisait pas, trop déstabilisante pour un homme comme moi, à peine sorti des griffes de la mort.

« — Vous m'avez sauvé à votre tour, dis-je. Je ne sais comment vous avez réussi ce tour de force, mais vous y êtes parvenue. J'ai une dette envers vous.

« La femme s'installa sur une chaise en osier, un léger rire naissant sur ses lèvres.

« — C'est la brebis qui t'a sauvé à son tour, nia-t-elle. Elle m'a seulement appelée, et je suis venue.

« — Les brebis ne pratiquent pas la médecine, madame. Ou alors toute mon éducation est à revoir.

« J'avais un peu peur d'être tombé sur une folle, je l'avoue. Mais la suite me donna tort, bien sûr.

« — Cesse donc de m'appeler "madame", Kardelj. Je me nomme Azkrè. Et bien sûr, je t'ai soigné. Mais je ne t'aurais jamais retrouvé sans la brebis. C'est aussi la vérité. En attendant, repose-toi, nous en reparlerons plus tard. J'ai beaucoup d'informations à te transmettre.

« — Pourquoi ne pas le faire tout de suite ? Je me sens très bien. Et puis, je me dois d'honorer mes objectifs. Retourner chez mes parents, puis à l'académie.

« — Plus tard Kardelj. Chaque chose en son temps.

« La force de sa voix, ou plutôt le charisme qui en émanait, ne prêtait à aucune poursuite de la discussion. Je me tus, et elle sortit de la pièce d'un pas gracieux, en refermant soigneusement la porte.

« Plusieurs jours passèrent sans qu'Azkrè n'évoque à nouveau les sujets qui me concernaient. Je me contentais de l'accompagner dans le bois, d'où elle retirait sa nourriture, et d'autres herbes et racines encore dont je ne connaissais pas l'utilité. Parfois elle m'expliquait, d'autres fois, non. Elle se contentait alors de sourire ou de lâcher une phrase énigmatique. Azkrè, malgré l'aura de mystère qui l'entourait, devenait, sans conteste, la personne pour qui j'eus ma première réelle amitié. Je l'admirais. J'admirais sa sagesse, ses goûts sûrs, je buvais ses paroles et m'abreuvais de ses conseils. Elle avait l'art de cerner les problèmes et de leur trouver des solutions simples. C'est sûrement d'elle que je tiens mon caractère actuel. Toi-même, Tiric, tu m'as déjà perçu comme un sage. À plusieurs reprises, tu me l'as dit. Mais je ne le suis pas, j'essaie juste de poser mes pas dans ceux d'Azkrè. C'était une magicienne. Une très sage magicienne.

« Jusqu'alors, je n'avais jamais cru aux pouvoirs magiques, même si les Anciens en parlaient souvent. Disons que jamais auparavant je n'avais de mes yeux vu un miracle.

« Ce que j'avais dans le dos, m'expliqua un jour Azkrè alors que nous enduisions de chaux ocrée les murs de sa petite maison, n'était bien évidemment pas des cicatrices. Et d'ailleurs, je m'en étais vite rendu compte. À l'intérieur de mon être, je ressentais comme une présence, tapie, prête à surgir.

« Azkrè poursuivit :

« — Il s'agit de Fâps, ou Sinueux, selon le nom que les lointaines légendes leur donnent. Mais en réalité, si deux noms existent, c'est pour une bonne raison : un Fâps – une entité – est formé de six Sinueux. Ils ne peuvent survivre autrement que par six. Il s'agit d'un très ancien parasite qu'on trouve uniquement dans les profondeurs terriennes des forêts, sous les racines des seuls arbres tricentenaires. Ils vivent en léthargie profonde des siècles durant. S'ils sont coupés des racines des arbres, il leur faut un être avec qui fusionner. En esprit, j'en ai appelé plusieurs à moi. Leurs vertus curatives étaient la seule solution à ma portée pour te guérir. Mes incantations spirituelles ont servi de relais pour la fusion. J'ai parlementé pour que ton esprit et le leur acceptent la cohabitation. Et maintenant, vous êtes indissociables, liés par un serment de fidélité : les Sinueux te protègent quand tu le désires, et toi, tu protèges les Sinueux.

« Elle m'expliqua en détail comment contrôler le Fâps, quelles opérations mentales effectuer pour communiquer et interagir avec lui.

« Mon apprentissage fut long mais, par la suite, je ne pus que louer son utilité. Le Fâps ne réagirait qu'en fonction de mes désirs puisque, de toute façon, dans cette alliance de deux races, moi seul avais des désirs. Ou alors, comme me le dit si bien Azkrè, le Fâps n'avait pour seul désir qu'une fusion optimale, afin de poursuivre sa méditation perpétuelle, et se servirait de moi comme si j'étais la racine d'un arbre – un peu particulier, certes.

« Avec tout cela, j'avais presque oublié l'école des Gardes Royaux. Mon esprit s'égarait ailleurs que vers Balajer, il partait à l'aventure en compagnie d'Azkrè. La saisissante Azkrè. La fascinante Azkrè. Mon mentor. Mon seul et unique maître. J'étais prêt à rester avec elle toute ma vie.

« Mais Azkrè, elle, pensait différemment. Elle me remit à ma place, sans brusquerie. En utilisant les mots les plus justes. Ou en me persuadant qu'ils étaient justes. Je devais repartir. L'oublier. Pour sa sérénité. Et pour la mienne. Elle désirait que j'accomplisse ma vie, mais que celle-ci ne se joue pas dans son ombre.

« Nous nous dîmes adieu, et je repartis vers la civilisation.

« On fut surpris de me revoir à l'École des Gardes Royaux. Tout le monde me croyait mort, et mes parents m'avaient officiellement pleuré. J'expliquai longuement que j'avais eu un accident et qu'un vieux chasseur des montagnes m'avait recueilli et soigné ; que dans mon état, il s'était avéré impossible de prévenir qui que ce soit. Je montrai mes cicatrices qui, malgré leur esthétique originale, ne choquèrent personne. Mais je ne devins jamais chef d'escadron. Je refusai le poste. Je gagnai bien plusieurs grades, puisque mes compétences le permettaient amplement. Mais ce fut pour être dégradé dans la foulée. Une nuit, après une rixe violente, je tuai Zariao. C'était lui ou moi. Depuis ce jour-là, bien que Zariao ait été l'agresseur, je ne fus jamais plus en position de gravir le moindre échelon dans la hiérarchie des Gardes Royaux.

« Mais je m'en fichais bien.

« Il y a longtemps déjà, je sauvais une petite brebis de la mort.

« Il y a trop longtemps déjà, une femme prénommée Azkrè, magicienne de son état, et que je ne revis jamais plus, sauvait une autre brebis égarée.

CHAPITRE 8

Deux minutes après la fin du récit de Kardelj, nous arrivâmes au palais impérial. Je n'avais relevé aucun point de son récit, ni posé de questions. Son histoire parlait d'elle-même. Cependant, si je n'avais pas vu les Sinueux en action, sans doute aurais-je eu toutes les peines du monde à croire mon ami…

Toutefois, nous avions d'autres préoccupations. Les geôles du palais impérial. Nos gardes du corps nous conduisirent, par une anonyme petite porte blindée, le long d'un tunnel obscur qui débouchait sous les fondations mêmes de la construction. Je ne pouvais pas dire que nous entrions par la grande porte ! L'endroit, lugubre, sale et humide, ressemblait à toutes les prisons du monde. Et les cellules s'alignaient le long du couloir. À travers les grilles, nous pouvions entrevoir d'autres bougres malchanceux, qu'ils fussent humains ou qivhviens d'ailleurs. En prison, les différences raciales s'estompent. Cependant, nous eûmes droit à un traitement de faveur : une grande cellule, à l'écart des autres, que je crus vide un court instant. Mais elle était bel et bien occupée, par un vieillard hirsute, barbu, dont les yeux fous brillaient d'une intense lumière blanche.

— Salut grand-père, dis-je, une fois que nous fûmes laissés tranquilles par la garde, et que celle-ci eut refermé les triples verrous.

Pour seule réponse, le vieil homme se tassa dans un coin de la pièce, déclenchant du même coup la galopade d'un gros rat. Toujours sympathique, les rats. Au moins, si les gardes ne nous donnaient pas à manger, nous savions sur quoi nous rabattre. L'endroit n'était malgré tout pas folichon : de la paille humide pour couche, et une seule ridicule petite meurtrière pour diffuser une maigre et blafarde lueur, suffisante pour ne pas sentir l'angoisse du noir total nous envahir, Kardelj et moi.

À ce moment-là, la pression retomba, et mes blessures glanées dans l'arène se rappelèrent à mon bon souvenir. J'avais le haut d'une jambe percé, un bras mal en point, des estafilades aux abdominaux, et divers hématomes. Je boitais légèrement. À condition que ma blessure à la jambe ne s'infecte pas, il n'y avait rien d'irréparable. Mais je me disais que, si nous devions être exécutés rapidement, être blessé ou pas n'avait aucune importance. Ah, Ferza ! Si jamais par miracle je m'en tirais, je me souviendrais toujours de cette maudite capitale qivhvienne. Kardelj, à notre arrivée, m'avait promis les pires malheurs. J'étais alors loin d'avoir cerné l'ampleur de ce qui m'attendait. J'avais cru pouvoir m'échapper, j'avais pensé qu'une opportunité surgirait forcément. Mais non. Rien. Cette ville était trop cloisonnée, trop surveillée, trop grouillante de Qivhviens. Tenter quoi que ce soit équivalait au suicide. Il fallait donc s'y prendre autrement. Mais comment ?

J'occupai les heures suivantes à la confection de bandages neufs, tandis que Kardelj, dans un coin de la pièce, était plongé dans un sommeil que je lui souhaitais réparateur. Les gardes nous avaient bien entendu séparés de nos équipements, et il ne me restait plus qu'un caleçon et une vague chemise exhalant une odeur de moisissure – dont je fis des bandelettes. Toute la pièce empestait. Relents de matières fécales, pourriture, sueur, humidité. Ça me changeait de mes appartements chez la Skada. Ah, celle-là ! Qu'elle aille au diable !

Une fois mes bandages installés sur mes blessures, j'eus envie d'imiter Kardelj. Une bonne sieste. Je me dirigeai vers un coin de la cellule où un amas de mauvaise paille jonchait le sol. Je faillis buter sur le petit vieux. Mon coup de pied involontaire dans ses côtes réveilla sa langue folle.

— Ton ami ! Il sent la magie à plein nez ! Pas bon ça ! Il faut le tuer ! La magie est source de malheur !

J'eus un geste bien précis et rapide, malgré ma condition. Je me jetai sur le vieillard et plaçai une main ferme sur sa bouche.

— Tais-toi, la ruine ! Un mot de plus et je serre ton petit cou jusqu'à l'explosion des veines de ton cerveau. Compris ?

Le vieil homme hocha la tête. Et je ne sus dire s'il était d'accord pour coopérer.

— Bien. Je vais lentement retirer ma main. Au moindre cri, au moindre mot plus haut que le son de ma propre voix, je t'écrase mon poing sur la figure.

Délicatement, j'enlevai ma main de ses lèvres sèches. L'homme resta silencieux. Sa respiration, seule, était irrégulière. Son cœur d'ancien palpitait à se rompre. Oubliant les douleurs et la fatigue, je décidai de passer à l'interrogatoire :

— Maintenant que tout est clair entre nous, une

simple question à laquelle je te conseille de répondre. Comment sais-tu pour mon ami ?

Pour toute réponse, il monta une main dans mon champ de vision. Une main rouge sang. Ce n'était pas son cœur que j'avais entendu palpiter, c'était sa main. Cette main rougeâtre.

— Allons bon…

Ma phrase resta en suspens. C'en était un peu trop pour moi en une seule journée. Voilà qu'à nouveau, je me trouvais face à un phénomène inexplicable. Et dire que notre grand cartar avait fait des pieds et des mains pour trouver des traces de magie… À croire que ses arpenteurs étaient tous aveugles ou de fieffés crétins. Voire les deux. À moins que… à moins que cette main palpitante ne fût qu'une maladie de peau ? Mais alors, comment aurait-il su pour Kardelj ?

Petit Vieux eut un rire sec et saccadé ; un peu mesquin.

— Vous êtes surpris, pas vrai, hein ? Moi je vis avec depuis très longtemps !

Le voilà qui délirait à nouveau. Il se remit d'ailleurs à ricaner comme un dément.

— Je t'ai dit de fermer ton clapet, vieux fou. Sinon, ce sont mes mains à moi qui vont faire palpiter ton cou !

— Mais allez-y, jeune arrogant ! Allez-y ! Pas sûr qu'un étranglement suffise à vous débarrasser de moi ! Mais essayez donc, je suis curieux !

— Tu ne seras pas le premier cadavre qui jonchera mon chemin.

Je m'approchai de lui, les yeux révulsés, poussé par un instinct qui ne s'était pas encore rendormi. Mes mains, emportées par la fureur, serrèrent sa gorge, violemment. Le vieil homme ne se débattit pas et, avant que je me rende compte de mes actes, j'entendis un craquement morbide. Un corps flasque me resta dans les mains. Ce vieil imbécile m'avait poussé à bout et il était mort ! Je fus submergé par les remords et allai mollement m'asseoir plus loin, la tête sur les genoux.

Un long moment passa sans que je bouge. Puis, subitement, je perçus un mouvement sur ma gauche. Du côté de ma victime.

Le rire du petit vieux emplit la cellule. Frissons. Chair de poule.

— Je vous l'avais dit, jeune assassin ! Vos mains ne peuvent pas me tuer ! Imbécile ! Vaniteux !

J'étais tétanisé, dans l'incapacité absolue de bouger le petit doigt, mes jambes étaient de plomb, et ma gorge, sèche, ne pouvait aider ma langue à former ne fût-ce qu'un seul mot.

Deux résurrections en une journée. Au moins une de trop pour un esprit raisonnable.

— Un problème, Tiric ?

Kardelj se réveillait enfin, peut-être alerté par les cris du vieillard. Cette présence me remit d'aplomb. Et ma lucidité me revint.

— Le petit vieux, Kardelj. Il sait pour toi. Ne me demande pas comment. Il sait. Et ce n'est pas tout : dans un moment de colère, je l'ai étranglé. Mais il est revenu à la vie. Merde, Kardelj, c'est quoi cette geôle des miracles ?

Petit Vieux gardait le silence, toujours assis sur son tapis de paille.

— C'est vrai ? Ça alors… pour une coïncidence.

Kardelj, sourcils froncés, s'avança légèrement vers notre compagnon de cellule.

— Vieil homme, souffla Kardelj, pouvons-nous discuter un moment tous les deux ?

— Non. Je ne veux plus avoir de rapport avec aucune forme de magie. Reste où tu es. Sinon, je crie et te dénonce auprès de l'impératrice.

— Tu connais Zerna Krillia ?

— Bien sûr, hoqueta le vieux. Qui, à votre avis, me torture depuis des années ?

— Ah… désolé.

— Désolé ! Désolé ! Ne le soyez pas ; je suis le seul responsable de ma galère.

Finalement, la langue du vieillard se déliait un peu. Kardelj savait mieux s'y prendre que moi. Aucun doute là-dessus.

— Quel est votre nom ? continua mon ami, d'une voix suave.

— Apeô. Je suis Snadien. Et j'étais le meilleur forgeron, le meilleur armurier de Cauzyr. Avant…

— Avant quoi ?

— Allez-vous me laisser tranquille, à la fin ?

— D'accord. J'arrête avec les questions. Sache seulement que Tiric et moi ne sommes pas tes ennemis.

— Votre ami m'a tué, pourtant.

Que répondre à cela ? Le type avait raison. Je l'avais étranglé. Il n'y avait rien de plus vrai !

— Pardonne-moi, j'étais encore sous le coup de la colère et de notre passage dans les arènes.

Apeô ne répondit rien et nous tourna le dos. Kardelj me jeta un regard entendu. La discussion était close, et mieux valait ne pas insister pour le moment.

— Comment vont tes blessures, Tiric ?

— Pour l'instant je survis, vieux frère. Elles sont bénignes. Mais le combat a été rude pour mon corps.

— Tu devrais te reposer.

J'acquiesçai et partis me coucher. Apeô dormait lui aussi, ou feignait de roupiller. Je sombrai dans un sommeil hanté de cauchemars. Trois araignées géantes tombaient soudain du plafond de notre cellule ; elles avaient les visages de trois Qivhviennes profondément haïes : Zua, Zœziu et Zerna Krillia. Elles cherchaient à me dévorer, leurs yeux jaunes me fixaient, et Apeô me montrait du doigt en criant : « Cet assassin est là ! Tuez-le ! » J'essayais de me faire tout petit et soudain j'eus l'idée de me transformer en rat. Sous cette forme, on ne pourrait me retrouver. Mais Kardelj apparut. Il était tenaillé par la faim et, à l'aide de son épée, me chassait dans chaque recoin de la cellule. Je ne pouvais plus crier que c'était moi, Tiric, son ami : j'étais un rat, puis une souris, mais nul trou où se cacher. Petit Vieux m'attrape par la queue. Et m'engouffre tout cru dans sa bouche. Ses dents vont me croquer.

Sursaut.

Combien de temps avais-je pu dormir ? Longtemps, sans doute. Une gamelle de soupe froide m'attendait. Kardelj aussi.

— Tu as beaucoup déliré, Tiric. Je crois que tu es malade.

— Non, non, ça va bien. Je ne ressens que des douleurs physiques. Pas de fièvre, si c'est cela qui t'inquiète.

— Tu as été inconscient très longtemps. Tu m'as fait peur. Nous avons, entre-temps, eu deux fois la visite de nos geôliers. Tu as dormi plus d'une journée.

— J'ai fait un joli cauchemar, en tout cas ! Qui, je l'espère, ne se réalisera jamais.

Je jetai un coup d'œil du côté d'Apeô. Kardelj comprit ma question avant que je ne la pose.

— Il se tient tranquille. Nous n'avons pas échangé plus de trois mots. Il est fou mais connaît des moments de lucidité. Je n'ai pas pu aborder la question de la magie avec lui. Muet comme une carpe. Apparemment, il intéresse beaucoup l'impératrice. Il doit cacher un secret lié à sa magie. À mon avis, il est enfermé ici depuis très longtemps. Quant à nous, il ne reste plus qu'à attendre que l'on s'occupe de nous. J'ai tenté d'interroger le gardien sur notre sort, mais rien n'a filtré. Pour l'instant, on nous oublie. Ça ne va pas durer. L'impératrice est rancunière, et l'affront que nous lui avons fait subir n'est pas prêt de s'effacer de sa mémoire.

— Soit. Attendons. De toute façon, nous n'avons aucun moyen de nous échapper d'ici. Porte trop solide, place trop bien gardée. Nous serions morts au bout de trois pas.

Nous étions un brin fatalistes, mais pas vraiment inquiets sur notre sort, malgré le couperet qui, à terme, lorgnait notre cou. Depuis notre arrivée à Ferza, nous devions juste considérer les événements comme ils venaient. Dans ces conditions, il nous était impossible de prendre notre destinée en main, sauf en défendant notre peau du mieux que l'on pouvait. « C'est au prix de la foi que se gagne la liberté », disait un proverbe shao. Mais en quoi pouvait-on avoir foi ? En Tabari ? Il nous avait laissés tomber depuis longtemps. En nous ? Oui, bien sûr. C'était la seule façon de survivre. Mais à y réfléchir, j'avais un avis différent. J'avais trouvé un ami en qui j'avais foi. J'avais plus foi en lui qu'en moi-même. Et j'étais persuadé que Kardelj, de son côté, essayait lui aussi de croire en moi. À deux, nous pouvions nous en sortir. C'était peut-être ce qui nous avait grisés dans l'arène ; cela et la fierté d'appartenir au peuple shao.

Les jours passèrent, moroses, sans voir personne,

hormis ce charmant bras écailleux de Qivhvien, accompagné de notre bol de soupe quotidien. Un brouet immonde dans lequel baignaient de trop légers morceaux de viande dont il valait mieux ne pas demander la provenance. Mais à défaut d'autre chose…

Kardelj restait stoïque, calme. Apeô, bouche close, ne nous adressait plus la parole ; il paraissait entièrement coupé du monde. Seuls ses murmures incessants hantaient notre cellule. Il se parlait, à lui et à personne d'autre. Nous ne pouvions hélas pas le comprendre : il utilisait un dialecte snadien. Quant à ces maudits rats, ils ne voulaient pas se laisser attraper. Avec Kardelj, on s'en serait bien farci un, malgré les risques évidents de maladie. Ils étaient les maîtres de l'obscurité et, à vrai dire, je commençais à penser qu'ils finiraient, eux, par nous ronger jusqu'à l'os. Le temps passait lentement et mes blessures n'étaient presque plus qu'un mauvais souvenir ; l'arène me paraissait loin et, pour être honnête, j'aurais préféré cent fois y retourner plutôt que de continuer à croupir dans cette geôle moisie. Bref, nous nous ennuyions. En outre, j'avais une envie folle de tabasser Apeô : il me cassait les oreilles à toujours murmurer. Mais bon. Je l'avais tué une fois. J'avais vu le résultat !

Notre salut vint quatre jours plus tard par l'entremise de Zua Lazpoa. Celle-là, je fus presque heureux de la revoir quand elle apparut dans l'embrasure de la porte, escortée par deux gros Qivhviens occupés à nous jeter des regards mauvais. Bien évidemment, c'est à moi qu'elle désirait parler. Elle me fit emmener dans une petite salle bien éclairée aux murs lambrissés. Les poutres de soutènement étaient richement décorées, ou plutôt sculptées, de têtes de serpent. Spectacle guère plaisant. J'étais dans une salle d'interrogatoire, pas de doute : au milieu de la pièce, je pouvais observer une petite table massive entourée de bancs. Aux quatre coins, une guérite. Zua fit un geste à ses gardes, leur intimant de s'y planter. Ils s'exécutèrent, non sans me lancer des avertissements visuels. Pas touche à la Dame, sinon on te dévore. Chouette.

La dame en question, vêtue comme pour une soirée funèbre d'une robe de soie noire magnifique et sans fioritures, me jetait des regards furtifs, suffisamment acérés pour me glacer. Je ne savais pas encore ce qu'elle me voulait, mais j'attendais avec appréhension.

Je ne devais pas lui apparaître bien frais : amaigri, sans doute, mais aussi mal rasé, les yeux grisâtres à force de ne plus voir de lumière, vêtu de loques immondes. Ce n'était pas dans cet état que j'allais la séduire. D'ailleurs, après qu'elle m'eut autorisé à m'asseoir sur un banc, j'en eus la confirmation.

Sa voix de serpentine gicla :

— Pauvre Tiric, tu es dans un de ces états ! Vraiment, si tu avais agi comme je te l'avais demandé, tu n'en serais pas là. Tu serais adulé par le peuple qivhvien…

— Écoute, ma jolie, coupai-je, tu vas droit au but ou tu me renvoies dans cette cellule, compris ? Et si tu veux me tuer, prends ton poignard et frappe. Parce que, très sincèrement, j'ai une folle envie de me jeter sur toi et de te couper cette maudite langue de vipère.

Des guérites jaillirent deux grognements et des ébauches de pas, mais la Skada leva une main pour les arrêter.

— Cesse de crier, Tiric. Je souhaite parler affaires. Et je suis ici en secret, d'accord ? Je prends des risques.

Elle avait pris un ton de confidence. Voilà qui devenait intéressant. Cette fichue Qivhvienne complotait encore je ne savais quoi – à croire que c'était sa passion – et elle m'incluait une nouvelle fois dans ses projets. Il fallait qu'elle soit décidément un peu folle. Mais les questions de santé mentale viendraient après. Pour l'instant, j'allais l'écouter, et bien l'écouter ; peser chaque mot qui jaillirait de sa bouche venimeuse.

J'avais beau être aux aguets, l'esprit en éveil pour ne sombrer dans aucune forme de surprise démesurée face à la Skada, jamais je n'aurais imaginé que ses lèvres sèches formeraient de tels mots :

— Je veux que tu assassines l'impératrice.

CHAPITRE 9

Lazpoa sourit, découvrant de jolies canines. Quant à moi, j'aurais souhaité m'incarner dans le corps de la souris de mon rêve. Et disparaître dans un trou. Ou même dans la bouche de ce vieux fou d'Apeô.

Les yeux intenses et lumineux de la Skada m'observaient avec obstination. Ils me suppliaient. Zua devait se trouver sacrément aux abois pour implorer du regard un « chien » de Shao tel que moi. J'aurais pu en tirer du plaisir, ou quelque satisfaction bien légitime, si je n'avais été aussi surpris par cette invraisemblable proposition, et si je n'étais pas persuadé qu'elle larmoyait beaucoup trop pour que ce fût totalement sincère.

Je passai une main nerveuse dans mes cheveux. Mais que se passait-il dans la tête de ma vipère ?

— Skada Lazpoa, parvins-je à articuler, je ne comprends pas bien où vous désirez en venir. Oh ! Vos paroles sont claires, mais ce que je ne saisis pas, c'est pourquoi vous voulez assassiner l'impératrice.

Un sourire forcé glissa sur les lèvres de Zua Lazpoa. Elle joignit les mains, et joua un instant avec ses doigts. Très nerveuse.

— Tout cela, c'est plus ou moins de ta faute, et celle de ton ami. Vous avez provoqué la situation actuelle. Nous sommes en crise, et les luttes de pouvoir s'intensifient. L'impératrice est faible et malade. Depuis vos prouesses dans l'arène, elle n'a plus quitté son lit. Son bascœur a éprouvé bien des secousses, et seul un long repos pourrait la guérir. Mais voilà, l'aubaine est trop belle pour prendre possession du trône. L'impératrice a fait son temps, tout le monde le sait, et l'apport de sang neuf ne peut qu'être bénéfique à notre peuple. Zœziu l'a elle aussi compris. Je sais, par de précieux informateurs, que son camp planifie mon assassinat. Son ordre religieux est puissant et, si je ne la devance pas, elle parviendra sans le moindre souci à m'écarter…

Je grognai. Toujours ces complots à n'en plus finir. À vous dégoûter du pouvoir. Zua me donnait mal à la tête, mais je ne l'interrompis pas ; j'attendais de voir si je pouvais tirer parti de la situation. Si la moindre opportunité se présentait, je la saisirais, pour moi et pour Kardelj.

— Tiric, tu ne m'aimes pas, et c'est réciproque. Nos deux races sont en conflit. Nous avons tué beaucoup des tiens. Mais si tu m'aides, je te promets la liberté…

C'était le bon moment, elle avait enfin lâché les mots intéressants.

— Comment veux-tu que je prenne en compte une seule de tes promesses ? Tu es mauvaise, retorse et rusée. Ta langue sinue plus que les méandres d'une rivière de montagne, ton cerveau est plus tordu que les doigts d'un vieillard bicentenaire. Et tu n'as aucune pitié. Pour personne. Il me faut des garanties. Pour moi, et pour Kardelj. Sinon, ton travail, tu te le fourres au plus profond de tes écailles.

Le visage décomposé, les lèvres tremblantes, la Skada marqua très clairement le coup. Elle avait envie de se jeter sur moi et de me lacérer la gorge. J'étais satisfait de mon effet.

— Tiric, tu n'as rien perdu de ton insolence. Et tu es encore plus dangereux que ce que j'avais imaginé. Si je n'avais pas besoin de tes services, je t'exécuterais de ma main, sans hésitation. Je n'ai aucune garantie à te fournir. Par contre, le jour de l'assassinat, je ferai ouvrir une porte dérobée de la ville, où t'attendront harulls, vivres, et guide. Voilà le marché. Soit tu acceptes ma proposition, valable également pour ton ami, soit tu refuses et, dans ce cas-là, tu resteras croupir dans cette prison un long, un très long moment. Puis tu finiras décapité. Comme le chien de Shao que tu es. Ni plus, ni moins.

— Dure en affaires, première suivante, dis-je, un peu sarcastique. Disons que j'accepte ton offre. Comment vas-tu t'occuper d'évincer Zœziu sans éveiller de soupçons ?

— J'ai un bon plan, pas d'inquiétude !

Les yeux de la Skada brillaient d'une lueur maléfique. Elle était véritablement aliénée par la fièvre du pouvoir ! Pouvait-on laisser une folle prendre un tel empire en main ? Ne regretterais-je pas mes actes un jour, si j'acceptais sa proposition ? J'en avais froid dans le dos, mais je devais prendre une décision. D'un coup, je pensai au petit vieux. Je ne sais pas ce qui me poussa à l'inclure dans les tractations, et pourtant, je le fis, comme si j'avais une dette envers lui, ce qui, tout bien pesé, était peut-être le cas.

— J'accepte le marché. Mais je veux que notre troisième compagnon de cellule soit libéré en même temps que nous.

— Qui est-ce ?

— Un Snadien du nom d'Apeô.

Cela ne parut pas gêner la Skada. Visiblement, elle n'avait jamais entendu parler de lui. Pas étonnant : l'impératrice devait se le réserver ; elle devait mourir d'envie de percer ses secrets magiques. Je pouvais comprendre cela.

— Soit, il en sera ainsi. Nous devons aller vite. J'ai planifié l'assassinat pour demain soir. Ce sont des gens de ma maison qui gardent vos cellules. Ils me sont entièrement dévoués. Ils connaissent déjà les détails de l'opération, du moins leur partie à eux. Ils vous rendront votre matériel et des vêtements propres. Puis, à l'heure dite, ils simuleront une tentative d'évasion de votre part. Réussie bien sûr. Vous devrez en blesser quelques-uns. Ensuite, vous aurez un plan détaillé du château et des passes secrètes. C'est une vraie fourmilière, ici. Votre escapade dans les passages prendra un certain temps, mais vous parviendrez droit aux appartements de l'impératrice. Je serai là, bien sûr, au chevet de la malade ; Zœziu sera présente elle aussi, aucun doute là-dessus. Jamais elle ne me laisserait seule en compagnie de Zerna Krillia. La suite, tu l'apprendras sur place. Tout est clair, Shao ?

Une telle attitude était incroyable. Jamais cette Qivhvienne n'apprendrait la sagesse. À bien y réfléchir, ses actes se calquaient sur ceux des enfants. Comme si tout cela n'était qu'un jeu. Un jeu bien sombre cependant.

— Tout est clair, Qivhvienne. Demain, je saurai si tu es apte à tenir une parole. J'imagine qu'il ne sera pas aisé de se débarrasser de l'impératrice, mais j'espère bien y arriver, uniquement pour voir si, une fois, une Qivhvienne peut assumer ses actes et ses paroles.

J'avais poussé le bouchon un peu loin. Sans que je puisse parer les coups, je pris une soudaine volée de claques en pleine figure. Je les lui rendis aussitôt, sans trop y mettre de force cependant. Celle-là, je désirais la garder encore un peu en vie.

Elle dut penser que nous étions quittes et se leva.

— Gardes, renvoyez ce Shao dans sa cellule.

Son attention revint sur moi.

— Tenez-vous prêts, toi et tes amis. Le jeu sera serré jusqu'au bout.

Elle sortit de la pièce, d'un pas altier et dédaigneux. Je jetai un œil à mes deux protecteurs. Visages fermés. Leurs consignes étaient claires. Ne pas me brusquer. Ne pas me provoquer. Bien. La Skada n'avait qu'un seul plan et elle jouait avec le feu.

Restait à savoir qui, dans cette incroyable histoire, finirait grillé.

Je mis aussitôt Kardelj au parfum. Je ne peux pas dire qu'il sautait de joie à la pensée de se muer en assassin impérial, mais l'idée de rester cloîtré indéfiniment dans cette cellule peu ragoûtante lui plaisait encore moins. Son visage n'exprimait pas grand chose, même si je crus discerner de la perplexité sur ses traits. Il redoutait la trahison de la Skada, évidemment, et sur ce dernier point, mon avis rejoignait le sien : jamais elle ne laisserait de témoins vivants. Elle nous ferait peut-être croire à la liberté, nous trouverions sans doute nos harulls à la sortie de Ferza, soit, mais à peine son forfait commis et un semblant d'autorité mis en place, elle lancerait des hordes d'assassins à nos trousses. Cela ne pouvait pas se dérouler autrement. Son esprit tortueux était bien trop calculateur pour ne pas ébaucher un programme de la sorte.

— Je partage tes craintes, Kardelj. Nous ne lui ferons pas confiance. Dès que nous serons en possession des harulls, nous nous débarrasserons de nos guides et nous galoperons le plus vite possible pour nous éloigner définitivement de Ferza. Avec un peu de chance, nous pourrons rentrer au pays. Balajer me manque. Silga me manque. Et Dussa, ma chère sœur…

— Tu parles d'un pays dévasté, Tiric. Qu'irons-nous y faire ? Nous serions repris, renvoyés aux arènes ? Tués sur ordre de la Skada Lazpoa, pardon… de la future impératrice Lazpoa… Non, nous devrons partir nous cacher ailleurs. Pourquoi pas dans le royaume snadien. Le petit vieux doit connaître le coin comme sa poche. Et c'est une région modérément contrôlée par les Qivhviens.

— Tu as probablement raison. Remplissons d'abord notre part du contrat, et ensuite, gagnons notre liberté. Quand nous l'aurons enfin obtenue, nous pourrons librement nous quereller sur notre future destination !

Kardelj pencha la tête vers moi, dans l'obscurité, et se mit à rire à pleine gorge.

— Serais-tu en train de devenir aussi sage que moi, Tiric Sherna ?

— Je n'en sais fichtrement rien, cher ami. Ce que je souhaite, c'est me tirer de cette ville, et très vite encore !

Pour ça, nous étions bien d'accord. Et Zerna Krillia allait devoir payer la note : elle était notre porte sur la liberté. Au moins, notre acte rendrait un semblant d'honneur au peuple shao. Si tout se passait bien !

CHAPITRE 10

Le lendemain, nous étions, Kardelj et moi, sur les dents. Apeô, lui, ne disait rien mais rasait les murs. Il devait ressentir notre tension. Elle suintait plus que l'humidité sur les parois sales de la cellule. Nous passions le temps en exercices pour affermir nos muscles, mais aussi pour nous libérer un peu l'esprit. Nous ne voulions penser à rien pour le moment.

Il était difficile d'attendre ainsi entre quatre murs, sans savoir si du côté de Lazpoa tout se déroulait au mieux. Son plan pouvait tomber à l'eau si jamais les espions impériaux ou les hommes de Zœziu venaient à comprendre ce que tramait la première suivante. J'espérais que cette catastrophe n'aurait pas lieu et que les événements s'enchaîneraient à notre avantage. Mais il ne fallait pas trop compter sur la chance. Kardelj et moi pouvions compter sur tout sauf sur la chance. Nous étions des guerriers et nous engagerions notre combat en conséquence, avec toutes nos forces… et une mentalité de vainqueurs. Si nous nous en convainquions, nous aurions d'ores et déjà franchi une étape importante.

Le discours de Lazpoa contenait trop d'imprécisions, notamment sur l'heure fixée pour l'évasion.

« Le soir », ça pouvait être n'importe quand, surtout dans un endroit comme une prison, où la notion de temps finit par disparaître, où jours et nuits se confondent en un seul moment grisâtre et long, très long, sans fin.

Notre attente s'acheva par le biais d'un cliquetis sec, alors que nous nous morfondions sur le tas de paille en silence. Apeô s'agita dans son coin lui aussi. Et je décidai de le mettre au parfum.

— Tu vas devoir nous suivre, Apeô. Ce soir, nous allons tenter de t'offrir la liberté.

Je crus discerner une lueur maligne dans ses petits yeux de rat traqué.

— Si vous pouvez vraiment sortir d'ici, je vous suivrai. C'est évident.

Bien, la question Apeô était réglée pour le moment. J'espérais juste que nous ne devrions pas le traîner comme un boulet durant toute l'opération. Au moindre ralentissement, au moindre accroc, nous tomberions en deux temps trois mouvements dans un nid de draguins affamés. Pas dans nos projets, surtout qu'une lueur d'espoir était venue raviver nos esprits chagrins.

La clef tourna dans la serrure, et les verrous furent tirés. La porte s'ouvrit sur deux gardes qivhviens, dont un pidoorgar haut gradé, qui nous observa deux secondes avant de nous jeter un gros paquetage. Nous entendîmes un bruit métallique. Le sac ne contenait pas que des vêtements.

— Dépêchez-vous de vous habiller, chiens ! Nous avons peu de temps.

Kardelj grogna. L'insulte lui restait en travers de la gorge. À moi aussi, mais nous n'avions plus le temps de nous pencher sur des questions d'éthique.

Nous déballâmes le sac. Il recelait des vêtements propres et des armes, comme je m'en étais douté. Rien de bien conséquent toutefois : des pantalons et des chemises en toile, une paire de sandales et une cape noire pour chacun d'entre-nous. Question armes : des épées, des poignards et des couvrecœurs. Même pour Apeô. Les yeux exorbités, celui-ci refusa instinctivement le sabre que je lui tendis. Répulsion totale. Je n'insistai pas. Comme l'avait précisé le pidoorgar, le temps nous était compté.

Nous suivîmes ce dernier dans le couloir. Un regroupement de Qivhviens immobiles nous accueillit armes en main, très peu souriant. Je crus un instant qu'ils allaient nous mettre en pièces, mais il n'en fut rien.

— Kahrzoa sera votre guide, annonça le pidoorgar en nous désignant une Qivhvienne un brin maigrelette mais aux yeux superbes. Vous devrez la blesser avant de rentrer dans le palais.

La Kahrzoa en question eut un sourire pincé. Elle n'avait pas l'air dans son assiette, pas contente du tout de participer à cette nuit meurtrière. Je la soupçonnais bibliothécaire. Pauvre Qivhvienne servile, je l'aurais presque prise en affection, avec son air contrit.

— En attendant, continua le pidoorgar, nous devons simuler une évasion. Blessez-nous. Mais attention, tuez un de mes gardes et j'envoie les ordres de Lazpoa en l'air. Je vous trancherai la gorge sur le champ.

Eh bien, je fus étonné de m'apercevoir que le chef de garde ne portait pas la Skada dans son hautcœur. Ou bascœur. Allez savoir où se logent les sentiments des Qivhviens ! À tous les coups, elle possédait un excellent moyen de pression sur lui, et cela ne me surprenait même pas. Lazpoa était bien une future impératrice, mais une impératrice de la trahison, du coup tordu, et de la manipulation.

Malgré l'envie profondément ancrée de me farcir des Qivhviens, avoir en face de soi des types qui ne bronchent pas n'est pas très amusant. Un coup d'épée ici, un autre là, dans l'épaule, dans la jambe, et l'histoire fut réglée. Les Qivhviens nous jetaient des regards meurtriers. Je les comprenais, et Kardelj aussi. Apeô, quant à lui, observait la scène comme si elle n'existait pas. Aucune émotion ne passait sur son visage de Snadien, et il semblait avoir la tête ailleurs. En pleine lumière, son allure coïncidait avec son état mental : barbe ébouriffée, cheveux sales et gris, traits émaciés et ridés, profondément ridés. Maigre comme il était, son maintien global en prenait un coup : son dos était voûté et son ventre aussi creux que la face concave d'une cuillère à soupe.

— À présent, filez, chiens de Shaos ! Suivez votre guide. Ne la perdez pas de vue. Et qu'ensuite les draguins nains vous bouffent la chair ! éructa le pidoorgar que j'avais gratifié d'une belle estafilade au visage. Ses écailles vibraient de colère.

Avant que j'obéisse à son injonction, il me retint par le bras et me souffla dans l'oreille.

— Débarrassez-vous de cette garce de Kahrzoa une fois le palais infiltré, ce sont les ordres de Lazpoa !

Je haussai les sourcils, hochai la tête, trop surpris par cette requête pour répliquer. Et je rejoignis rapidement notre petit groupe qui disparaissait déjà au bout du couloir pierreux, motivé par le désir d'en finir au plus vite avec cette histoire de dingues.

Kahrzoa portait la seule torche du convoi et nous

guidait prudemment dans un dédale de tunnels. J'avais la vague impression que nous descendions progressivement, et la légère déclivité du chemin semblait me donner raison. Une odeur d'égout de plus en plus tenace traînait dans l'air lourd. De mon côté, je suais comme un bœuf. Car outre l'odeur, une féroce chaleur envahissait les lieux, déserts à cette heure supposée avancée de la nuit.

— Nous approchons des forges impériales, chuchota notre guide d'une voix onctueuse. Une belle voix, pensai-je, pour une Qivhvienne, celles-ci m'ayant plus habitué à des voix sifflantes et désagréables.

— Nous allons les contourner de loin, l'endroit est très fréquenté jour et nuit. Cela fait des années que j'étudie l'architecture du palais impérial et je connais des chemins dérobés, absolument inconnus ou oubliés. Avec un peu de chance, nous ne rencontrerons personne.

Encore la chance, me dis-je avec un brin d'ironie. Chance ou pas, quiconque se mettrait en travers de notre route périrait. Kardelj agirait de la même façon que moi et ne se poserait pas de question.

Nous continuâmes à marcher un long moment dans des tunnels que je jugeais encore principaux. Nous nous arrêtions si nous entendions des pas, bifurquions momentanément pour nous cacher s'il le fallait. Cet endroit se révélait un véritable labyrinthe, une ville souterraine composée de couloirs, de salles vides, d'armureries et de portes. Des portes partout. Pas étonnant si la plupart de ces endroits restaient inutilisés ou oubliés. Nous déambulions dans une vraie jungle où Kahrzoa se repérait avec une aisance surnaturelle. Elle n'hésitait jamais sur la direction à prendre, son pas était ferme et précis. Lazpoa avait bien choisi ce guide, jusqu'à preuve du contraire !

Kahrzoa s'arrêta net, coupant mes réflexions. Nous nous trouvions en plein milieu d'une nouvelle salle poussiéreuse où seules quelques souris crissaient dans un coin.

— Que se passe-t-il ? demandai-je, un peu brusquement.

Mon irritation gagna Kardelj, qui secoua notre guide devenue immobile.

Celle-ci pointa ses canines bien blanches vers nous et grogna faiblement. Quelque chose la gênait, et nous ne tardâmes pas à savoir quoi.

— Écoutez, Shaos, je sais que Lazpoa n'a nulle intention de me laisser la vie sauve. Elle ne voudra laisser aucun témoin derrière elle. Je suis certaine qu'elle vous a donné des ordres en ce sens. Alors je ne vais pas plus loin sans garanties. Je ne suis pas idiote.

— Non, assena Kardelj avec sincérité. Nous n'avons eu aucune directive de ce genre. Nous n'avons pas l'intention de vous tuer. Tout ce qui nous motive, c'est gagner notre liberté et fuir cette cité au plus vite. Pas vrai, Tiric ?

Je toussotai, un peu mal à l'aise. Le pidoorgar m'avait donné des ordres, à moi. Devais-je me taire puis la tuer ensuite, ou tout lui dire et la laisser en vie ?

— Le pidoorgar, tout à l'heure, m'a ordonné de la tuer une fois que nous serions arrivés à destination…

Kahrzoa se figea, et je vis ses écailles frissonner à la lumière de la torche. Son joli visage, soudain, montrait de la peur, mais aussi de la détresse. Toutefois, elle ne devait pas s'inquiéter. Ma franchise prouvait que je n'avais nulle envie de l'occire. Sa propre franchise et son aplomb me plaisaient. Il fallait du cran pour s'opposer de la sorte à deux guerriers inconnus et armés.

Kardelj m'observait en attendant la suite. J'étais sur ce coup-là le dépositaire de sa façon d'agir.

— Nous ne vous tuerons pas, dis-je simplement.

Les traits de Kahrzoa se détendirent légèrement.

— C'est une promesse? La tiendrez-vous réellement?

— Foi de Shao! murmurai-je en articulant distinctement pour que mes mots sonnent vrais.

Ses yeux plongèrent dans les miens, puis dans ceux de Kardelj. Apeô ne comptait pas dans ce serment, et elle le laissa à part; il ne l'inquiétait pas outre mesure.

— Très bien. Je ne peux que vous accorder ma confiance.

— La parole d'un Shao vaut un document officiel, assura Kardelj.

Kahrzoa sourit. Un sourire aigre-doux.

— Je l'espère, sinon je suis morte!

Elle sortit un papier froissé de sa manche et consulta un schéma vite griffonné. Doucement, elle s'approcha d'une paroi, suivit du doigt une ligne creusée dans la pierre, que jamais je n'aurais vue si elle ne m'avait pas demandé de lui tenir la torche. Son doigt atteignit bientôt un orifice large comme un pouce. De sa poche, Kahrzoa extirpa une bille en plomb qu'elle glissa dans le trou. Nous l'entendîmes rouler un moment puis chuter. Une chute assez courte qui provoqua un bruit mat, suivi d'un léger déclic. Un pan de mur glissa lentement sur lui-même.

Intéressant. Nous venions de débloquer un passage secret.

— Depuis plusieurs années, j'étudie ce palais, et je commence à le connaître. Il est truffé de passages de ce genre. Les premières impératrices de Ferza souhaitaient des portes de sortie dérobées en cas d'attaque. Mais au fil des siècles, depuis que prospère l'empire qivhvien, ces passages sont progressivement tombés dans l'oubli. Les impératrices n'en voyaient plus l'utilité. En quatre cents ans, jamais un coup d'État n'a été tenté. Les remous politiques concernent en général les seuls affrontements entre suivantes. Mais aujourd'hui, tout est différent. Lazpoa se dévoile comme la plus ambitieuse des suivantes dont j'aie le souvenir. Et sa façon d'agir ne respecte aucun code politique… elle est incontrôlable. Zerna Krillia n'est pas frappée de cécité : la situation l'irrite, et elle donne de plus en plus ses faveurs à Zœziu, d'après les bruits de couloir qui circulent.

Même si je ne connaissais pas les arcanes de la politique qivhvienne, j'avais pu mesurer l'ambition de Lazpoa. Et j'admettais sans un soupçon d'hésitation qu'à l'avenir elle pourrait se révéler extrêmement dangereuse. La vipère était consumée par le feu du pouvoir…

— Vous allez contribuer à placer sur le trône de Ferza le pire tyran que les Qivhviens aient connu, conclut Kahrzoa, d'une voix fataliste.

— Cesse de te plaindre, rétorquai-je, irrité une nouvelle fois par notre guide. Toi aussi, tu y participes. Et peu m'importent les raisons qui t'y poussent. Le seul point notable, c'est que tu y prends part, tout comme nous.

— Vous avez raison, et j'en serai à jamais damnée.

Elle s'engouffra sur ces mots dans la nouvelle galerie, et nous l'y suivîmes d'un pas lent. Aucune course n'était évidemment possible dans cet étroit boyau poussiéreux envahi de toiles d'araignées ; nous devions nous courber si nous ne voulions pas nous cogner la tête. Je fus surpris de constater qu'Apeô suivait toujours sans se plaindre. Parfait, nous avions un problème en moins et, pour l'instant, tout se déroulait sans aucun pépin. J'en étais à la fois surpris et satisfait, sachant cependant que le plus difficile viendrait bientôt.

Le chemin de la galerie montait sans fin, en pente douce, et j'avais l'impression que nous l'explorions depuis des heures. Mais la tension nuisait certainement à mon horloge interne. Derrière moi, j'entendais la respiration régulière de Kardelj et le souffle plus saccadé d'Apeô. Depuis quelques minutes, la galerie caillouteuse et pleine de trous avait cédé la place à des marches. De vieilles torches antédiluviennes, accrochées aux parois plus lisses, finissaient de pourrir. Une demi-douzaine d'écussons métalliques brunis par la rouille et scellés dans la pierre décrivaient, comme une carte, les lieux que nous allions bientôt aborder. Visiblement, nous approchions du but. Mon cœur battait la chamade à cette idée, et je tentai de le calmer en reprenant longuement ma respiration. Je me trouvais tendu. Bien trop. La semi-obscurité prolongeait mon malaise sans que je puisse m'en défaire. Les Shaos n'aimaient définitivement pas le noir. Merde. Je devais me reprendre, sinon, autant rester moisir jusqu'à la fin de mes jours dans cette galerie puante. Je ne savais pas si Kardelj ressentait le même état de confusion, mais égoïstement, je l'espérais. J'avais plus peur ici que dans l'arène, pour je ne sais quelle raison, et je tentai de la combattre, tout en gravissant les ultimes marches. Ma main tremblotait sur le manche de mon sabre. Une bouffée d'air plus tard, je retrouvai enfin mon calme. Et à la fin de cette bouffée, notre charmante guide chuchota :

— Nous y sommes. Derrière ce mur, il y a l'akom, la grande piscine intérieure de l'impératrice. Une trappe s'ouvre dans le dallage mural. À cette heure-ci du soir, elle est normalement vide. Elle l'est d'autant plus que l'impératrice est alitée.

Jusque-là, nous n'avions pris aucun risque. Nous pouvions remercier Kahrzoa et sa connaissance des sous-sols ; mais dorénavant, la donne changeait : le palais était un lieu de vie et de mouvements, le risque de croiser du monde augmentait en flèche. L'idéal aurait été de rejoindre la chambre impériale sans rencontrer âme qui vive ; un doux rêve, évidemment. Kahrzoa nous le confirma :

— Normalement, mon rôle devrait s'arrêter ici, et je suis censée vous donner le plan pour atteindre la chambre de l'impératrice. Ce n'est pas compliqué, nous allons déboucher juste à côté. Mais le coin est rempli des meilleurs gardes de l'empire, l'escorte personnelle de l'impératrice. Je vais vous accompagner jusqu'à la sortie de l'akom, puis vous devrez vous débrouiller seuls. Cela vous convient-il ?

— Ce sera parfait, répondit Kardelj. J'ai juste une dernière question : si nous parvenons à assassiner l'impératrice, et si nous réussissons à fuir, comment éviter la perfidie de Lazpoa ? Je n'ai pas confiance. Elle prétend qu'elle nous fera conduire à une porte de la ville, où nous attendent un guide et des harulls.

Mais nous n'avons aucune garantie. Et j'aimerais avoir une solution… plus fiable.

Kahrzoa plissa les yeux, et sa fine croûte sourcilière s'affaissa légèrement.

— Elle ouvrira la porte la plus proche du palais. Je sais qu'elle en a donné l'ordre, j'étais présente à ce moment-là… écoutez… vous cherchez une solution de repli, et j'en cherche une moi aussi. Si vous m'emmenez avec vous, je vous conduirai moi-même à cette porte et…

— Hors de question ! coupai-je. Je ne te fais pas confiance au point de t'adjoindre à notre groupe de fuyards. Nous ne pouvons pas prendre de Qivhvienne avec nous !

— Tiric, intervint Kardelj de cette voix calme et sage dont lui seul avait le secret, elle a raison : l'emmener avec nous, au moins un certain temps, ne peut être qu'un atout supplémentaire. Si elle nous donne sa parole d'éviter tout coup fourré, je suis prêt à l'accepter parmi nous !

— Tu es fou, Kardelj !

— Non, il a raison, me coupa Kahrzoa. Votre ami a bien cerné tous les avantages de ma présence. En pays qivhvien, quand on est Shao, mieux vaut être accompagné d'un Qivhvien. Je peux toujours me faire passer pour votre maîtresse, et vous n'aurez pas de soucis avec les patrouilles. Je vous donne ma parole de ne rien préparer de mauvais contre vous. Cela ne va pas dans mon intérêt. Ici, à Ferza, je suis complètement hors-jeu. Je dois quitter la capitale, ou je mourrai. Je n'ai pas d'autre choix.

Je secouai la tête de dépit. Je ne sentais pas l'affaire. Je n'avais qu'une estime modérée pour les Qivhviennes. J'avais pu juger à quel point leur esprit pouvait être pervers et retors. Mais je me résolus à accepter les arguments de Kardelj et Kahrzoa. À contre-cœur.

— Très bien. Nous agirons ainsi. Pendant notre assaut de la chambre impériale, nous te confierons Apeô. Il restera avec toi jusqu'à notre retour.

— Je ne suis pas d'accord, répliqua une voix de vieillard. Je ne vous quitte pas d'une semelle.

Nous en restâmes tous interloqués. Apeô ne prenait pas souvent part à la conversation.

— Mon vieux, ne discute pas. Nous n'avons pas besoin d'un fardeau supplémentaire.

— Je peux rendre de bien meilleurs services que vous ne pensez, jeune fou! cracha-t-il en me jetant un regard mauvais.

Et sur ces mots, il leva la main. Cette main rouge-sang si répugnante. Dans la lumière de la flamme, je la vis se dilater, et grossir. Grossir, puis s'allonger comme s'il s'agissait d'une liane. Bientôt, des doigts serpentiformes, visqueux et élastiques encerclèrent mon cou et serrèrent. Instinctivement, je mis la main au fourreau, prêt à empoigner mon épée. Mais, déjà, la main magique d'Apeô se retirait, se rétrécissait, et reprenait son aspect normal.

— Je peux agir sur les gardes, aussi, énonça-t-il comme une vérité générale.

— Très bien, tu es des nôtres, adjugea Kardelj, visiblement admiratif de ce coup d'éclat magique.

Devant ce tour de passe-passe je souris un peu jaune, mais j'admis sans peine l'atout que pouvait représenter ce pouvoir. Après tout, autant placer dès à présent les meilleures cartes possibles dans notre jeu.

— Je m'incline, dis-je simplement. Allons-y, maintenant. Le temps passe, et nous n'avons pas toute la nuit.

D'un geste souple de la main, Kahrzoa m'invita à venir pousser sur une dalle. Je m'exécutai dans la seconde. D'ici quelques minutes, notre sort serait scellé.

CHAPITRE 11

Comme nous l'avait prédit Kahrzoa, l'akom était vide et plongé dans le noir absolu. La dalle était bruyamment retombée sur le sol, et nous espérions être restés discrets. Grâce à la torche, nous pouvions admirer les lieux sans problème. La salle était oblongue, basse et fraîche. Les effluves de l'eau remplissant le grand bassin aux abords faïencés chatouillaient nos narines. De larges feuilles de Mauny en fleur flottaient dans la piscine et embaumaient la salle aux murs tapissés de tableaux de marbre bleu. J'avais une folle envie de piquer une tête dans cette eau sombre pour me débarrasser de la crasse accumulée sur mon corps depuis toutes ces semaines, mais ce n'était ni le lieu ni le moment pour des manies luxueuses de cartar. Le silence régnait en maître, hormis le son de nos pieds glissant doucement sur le carrelage humide. Nous nous approchâmes, sans précipitation – pour éviter une chute malvenue –, de la grande porte d'accès.

— Il n'y aura pas à la forcer, murmura Kahrzoa. Elle est toujours ouverte. Cette pièce n'est pas sous haute surveillance, sauf quand l'impératrice prend ses bains.

La porte, du bois massif, me posait un léger problème : je la soupçonnais grinçante à l'ouverture. Nous devions par conséquent la manipuler avec maintes précautions. Je tâtonnai un moment dans le noir pour localiser la poignée. Par prudence, notre guide avait éteint la mèche de la torche, et je recommençai à ressentir l'influence néfaste de l'obscurité. La poignée était dure, et la tourner exigeait un gros effort.

— Kardelj, j'ouvre, prépare-toi !

— Parfait, je n'attends plus que ça.

Kahrzoa intervint avant que je ne m'exécute :

— Vous allez déboucher dans un long corridor. Il vous faut le traverser, puis tourner à gauche. Vous trouverez un nouveau corridor, plus court. Tout au bout, vous apercevrez une porte, similaire à celle-ci. Ce sont les appartements de l'impératrice. Que Karez vous guide !

Elle s'écarta et se plaça en retrait. Le chemin était facile ; la difficulté résidait dans ces quelques mètres présumés bondés de gardes.

— Kardelj, Apeô, j'y vais !

La poignée tourna difficilement dans ma main, sans grincer. J'avais procédé avec suffisamment de lenteur pour l'éviter. Bientôt, je ramenai la porte vers moi, juste de quoi jeter un œil discret dans le couloir. Je fis un geste de la main pour faire savoir à Kardelj et Apeô où se tenaient les gardes. La bonne nouvelle était qu'ils nous tournaient tous le dos. Nous n'étions pas dans l'axe de circulation logique du palais, et personne n'était censé sortir de l'akom. L'effet de surprise devait jouer. Et surtout, je l'espérais, avec un minimum de bruit. Je saisis le couteau qu'on m'avait gentiment légué, et sortis de l'akom, à pas feutrés, suivi de mes deux compagnons. Les gardes se tenaient au bout du couloir, à dix mètres. Qu'un seul d'entre eux ait l'idée de se retourner et c'en était fini de nos rêves de discrétion. Ils tenaient tous une lance sur laquelle ils s'appuyaient mollement, pas aussi nerveux et aux aguets que l'avait prédit Kahrzoa. Ils guettaient sans entrain les deux couloirs, sur leur droite et leur gauche. La routine quotidienne. Il n'y avait aucune raison qu'ils changent d'un seul coup leurs habitudes. Encore trois mètres. Puis deux. Et j'ai soudain sonné la charge – silencieuse – en dégainant mon épée. Mon couteau dans l'autre main se précipita à la rencontre de la première gorge venue. Je m'étais focalisé sur le groupe de deux, laissant les quatre autres à Kardelj et Apeô. Un premier garde s'effondra sans savoir ce qui lui arrivait, tandis que le deuxième se voyait transpercé par mon épée au niveau du hautcœur. Du travail propre et efficace.

Mes compagnons n'étaient pas en reste. Au même moment, Apeô déployait sa main magique qui recouvrit entièrement le visage d'un soldat, l'étouffant. Kardelj, lui, avait déjà égorgé un autre reptile, et décapité un deuxième d'une rotation précise – et, ma foi, fort esthétique. Il n'était pas maître d'armes pour rien. Avant que le seul adversaire encore libre de ses mouvements puisse réagir, je me jetai sur lui l'épée en avant. Mais il parvint à parer avec sa lance, me rejeta au sol, la tête contre le mur. Heureusement pour nous, le Qivhvien oublia de crier à la garde, ce qui laissa à Kardelj le temps d'ajuster le soldat avec son couteau. Pfuiit. Pleine gorge. Le reptile porta instinctivement les mains à son cou puis s'effondra lourdement. Restait celui aux prises avec Apeô. Mais l'affaire était en bonne voie de résolution. Le garde claquait sa queue pleine de piquants retroussés sur le sol, signe d'un étouffement prochain. Je me relevai, accourus vers lui, et l'achevai d'un coup d'épée bien placé. Apeô put alors rappeler sa main.

Nous nous entreregardâmes, le souffle court. Le combat avait été âpre, mais exécuté de main de maître. Rien à dire : dès que l'effet de surprise était du côté le plus expérimenté, la conclusion était radicale et nette.

Autre point positif, nous n'étions pas repérés. Et surtout, la voie était libre jusqu'à la grande porte donnant accès à la chambre impériale !

— Allons-y, dit seulement Kardelj, désignant celle-ci d'un air déterminé.

Nous marchâmes précipitamment vers la grande entrée, synonyme d'espoir, mais aussi de mort. Je repensai soudain à tous les Shaos décédés sur les champs de bataille. La mort de Zerna Krillia, maîtresse de Ferza et du reste du monde, leur serait dédiée, en mémoire de leur sacrifice. Et si j'avais l'occasion d'éliminer cette sale engeance de Lazpoa dans la foulée, je ne m'en priverais pas. Kahrzoa était dans le vrai. Une fois Zerna Krillia morte, ma vipère favorite se muerait en tyran. Il fallait éviter cela. Cet avenir toujours très incertain allait se dévoiler derrière cette grande porte en bois exquisément sculptée, où agonisait une vieille Qivhvienne. Tout se jouait maintenant.

Juste une nouvelle poignée à tourner.

*

Le tableau qui nous attendait à l'intérieur était idyllique. Toutes les vipères de l'empire s'étaient donné rendez-vous dans cette pièce : Zua Lazpoa, Zœziu, Zerna Krillia, alitée comme il se devait, mais aussi une cohorte de suivantes que notre entrée figea sur place. Pas l'ombre d'un Qivhvien mâle. Ils n'étaient jamais admis dans la chambre de l'impératrice, sauf cas exceptionnel, pour la reproduction par exemple. J'aimais bien la tête de Lazpoa, faussement surprise, une lueur maléfique coincée au fond de ses yeux violets. Elle aurait pu jouer dans une troupe de théâtre de rue. Quant à Zœziu, son regard passait de nous à Lazpoa ; elle cherchait à savoir si notre présence était liée à un complot fomenté par son ennemie intime. Seulement, Zua paraissait si sincèrement surprise que le doute devait la submerger. Quant à l'impératrice, elle n'avait pas conscience de notre présence. Son immobilité confirmait un coma profond.

— Suivantes ! Filles de l'empire ! Emparez-vous de ces criminels shaos sur-le-champ ! cria Lazpoa en pointant un doigt accusateur vers nous trois.

Elle se leva, les jambes arquées par la tension.

Une dizaine de Qivhviennes, peu impressionnées par notre présence, dégainèrent une longue dague et entourèrent la couche de Zerna Krillia. Je fis signe à Apeô de rester en dehors de la bagarre. Il pourrait couvrir nos arrières s'il le désirait. Les Qivhviennes, vêtues de courtes robes en mailles métalliques, toutes identiques, le front cerclé d'un bandeau serti de pierres précieuses, s'approchèrent lentement de nous. Leur peau d'écailles en mouvement me fascinait. Nous pointâmes nos épées, prêts à subir les assauts de ces furies. Nous ne pouvions compter sur leur supposée faiblesse. Certaines de ces vipères étaient de redoutables tueuses entraînées et expérimentées. Zerna Krillia ne pouvait pas s'entourer que de simples courtisanes ! Nous en fîmes rapidement l'expérience. Elles étaient agiles comme des draguins nains et nous sautèrent dessus. Je parai comme je pus la première vague ; Kardelj, près de moi, en fit autant. Nous avions plus d'allonge, mais elles étaient vives, nombreuses, et hargneuses. Apeô s'était fait oublier dans un coin. Sa vieillesse, son aspect crasseux, le catégorisaient sénile et insignifiant. Mais elles avaient tort. C'était le plus dangereux de nous tous.

Zœziu et Zua regardaient leurs suivantes nous harceler, pleines de faux ou de vrais espoirs selon la personne. Zœziu paraissait sûre de la force des suivantes, et là-dessus, je ne lui donnais pas vraiment tort. Nous étions dans l'incapacité d'en toucher une seule. Elles tentaient de nous déstabiliser par des feintes incessantes, sans prise de risque, hormis quand leur corps d'une souplesse insoupçonnée se distendait, se tordait pour nous atteindre. J'attendais, tout comme Kardelj, qu'elles se fatiguent à nous tourner autour et qu'elles passent enfin à un véritable assaut. Nous saurions les recevoir dignement.

Du coin de l'œil, je vis que Zua commençait à perdre patience. Sans doute le temps était-il compté avant que toute la garde du palais ne débarque, attirée par le vacarme. Effectivement, il devenait urgent de passer à l'action.

Les suivantes se décidèrent soudain, irritées de voir leurs feintes de corps neutralisées. Une première furie se jeta sur moi. Elle était si rapide que son assaut faillit me déstabiliser pour de bon. Un moment, je crus qu'elle parviendrait à me percer l'estomac. Mais, à la force des bras, je retournai son couteau contre elle et j'eus raison de sa hargne. Elle retomba sur le sol comme une feuille morte. Et soudain, ce fut un véritable tourbillon de sang et de coups, de parades, de morsures, de piétinements, de cris et de douleur. J'évitai des dagues, des crocs, des coups de pieds, et ripostai le plus vite et le plus précisément possible. Les maillons métalliques des robes empêchaient mes lames de pénétrer la chair du premier coup, et je devais sans cesse m'y reprendre à plusieurs fois, en visant de préférence la gorge des Qivhviennes. Je n'avais plus le temps de m'occuper de Kardelj ou d'Apeô. Kardelj était, de toute façon, aussi submergé que moi et abattait son propre travail.

Je pris des coups, mais en rendis plus encore. Puis, à un moment donné, je notai que les assauts se raréfiaient, devenaient moins vifs, et moins tranchants. Des cadavres jonchaient le sol, en désordre, les uns sur les autres. Je ne me sentais guère vaillant, et mon corps me criait d'arrêter les frais. Je devais être blessé, ma vue se brouillait, et seul mon instinct de tueur gardait le dessus pour la simple défense de ma vie. Pour ce qu'elle valait en cet instant précis !

Une Qivhvienne me lança sa dague, et mon épaule se chargea de la recevoir. Je ne criai même pas de douleur. Un ardent désir de survie montait en moi et anesthésiait toute douleur. En guise de représailles, la Qivhvienne reçut mon épée au ras du cou. Trachée tranchée. Joli coup.

Surpris, je vis qu'il s'agissait de mon ultime adversaire. Je retirai sèchement la dague de mon épaule et me dirigeai fébrilement vers le lit de Zerna Krillia. Tout ça pour tomber bêtement en arrêt devant une scène inattendue. Apeô, sous le nez d'une Zua et d'une Zœziu totalement abasourdies, avait déployé sa main rouge, qui recouvrait, hors d'atteinte des deux vipères, le visage de Zerna Krillia. Le choc d'une mort prochaine l'avait éveillée et je pouvais juste observer, seule partie de son visage visible avec le front, ses yeux surpris implorer la grâce de celui qu'elle avait dû torturer des centaines de fois. Quant à Kardelj, je le sentis soudain à mes côtés, bien vivant et sans doute aussi ébahi que les autres survivants du carnage.

Zua fut la première à se reprendre. D'un geste sec, elle attira Zœziu à elle. Elle effleura je ne sais quoi, derrière elle, et une porte dérobée s'ouvrit. Elle s'y engouffra avec sa sœur ennemie et disparut sans laisser de traces, avant que je puisse réagir.

Et durant ce court laps de temps, imprégné de trahison, de confusion et de sang, l'impératrice mourut, seule, abandonnée par les siennes.

Quant à moi, je digérais très mal la disparition de Lazpoa.

Zua Lazpoa avait mené très habilement son accession au trône impérial. Elle n'avait pas tué Zœziu par la même occasion, non, c'eût été trop facile pour elle, peu glorifiant. À coup sûr, elle s'en était désormais fait une alliée.

Encore un peu choqué, je regardai Kardelj et Apeô.

— Tirons-nous d'ici. En vitesse.

D'un air las, Kardelj hocha la tête vers moi et articula difficilement :

— Tiric Sherna, c'est la chose la plus sensée que tu aies dite aujourd'hui.

INTERLUDE

An 672. Cité de Cauzyr.
Royaume snadien.
Dans une forge.

La cage aux vieux barreaux rouillés renfermait trois petits êtres. Des Rimaols. Le vieil homme les avait capturés après une longue recherche. Sans doute aurait-il dû se sentir soulagé. Il savait que ces trois Rimaols étaient les derniers de leur race, et qu'il allait les tuer.

— Réfléchissez bien, implora l'un d'eux d'une voix fluette et légèrement tintinnabulante. Vous savez que vous êtes manipulé. Notre extinction, même inévitable, n'est pas nécessaire.

Le vieil homme se gratta la barbe un moment. Son regard fixait les trois êtres ailés aux yeux lumineux. S'il continuait à ainsi plonger dans leurs pupilles amères, il serait incapable d'achever sa tâche.

— Bien sûr que votre race disparaît. Une maladie vous décime depuis plusieurs siècles. Que votre mort intervienne maintenant ou dans quelques années, au bout du compte, cela ne changera rien. J'en suis désolé.

Le plus hardi des Rimaols se jeta contre les barreaux de la cage avec fracas. L'écho courut un court instant dans la forge.

— Vous avez raison. Nous sommes les trois derniers de notre espèce. Notre mort est proche. Mais nous cherchions un remède que nous étions sur le point de découvrir. Même si je ne suis pas en position de force pour discuter, accordez-moi une faveur : relâchez l'un d'entre nous. Le sabre que vous désirez forger peut se contenter de mon sang, et de celui d'un autre des miens. Je vous garantis ma totale soumission si vous acceptez cette requête.

Le forgeron ne répondit rien. Il tourna le dos aux Rimaols, puis se mit à battre le fer du sabre dont il avait entrepris la confection. Ce serait la plus belle de ses créations, la plus puissante d'entre toutes, une arme de sagesse et de victoire. Il l'avait vue en rêve. Ce rêve qui le guidait depuis toutes ces années, cette voix qui lui ordonnait : « Trouve les derniers Rimaols et, avec leur sang mêlé au fer, forge la lame et la garde de ton plus beau sabre. Leur sang est un vivier de puissance. Il sera précieux quand le chaos surgira. »

Au début, tout cela lui avait paru idiot. Il n'était qu'un simple forgeron, doué et apprécié certes, qui aspirait à la tranquillité. Pourtant cette voix, ni masculine, ni féminine, rauque cependant, revenait avec insistance et, au bord de la folie, il s'était engagé dans une recherche qu'il ne croyait pas voir aboutir. Or ces Rimaols étaient enfin en son pouvoir, au bout de vingt ans d'infructueux voyages, de privations, de maigres indices. Pouvait-il décemment, après toutes ces nuits sans sommeil, toutes ces souffrances, les laisser partir sans accomplir sa tâche ? La réponse était non. Il se moquait pas mal de la renommée, tout ce qu'il désirait, c'était recouvrer enfin le calme, la sérénité et le repos. Mais le Rimaol avait marqué un point : selon ses propres calculs, il n'était pas dans l'obligation absolue de tuer ses trois captifs. Deux suffiraient.

Il lâcha son marteau sur une enclume, se retourna vers la cage, mais évita de croiser le regard du chef Rimaol.

— C'est d'accord, l'un de vous vivra. À vous de le choisir.

Les yeux du chef ailé luisirent intensément. De très vieux parchemins racontaient qu'une immense surprise provoquait cette lueur ardente dans les iris triangulaires des Rimaols. Depuis bien longtemps, nul humain n'avait plus vu ces êtres en chair et en os. Ils étaient devenus une légende plus qu'une réalité.

— Je vous remercie, répondit simplement le Rimaol. Weijire vivra. C'est elle, et elle seule, qui porte l'avenir de ma race.

*

Deux jours plus tard, le forgeron mélangea à la nourriture de ses prisonniers du Gamesh, un paralysant naturel tiré des racines d'un arbre appelé Bezk. Il les endormit et en tua deux. Dans une gamelle, il récupéra tout le sang possible. Le liquide épais était d'un rouge étincelant, et cette vision émerveilla le vieux forgeron. Il ressentait toute la magie de cette contemplation macabre.

Alors, il se remit à son œuvre.

Le fer fut mélangé au sang. Par inadvertance, il s'en renversa quelques gouttes sur une main et pesta pour ce gâchis. Mais le résultat était là : le sabre rouge vibrait d'une énergie peu commune, dégageait une puissance et une solidité incommensurables. C'était comme si le sang lui offrait une protection divine.

Satisfait, il relâcha son dernier prisonnier. Celui-ci avait les yeux clos et refusa de les rouvrir.

— Pourquoi n'ouvres-tu pas les yeux, Rimaol ? Tu es libre à présent, je ne te ferai aucun mal.

— Je le sais. Mais je refuse de contempler l'objet de mes souffrances. Je refuse de voir ce pour quoi sont morts mes proches. Je reviendrai ici, te voir, quand la fin viendra. Quand toutes les pièces de ce jeu seront réunies.

— Quel jeu ?

— Tu le sauras peut-être un jour ; je l'espère pour toi.

Le vieillard sortit la créature de la forge, et celle-ci s'envola. Bientôt, il la perdit de vue. D'un coup, il se sentit triste et abattu.

*

Bien plus tard, le forgeron, désireux d'oublier cette histoire, jeta le sabre du haut d'un précipice, près du bord de mer. Ses rêves disparurent en même temps.

— Que quelqu'un le trouve et en fasse ce que bon lui semble ! Ce n'est plus mon histoire. Par Kaldu, je veux oublier, retrouver ma forge, finir ma vie paisiblement.

Mais le vieil homme n'oublia jamais. Comment aurait-il pu ? Tous ces voyages, toutes ces années passées à traquer des créatures réputées disparues. Et surtout, comment oublier cette tache de sang sur sa main droite ?

Cette tache qui refusa toujours de s'en aller…

DEUXIÈME PARTIE

LE SABRE

CHAPITRE 12

Quand un feu crépite longuement et doucement, assure un dicton shao, l'âme des Anciens veille sur vous.

Hélas, ce maudit feu refusait de prendre. De mauvais augure. Il avait plu des cordes toute la journée, et nous avions fait halte sous une hêtraie, à l'écart des chemins fréquentés.

— De toute façon, ton feu n'était pas une si bonne idée que cela, se moqua Kardelj. Nous pourrions nous faire repérer. Nous sommes encore bien trop proches des faubourgs de Ferza. Et moi, je ne tiens pas à y retourner !

Je grognai sans daigner répondre. J'étais de piètre humeur. Kardelj s'était entièrement remis de ses blessures, mais moi, j'avais mal partout. Malgré les onguents dénichés dans la sacoche de Kahrzoa, mon épaule me faisait souffrir, comme chaque parcelle de mon corps qui avait reçu les offrandes des suivantes.

Kahrzoa, assise en tailleur sur l'herbe, me jetait un regard neutre. Je n'aurais su deviner ce qui bouillonnait dans le cerveau de cette beauté qivhvienne. Elle nous avait été d'un grand secours, certes, mais j'admettais assez mal qu'elle ait pu nous accompagner.

Quoi qu'elle en pense, quoi qu'elle fasse, je la considérais comme une ennemie. Pas facile, quand on a été le prisonnier d'une race étrangère, d'admettre que tous les représentants de cette race ne sont pas forcément des monstres. Et, en apparence, Kahrzoa n'avait rien de sanguinaire. Elle était le portrait opposé de Zua Lazpoa. Kardelj ne donnait pas l'impression d'être rongé par ce problème.

Après tout, elle nous avait sortis sains et saufs de Ferza. Tout s'était parfaitement déroulé. En réalité, le plus surprenant venait de Lazpoa : elle avait tenu parole. Quatre harulls – quadrupèdes des steppes snadiennes à la tête oblongue comme une pastèque –, et un guide nous attendaient sous un auvent de pierre, derrière une porte d'accès à la cité.

Puisque Kahrzoa nous accompagnait, nous avions assommé le guide fourni par Lazpoa et l'avions ligoté sous l'auvent. La Qivhvienne avait préparé notre fuite en vitesse, pendant ce temps. Ensuite, elle se révéla utile : à chaque rencontre avec une patrouille, le pidoorgar nous avait reluqués avec suspicion, malgré les liens qui nous entravaient, précaution utile. Dans tous les cas, elle avait sorti le même mensonge. Elle nous conduisait à Nagota, pour recevoir l'enseignement des maîtres d'eau dans les temples de Karez. Ainsi, nous pourrions servir dans les piscines impériales, bénites par Karez, où nous pourrions délivrer les prières et les sacrements purificateurs avant le bain des nobles qivhviennes. C'était notre récompense pour notre excellente conduite d'esclaves. J'avais imaginé, un instant, que si ces Qivhviens avaient assisté aux combats dans l'arène, ce camouflage tomberait bien vite à l'eau. Mais nous n'avions connu aucun pépin. Les papiers de Kahrzoa étaient en règle et, qui plus est, frappés du sceau impérial. En conclusion, les patrouilleurs ne trouvaient aucun motif pour nous arrêter. Sauf que ce transfert vers Nagota se faisait un peu avant l'aube et ce n'était pas très courant, nous avait prévenus notre guide. À la première alerte, celle-ci avait embobiné un pidoorgar : Nagota n'était pas la porte à côté, raconta-t-elle. Partir aussi tôt n'avait donc rien de remarquable si nous voulions parvenir à destination avant la prochaine nuit. Un pidoorgar, toutefois, avait poussé le vice procédurier en proposant une escorte. Pour lui, il n'était pas très sage de voyager seule, presque désarmée, en compagnie de trois humains potentiellement dangereux. Avec beaucoup d'aplomb et de fermeté, notre guide avait rétorqué que nous étions sous l'influence du jbé, une drogue dont l'effet majeur et bien connu est d'annihiler les désirs de violence chez la plupart des êtres vivants. Bref, nous étions des gentils, et elle n'avait nul besoin d'assistance. Après ça, le pidoorgar avait bien grogné quelques mots, puis s'était incliné en murmurant des « À votre gré, madame ! » Avec sa troupe, ils s'étaient éloignés dans un nuage de poussière perceptible malgré la semi-obscurité. Nous avions tous soupiré un bon coup. Et dans le silence revenu de la nuit, nous avions poussé nos montures au galop. Pas question de traîner dans le coin ! Il devenait urgent de se mettre à couvert. Bientôt, les événements de la nuit seraient connus de tous. L'impératrice Zua Lazpoa ne nous laisserait pas longtemps errer au vent, aussi libres que des oiseaux. À un moment, elle tenterait de nous couper les ailes.

Nous avions poussé les harulls à leur maximum, une journée durant, sans véritable pause. Nous nous étions arrêtés en fin d'après-midi, à l'abri de cette hêtraie, à l'écart de la route principale.

Et voilà que je m'entêtais devant ces rondins de bois qui ne voulaient pas prendre feu, en compagnie de trois fuyards aussi différents les uns des autres qu'un draguin nain et cette hostarie bouffeuse d'herbe que j'avais capturée avec une chance certaine. Chouette repas. Cependant, nous devrions nous contenter de sa chair crue. Ô, joie ! Ce n'est pas que ce soit mauvais, mais la viande cuite, c'est bien meilleur ; j'en rêvais depuis des lustres.

— Il est temps de mettre au point un plan, dis-je. Il nous faut une destination, un endroit où nous serons tranquilles un moment, où nous pourrons envisager notre avenir en toute sérénité.

Kardelj, qui mastiquait difficilement une aile d'hostarie, me jeta un coup d'œil irrité. Visiblement, ça ne l'enchantait guère de discuter tactique. Je le comprenais, nous étions tous blessés et fourbus, sans envie de faire fonctionner notre cerveau. Il a balancé un os sur le tas de bois qui aurait dû donner un joli feu, et s'est essuyé les mains dans sa tunique d'un bleu passé.

— Tiric, as-tu un plan concret à proposer ? J'avoue être en panne d'idées ce soir. J'ai envie de dormir, dormir, et encore dormir.

Apeô et Kahrzoa gardèrent la tête baissée. Je ne les sentais pas avides de participer à cette conversation. À première vue, n'importe quel endroit du monde les satisferait parfaitement. Du moment qu'il y ait le moins de Qivhviens possible.

— Je pensais qu'au lieu de retourner en pays shao, où l'ambiance est encore délétère, nous pourrions rejoindre une contrée calme, un royaume où nul conflit n'a éclaté depuis longtemps. Un royaume en gérance qivhvienne, par exemple.

— Tu es fou. Nous serions repris aussi sec, m'arrêta Kardelj.

— Rien n'est moins sûr. Le royaume de Snad me semble une bonne cible. Quand nous étions en cellule, cette destination te plaisait. Ils sont soumis au régime depuis si longtemps que la gérance du royaume ne requiert pas ou peu la présence des Qivhviens. Les Snadiens sont endoctrinés jusqu'à l'os. Cauzyr, la capitale, me plaît bien comme destination, oui. Et, si je ne me trompe pas, nous avons pris vers l'ouest, donc nous sommes sur le bon chemin.

Apeô releva la tête. Après tout, nous parlions de son pays. Un sourire malin se forma sur ses lèvres, mais il n'ouvrit pas sa bouche ridée. Nous l'entendîmes juste glousser.

— C'est peut-être une bonne idée, après tout..., murmura mon ami. Apeô, Kahrzoa, qu'en pensez-vous ? La décision se doit d'être prise, et acceptée, à quatre. Je ne forcerai personne à aller contre son désir.

Les yeux de Kahrzoa s'allumèrent un bref instant, comme si Kardelj avait parlé en prophète. Il me semblait qu'elle le considérait d'un œil plus amical que moi. Quant à Apeô, il restait avare de toute parole. Il hocha juste la tête pour signifier que ça lui était égal.

— Je suis d'accord pour Cauzyr, annonça notre guide, d'une voix plate. Avec de la chance, je pourrai peut-être y reconstruire un bout de vie normale.

Elle soupira et fondit en larmes, sans que rien ne l'ait laissé présager. Kardelj se leva et s'approcha d'elle. Il se rassit et, hanche contre hanche, il encercla chaleureusement les épaules de Kahrzoa de son bras. Par instinct, elle s'abandonna contre sa poitrine et pleura tout son saoul. Dégoûté par le spectacle, Apeô se glissa sous sa couverture et se couvrit la tête, comme un enfant qui cherche à chasser un cauchemar. Je comprenais très bien que les nerfs de cette fille craquent. Après les événements qu'elle avait vécus, quoi de plus naturel ? Passer de bibliothécaire impériale à fuyarde recherchée pour le meurtre de son impératrice, ça commotionne à l'intérieur ; et pas qu'un peu. Sa vie était brisée, et l'incertitude de l'avenir devenait insupportable pour elle. Au final, pour une Qivhvienne, elle était sacrément… humaine.

— Bon, eh bien, va pour Cauzyr, puisqu'il n'y a pas d'objections, conclus-je, laconique.

Et moi aussi, je partis me réchauffer sous mes couvertures.

Nous déjeunâmes de bon matin, engouffrant les restes de l'hostarie. Ce fichu volatile avait quand même la viande dure, et ça ne s'arrangeait pas après une nuit. Chasser prenait du temps, mais trouver d'autres proies serait vital. Peut-être des fjarks sauvages, s'il y en avait dans la région. Mais surtout, nous allions forcément traverser de longues plaines où le gibier se ferait rare.

— Deux solutions s'offrent à nous, dis-je entre deux bouchées. J'ai observé les cartes de Kahrzoa, et nous avons le choix : soit nous rejoignons les côtes de la mer snadienne, où nous pourrons envisager la traversée en bateau, soit nous contournons la mer en passant par le royaume ternivhen. Ce sera plus long, bien entendu, mais plus sûr. D'un côté, un voyage de deux semaines environ, de l'autre trois semaines à un mois selon mes estimations.

Deux de mes compagnons me regardaient sans broncher ; Kahrzoa, elle, se grattait le menton, perplexe.

— C'est un peu sommaire, trancha-t-elle sans me vexer.

Après tout, comme elle avait étudié toute sa vie la cartographie qivhvienne, elle connaissait l'empire mieux que moi, que nous tous. Elle nous guiderait sur les routes, elle proposerait des moyens de transport, elle maîtriserait les obstacles, tout comme les bons passages…

— Que proposes-tu ? émis-je, curieux de l'entendre.

— Mon idée est sans doute un peu plus risquée, au moins au début. Nous pourrions rejoindre Serza, la ville des caravanes. C'est un point central de l'empire, un carrefour de commerce et de transport. Toutes les races s'y mêlent, toutes sont tolérées par les Qivhviens. Là-bas, on brasse beaucoup d'argent, dont une bonne partie finit dans les caisses de l'empire. De Serza, des caravanes partent tous les jours dans toutes les directions possibles de l'empire. Nous y en trouverons soit une qui nous conduira sur la côte de la mer snadienne, où nous pourrons nous offrir une traversée en bateau, soit une autre dont la destination finale sera Cauzyr elle-même. Voilà.

— Ça me semble viable, intervint Kardelj, mais je crois discerner une petite faille dans ton raisonnement : si cela fonctionne de la même façon qu'en pays shao, ces caravanes sont coûteuses, et à ma connaissance nous n'avons pas un qih en poche.

Kahrzoa secoua un instant sa croûte crânienne, et

se leva. Elle marcha jusqu'à son harull et délia une sacoche de sa selle. Elle revint vers nous et nous la lança. J'empoignai le sac, ôtai des anneaux les lanières de cuir, et l'ouvris. Ô surprise ! Il regorgeait de qih ! Je lançai un regard interrogateur à la Qivhvienne.

— Il s'agit du salaire de notre guide désigné par Lazpoa. Et je peux vous dire qu'il était élevé. Proprement anormal pour un simple guide. Une grosse partie de la somme payait notre assassinat, c'est à craindre. Je suis prête à parier qu'une bande de malandrins attend quelque part que nous passions sous leur nez…

— Garce de Lazpoa ! À combien évalues-tu notre trésor de guerre ?

— Environ trente-cinq mille qih, me répondit Kahrzoa. Une année et demie de mon propre salaire. Amplement suffisant pour s'offrir à la fois le voyage en caravane et celui en bateau, si nécessaire. Il nous restera même une belle somme, si nous ne nous faisons pas rouler dans la farine. Les bureaucrates de Serza sont fort gourmands, et les voyageurs avertis connaissent leur propension à s'octroyer de très belles commissions. Nous devrons passer par une âpre séance de négoce. Je devrai m'en charger, bien sûr. Je me ferai passer pour une dignitaire désireuse d'apporter à sa cousine trois beaux esclaves humains en guise de cadeau de seconde portée.

— Seconde portée ? C'est quoi ça ? interrogeai-je, incrédule.

— La seconde fois qu'une Qivhvienne accouche de vilains et visqueux petits lézards, gloussa Apeô, qui suivait avec intérêt les débats.

Kahrzoa dévoila de dangereuses canines, qu'elle pointa vers le vieillard. Sa réflexion ne lui plaisait pas. Mais alors pas du tout. Elle leva la main pour le gifler, mais je m'emparai de son poignet avant qu'elle n'ait pu accomplir son geste.

— On se calme! tonnai-je. Si nous souhaitons continuer notre route ensemble, nous devons aussi nous entendre. C'est valable pour Kardelj et moi, mais aussi pour Kahrzoa et pour toi, Apeô. Nous parviendrons à nous en tirer si nous restons soudés. Si vous préférez retourner dans les geôles qivhviennes, libre à vous, faites demi-tour. C'est compris?

Kahrzoa grogna puis marmonna un «Oui», suivi d'un hochement de la tête d'Apeô. Ce vieux fou m'inquiétait: j'avais peur qu'il devienne totalement incontrôlable dans les situations délicates. Je ne pouvais m'en prendre qu'à moi-même: j'avais insisté pour l'inclure dans les tractations. Peut-être m'en mordrais-je les doigts un jour ou l'autre…

Je m'éloignai, morose, vers mon harull pour le harnacher. L'animal, mi-félin, mi-équidé, broutait paisiblement quelques feuilles de firtaro. Je vis, du coin de l'œil, Kahrzoa et Kardelj se mettre à l'écart d'Apeô et discuter avec un sourire radieux. Bien, au moins ces deux-là étaient devenus copains. Nos efforts devaient se tourner vers Apeô. Pour qu'il se sente en confiance avec nous, et qu'il recouvre un maximum de lucidité. Depuis les geôles, je percevais une nette amélioration. L'enfermement rend fou, et je comprenais combien il avait pu perdre la boussole, surtout s'il avait passé de nombreuses années derrière des barreaux, harcelé sans cesse par feue Zerna Krillia. En outre, nous ne savions toujours pas ce qu'il cachait, mais je me voyais mal le questionner. Le gars, il avait subi son lot d'interrogatoires. Pas la peine d'en rajouter une couche. S'il devait parler, il parlerait de lui-même. Point final. Et

Kardelj partageait cette opinion, j'en étais certain. Lui aussi cachait des événements de sa vie et savait combien il est difficile de porter certains fardeaux. De devoir toujours les dissimuler, sous peine d'être l'objet d'une traque sans merci.

CHAPITRE 13

La pluie fut l'invitée-surprise de l'après-midi. Astragaal avait pourtant dardé de beaux rayons toute la matinée, et nous ne nous attendions pas à subir le déluge que le ciel furieux nous infligeait. Nous avions atteint un village qivhvien juste à temps, une petite bourgade agricole qui prouvait que le peuple reptile se divertissait parfois autrement qu'avec une bonne guerre. Cela ne m'était jamais venu à l'esprit. Avec un peu de cynisme, j'en avais fait la remarque à Kahrzoa.

— Ça m'étonne d'un homme intelligent comme toi, Tiric. Après tout, tu avais bien compris, avec moi, que toutes les Qivhviennes ne sont pas des suivantes assoiffées de pouvoir, et de sang.

Elle m'avait mouché correctement.

Au village, nous avions été accueillis avec circonspection, voire méfiance. Kahrzoa nous avait lié les mains, et nous affichions des mines ahuries de drogués au jbé.

Pour Apeô, ça passait tout seul, il n'avait pas besoin d'effort particulier. Kardelj et moi espérions être de bons comédiens. Nous avions trouvé une auberge, appelée modestement *Au fier Qivhvien*, mais question confort, c'était relâche. Pour nous humains, bien sûr, pas pour Kahrzoa. Elle avait plein droit sur la plus belle chambre tandis que nous devions nous contenter de la paille d'une mauvaise écurie. Mieux que rien, même si le toit était criblé de petits trous qui laissaient dégouliner de l'eau. Néanmoins, nous trouvâmes un coin relativement sec, raisonnablement peu infesté d'insectes. J'avais simplement du mal, au départ, à supporter l'odeur des déjections des draguins et des harulls. Les deux mêlées, c'était vraiment infect. Avec Kahrzoa, nous avions convenu de repartir dès la fin de l'orage ; rester dans ce village nous nuirait à court terme. Surtout si la rumeur de l'assassinat de l'impératrice était déjà parvenue jusqu'ici. Et si, bien sûr, notre signalement circulait. Nous ne savions pas si Lazpoa avait entrepris des poursuites. Peut-être ma vipère avait-elle trop à faire à présent pour penser à nous. Mais il suffisait qu'elle ait chargé un pidoorgar et sa troupe de nous chasser, et nous serions en danger. Nul doute qu'ils retrouveraient rapidement notre trace. J'avais hâte d'atteindre Serza. À l'abri, anonyme Shao dans une caravane cosmopolite, je pourrais me décontracter un peu. Il nous restait cinquante kilomètres à parcourir. Une peccadille. Et pourtant, cette distance me faisait encore l'effet d'une montagne infranchissable.

Tous les trois, sur notre tas de paille, on s'ennuyait ferme. Kardelj, plongé dans ses pensées, ne parlait pas. Apeô comptait je ne sais quoi avec ses doigts et recommençait inlassablement. Ce qui avait le don de m'agacer. J'avais l'impression d'être assis à côté d'un gamin à peine sorti du berceau. Il était un peu fou, d'accord, mais je ne tenais pas à ce que sa folie finisse par nous contaminer !

— Je ne le sens pas du tout, ce village, m'a chuchoté Kardelj, en se plaçant sur un coude qui s'enfonça aussitôt profondément dans la paille.

Il laissa échapper un juron, et finit par s'asseoir en tailleur, les bras croisés.

— Moi non plus, si ça peut te rassurer. Mais je ne me sens à l'aise nulle part où traîne un Qivhvien. C'est tout.

— Le gros bourgmestre nous reluquait bizarrement avec ses yeux globuleux. Comme s'il préparait un mauvais coup.

— J'espère que tu te trompes. J'espère surtout que l'orage va vite passer.

— Nous aurions dû nous mettre à couvert dans un bois, ça m'aurait convenu tout autant.

Kardelj commençait à faire fondre le peu de confiance qu'il me restait.

— Par Tabari, mon ami ! Kahrzoa nous a assuré que ces paysans ne tenteraient rien contre nous. Question de hiérarchie. Comme elle promène un sceau impérial dans sa poche, elle pourrait très bien prendre la direction du village, si elle le désirait, et virer ce vilain bourgmestre barbécailleux rien qu'en claquant des doigts. Et même si elle n'avait pas ce sceau, c'est une très belle femelle qivhvienne : tous les mâles de ce village sont en pâmoison devant elle ! D'ailleurs, as-tu aperçu une autre femelle ici ? Non ! Décidément, je suis très optimiste, je n'ai même jamais été plus optimiste !

J'eus un sourire d'autosatisfaction. Qui s'effaça aussitôt. Un cri venait de déchirer la nuit tombante. Un cri féminin. Aucun doute : il émanait de la gorge de Kahrzoa !

Kardelj haussa les sourcils, et se leva d'un bond. J'en fis autant, tandis que nous filions vers la porte.

— Tu disais, Tiric ? me lança Kardelj tout en trottinant.

Ma bouche dessina une moue irritée.

— Ah, la ferme ! Comme d'habitude, tu as eu un bon pressentiment.

— Crois-moi, je n'en retire nulle fierté ! Nous devons aller voir. Si Kahrzoa rencontre un problème, ça signifie que nous en avons un aussi.

Nous nous sommes précipités vers nos harulls, où étaient dissimulés nos sabres. Pas question de gamberger, nous devions agir vite. Apeô n'avait pas bougé. Il était allongé sous sa couverture. Le sommeil l'avait gagné, il ronflait paisiblement.

— On le réveille ?, demandai-je à Kardelj.

— Pas la peine. S'il y a vraiment un gros pépin, on revient le chercher en vitesse, et on s'arrache d'ici au triple galop.

Nos sabres en main, nous avons entrouvert la porte de la grange. La pluie battante ne permettait pas une bonne visibilité. Mais ce qui était valable pour nous l'était également pour les Qivhviens. Je ne voyais personne alentour ; en conséquence, nous n'étions probablement pas repérables non plus. L'auberge n'était qu'à une vingtaine de mètres de l'écurie. Et nous discernions, au deuxième étage, la lumière ambrée de chandelles. Nous avions vu Kahrzoa ouvrir les rideaux de cette chambre, juste avant d'être parqués avec les bêtes après notre arrivée. La lumière, quoique diffuse, nous indiquait qu'elle y était encore, sauf accident. Nous avons couru jusqu'au mur où serpentaient des plantes grimpantes très odorantes qui n'offraient malheureusement aucune prise. Par contre, de s'être rapprochés nous permettait de mieux entendre ce qui se passait à l'étage : des bruits de bagarre, de ruades. Quelqu'un tentait de se défendre contre un agresseur. Et nous savions qui, pas de doute.

— Kardelj, je retourne dans la grange chercher une échelle, j'en ai vu une qui me paraît de bonne taille. C'est la seule solution. Rentrer par la grande porte équivaudrait à poser de nouveau le pied dans l'Arkar. Personne ne doit savoir que nous ne sommes pas sous l'influence du jbé.

— Je viens t'aider, elle est peut-être plus lourde que tu ne le penses.

Nous courûmes en sens inverse. À l'intérieur, j'essuyai à la va-vite l'eau qui dégoulinait de mon visage. Kardelj en fit autant. Puis nous nous emparâmes tous les deux d'un côté de l'échelle, effectivement très lourde, et ressortîmes sans prendre d'autre précaution qu'un va-et-vient rapide de la tête pour s'assurer que la voie était libre. Les Qivhviens, a priori, s'étaient également mis à l'abri de l'orage et restaient bien sagement dans leurs demeures calfeutrées. Trente secondes plus tard, l'échelle était posée, et je commençai à en gravir les barreaux, suivi de près par Kardelj. Le vieux bois grinçait sous l'effet de nos poids conjugués. Je restai concentré. Je ne tenais pas à louper un des barreaux rendus glissants par la pluie battante. Bientôt, j'eus le nez collé aux carreaux de la chambre, et le spectacle n'était pas rose. Trois protagonistes : deux Qivhviens, un jeune, l'autre gros et assez âgé – le bourgmestre – et, enfin, Kahrzoa. La pièce, ravagée par la bagarre, n'avait plus rien d'accueillant. Mais surtout, le bourgmestre était nu. Sa queue de reptile fouettait énergiquement le plancher tandis que, affalé sur une Kahrzoa aux vêtements déchirés, il tentait benoîtement de faire pénétrer son sexe dans celui de notre guide. Mon sang ne fit qu'un tour, et je glissai à Kardelj, en me penchant dangereusement vers lui :

— Mon vieux, ça sent bon le pugilat ! Ça va chauffer dans les moufles !

— Ils sont combien ?

— Deux, dont un jeune loup armé d'une épée. Je m'en charge. Toi, tu te grouilles derrière moi et tu t'occupes de ce gros fjark de bourgmestre qui tente de violer Kahrzoa !

Ni une ni deux, mon coude fit voler la vitre en éclats. Je me hissai avec la vivacité d'un draguin nain sur le rebord et, d'un puissant coup d'épaule, j'explosai la carrée entière, sinon nous ne passions pas.

Le jeune loup n'eut pas le temps de réagir. Alors qu'il se retournait simplement, j'atterris dans son dos, le sabre en main. À l'instant même où il levait son épée, ma propre arme crevait déjà sa panse écailleuse. Il émit un couinement surpris et s'effondra, mort. Derrière moi, Kardelj n'avait pas traîné. Il tailladait le dos squameux du bourgmestre comme à l'aide d'une machette. Énervé, l'ami !

Le Qivhvien hurlait de douleur tout en empêchant les ongles suintants de notre guide de libérer leur venin sur sa gorge. Il la recouvrait de tout son poids ; elle criait. Lui, tentait de se défendre en fouettant le vide de sa queue pleine de piquants. Mais Kardelj la trancha net. La douleur le fit se relever, et mon ami en profita pour le décapiter sans autre forme de procès. La tête roula au sol un moment et s'immobilisa près d'une commode renversée. Kahrzoa, affalée sur le lit aux draps et aux couvertures en fouillis, se cachait le visage dans ses mains et sanglotait.

De la commode renversée s'étaient échappées quelques houppelandes de rechange. J'en saisis une que je donnai à Kardelj.

Il se pencha vers Kahrzoa.

— Vite, enfile ça. Il faut qu'on se tire d'ici au plus vite. Les habitants vont rameuter le quartier.

Il lui prit la main et la força à s'asseoir sur le rebord du lit. Elle commençait à réagir. Nous nous retournâmes pour la laisser se vêtir et, quand ce fut enfin fait, elle eut juste un mot étranglé, dans notre dos :

— Merci.

Nous redescendîmes par où nous étions arrivés. Kardelj d'abord, puis Kahrzoa, et moi. Nous filâmes directement à la grange, où nous réveillâmes Apeô sans ménagement. Quelques insultes plus tard, il se levait et harnachait son harull, comme tout le monde. Quand le groupe fut prêt, nous sonnâmes le départ. Quitter ce village de malades au plus vite, éloigner Kahrzoa d'ici. Nous galopâmes une bonne heure sous la pluie et le vent nocturne qui avait eu la mauvaise idée de se lever violemment. Nos visages étaient constamment agressés et nous n'y voyions goutte. Une vraie purée de poix. Enfin, nous trouvâmes un abri. Un ancien moulin, en ruine. Mais une pièce était restée en état, et nous décidâmes d'y faire halte pour la nuit. Nous avions besoin de repos. Et malgré le vent qui s'engouffrait dans la pièce en jouant un morceau de harpe désaccordée, nous nous endormîmes aisément, Kahrzoa y compris.

CHAPITRE 14

Le lendemain, fort heureusement, Astragaal avait repris du poil de la bête et promettait une belle journée. Encore dans le moulin, nous étions tous les quatre réunis autour de la carte.

— Nous n'avons que peu dévié de notre route, assura Kahrzoa d'une voix calme.

Elle était déjà remise des événements de la veille et nous avait d'ailleurs raconté les tenants et les aboutissants de cette fâcheuse histoire. Il se trouve que certains villages qivhviens sont peuplés de types rejetés par l'empire : déviants, hérétiques, conspirateurs, criminels parfois, réduits au travail de la terre en guise de peine. Nous étions tombés sur l'un de ceux-là. Généralement, un panneau, planté à l'entrée du village, prévient les voyageurs. Sauf que, pluie d'orage n'aidant point, Kahrzoa avait manqué le panneau et ne s'était pas méfiée. Ces Qivhviens-là ne voyaient jamais de femme. Or, une des grandes traditions qivhvienne est la quête de reproduction. Quand ils ne sont pas en guerre, les mâles sont obsédés par cette question, d'autant plus que les partenaires potentielles sont rares. Autant dire que Kahrzoa n'était, de fait, pas passée inaperçue. Le bourgmestre s'était invité dans sa chambre, lui avait fait sa demande de reproduction, plus ou moins dans les règles. Elle avait refusé. Habituellement, le refus d'une Qivhvienne ne se discute pas, parce qu'elles sont dépositaires de l'autorité. Sauf que tous ces Qivhviens-là étaient des criminels frustrés et déviants, le bourgmestre en tête. Ce dernier était entré dans une colère noire, criant haut et fort, en bon mégalomane, que personne, non, personne, surtout pas une catin de citadine impériale à la manque, ne pouvait refuser de porter sa noble et nécessaire descendance ! Il avait joint le geste à la parole en sautant sur Kahrzoa comme un animal furieux, aidé dans cette tâche par son bourgmestre adjoint. Notre guide s'était défendue, avait crié, avait pris des coups, en avait donné, puis s'était, malgré tout, fait coincer sur le lit. Et c'est alors que nous avions surgi pour la secourir. Fin de l'histoire.

— Selon moi, expliqua Kahrzoa, nous aurons une heure de harull supplémentaire avant de récupérer un chemin vers Serza. Si tout va pour le mieux, nous parviendrons à destination en fin d'après-midi, sans forcer l'allure. De toute façon, nous serons obligés d'être aux aguets : la région de Serza est bien connue pour grouiller de brigands. Parfois, les caravanes sont attaquées par des bandes aussi bien organisées qu'une armée. L'empire les pourchasse depuis des années, mais certaines d'entre elles, dit-on, sont également entretenues par les autorités qivhviennes. Pour l'empire, il n'y a pas de petits profits.

— Étant donné sa vieille tradition expansionniste, je ne te contredirai pas, ânonna Kardelj sur un ton de confidence.

Je songeai que nous avions de la chance d'avoir la

Qivhvienne avec nous. Elle nous avait dit qu'à Ferza, elle travaillait aux archives impériales ; un recoin du palais dont tout le monde se contrefichait. Archiviste était sans doute le métier le plus dégradant et le plus honteux pour un Qivhvien digne de ce nom, surtout pour une femme de l'empire supposée intelligente et ambitieuse, en âge pour la quête de reproduction. Mais pas pour Kahrzoa : son travail l'avait passionnée. L'histoire de son peuple et son évolution la fascinaient. Elle s'était donnée corps et âme. Et pour quelle récompense ? La fuite, en compagnie de deux esclaves shaos et d'un Snadien ! Néanmoins, nous pouvions bénir sa connaissance parfaite de l'empire. Avec elle, ce n'était pas du tout la même histoire que sans elle.

Kahrzoa pointa son doigt sur la carte et suivit lentement une ligne imaginaire.

— Puisque nous ne sommes que quatre, il sera facile d'emprunter des passages annexes et peu usités, voire pas du tout. Le mieux sera de couper à travers la grande plaine de Fbezoa, vingt kilomètres à la parallèle de l'axe principal. La plaine, dans ce coin, est peu dégagée. Marais, herbes hautes coupantes, iris carnivores, roseaux-verges, et, hélas, draguins nains, sont les dangers les plus connus de Fbezoa. Il en existe de plus insidieux ; j'en ai certains en tête, mais pas tous. Je ferai de mon mieux au moment opportun. Ça signifie, également, que je dois prendre la tête de l'expédition.

Elle nous jeta un regard violin ; sur son joli visage, de fines squames frémissaient dans l'attente de notre assentiment.

— Tu ne nous donnes pas très envie de passer dans ce coin-là, dis-je. Mais si ça nous permet d'éviter les détrousseurs éventuels, et d'arriver sains et saufs à Serza, je n'y vois pas d'objection.

— Rien à ajouter, me soutint Kardelj.

Apeô, occupé à épouiller sa barbe grise, n'avait pas écouté.

— Il est d'accord, conclut Kardelj en désignant le vieillard du menton, avec un léger rire.

— Très bien. Alors partons sans attendre, dit Kahrzoa, joignant le geste à la parole.

Elle se leva et partit seller sa monture. Nous en fîmes autant, Apeô compris. Au moins, il ne discutait ni les départs ni les haltes, et nous suivait comme un bon petit fjark domestique.

Nous atteignîmes sans difficulté les abords de la plaine de Fbezoa en début d'après-midi. Astragaal n'était pas avare de ses rayons et, l'humidité poisseuse n'aidant pas, nous commencions à souffrir de la chaleur. Surtout Kahrzoa. Son métabolisme requérait beaucoup d'eau et, même si, lors de notre première halte près d'un étang, elle s'était baignée, nous sentions qu'elle était parfois fébrile. Mais elle tenait le coup, sans trop piocher dans ses gourdes.

— À partir de maintenant, dit-elle dans un souffle, vous me suivez sans réfléchir, vous imprimez les pas de vos harulls dans ceux du mien, et si je vous demande quelque chose, vous réagissez sur-le-champ.

Nous acquiesçâmes en silence ; ce n'était pas le moment de discuter.

— Premier point, le plus facile des dangers à éviter : vous voyez ces tâches jaune vif disséminées un peu partout ?

Du doigt, elle nous désignait des formes mouvantes dans l'immense prairie qui s'offrait à notre vue.

— Ce sont des regroupements d'iris carnivores. Si nous ne nous en approchons pas, ils ne seront pas dangereux. Si, au contraire, nous avions le malheur de les raser de trop près, ils nous avaleraient tout cru.

Je déglutis difficilement. Cette perspective ne me plaisait guère. À la tête que tiraient Apeô et Kardelj, ça ne les enchantait pas trop non plus.

Kahrzoa mit pied à terre, nous invitant d'un geste de la main à l'imiter. Nous obtempérâmes sur-le-champ, en bons petits soldats.

— Second point capital, à présent : protéger nos harulls, ainsi que nos jambes, contre les roseaux-verges. Ils ne poussent que dans la plaine de Fbezoa et y pullulent. En apparence, ce sont de simples roseaux mais par un phénomène étrange, ils réagissent aux plus infimes vibrations et se mettent à battre l'air aussi puissamment que des fouets, à votre passage.

— Sympathique. N'était-ce pas plus raisonnable d'affronter les brigands, finalement ? ironisai-je, la mine cramoisie.

Kahrzoa eut un sourire moqueur.

— Non. La réputation des brigands de Serza n'est plus à faire : ils ne laissent jamais de survivants, sauf si vous avez une valeur commerciale et que quelqu'un peut payer une rançon. Dis-moi qui, si nous étions faits prisonniers, accepterait de donner un seul qih pour nos petites personnes ?

Évidemment, vue sous cet angle, la situation était très claire.

— Bon, j'abandonne, revenons plutôt à nos affaires : nos harulls ? On laisse les roseaux-verges les matraquer ?

— Il va falloir sacrifier nos couvertures ; ce sera

un moindre mal : si tout se déroule comme prévu, ce soir nous dormirons dans une auberge.

— Et nous dans une écurie, ironisa Kardelj.

— Pas à Serza. Si je vous loue une chambre, personne ne posera de questions. Au pire me prendra-t-on pour une excentrique fortunée. Revenons à nos couvertures, s'il vous plaît.

*

Le tableau m'amusait beaucoup : nos quatre harulls vêtus d'une sorte de pantalon de fortune rembourré d'herbe ressemblaient à de vulgaires épouvantails, patauds avec ça. Mais l'idée n'était pas mauvaise. Les chocs provoqués par les roseaux-verges seraient amortis. Et que dire de nous ! Nos houppelandes de rechange avaient subi les foudres de notre couturière improvisée. Les manches coupées avaient été cousues à qui mieux mieux à une extrémité. Tous les quatre, nous portions désormais ce qui s'apparentait à de longues cuissardes de toile grossière également bourrées d'herbe, censées protéger les pieds et une bonne partie des jambes. Kardelj avait un peu protesté au départ car l'herbe en question possédait selon lui des vertus urticantes. Et ça le démangeait sévère. Kahrzoa lui retourna vertement qu'un homme censé être un grand guerrier pouvait bien supporter cette petite gêne une vingtaine d'heures. Il s'était mis un peu en rogne, l'ami. Mais le sourire de notre guide l'avait aussitôt déridé. Et lui-même avait ri de la situation.

Les premiers kilomètres défilèrent tranquillement. L'accès à la prairie s'effectuait progressivement et, au sol, il n'y avait que de l'herbe et des arbustes malingres éparpillés un peu partout. Mais, bientôt, l'herbe devint plus haute, dense et humide. Les pantalons de nos montures se gorgeaient d'eau, et l'herbe mouillée, à l'intérieur, alourdissait encore un peu plus leur démarche. Nos propres cuissardes gouttaient déjà au niveau des pieds. Kahrzoa évoluait devant nous, vigie et tête de proue dans une mer verte et périlleuse. Parfois, elle ramenait fermement à elle la bride de son harull pour l'arrêter et écoutait nous ne savions quoi pendant de longues secondes. Puis elle repartait et jetait son ancre invisible à nouveau un peu plus loin. Nous la laissions agir, sans nous mêler de ce qui pouvait bien se tramer dans sa cervelle vipérine. Nous nagions en eaux troubles, contrairement à elle. Du moins, nous l'espérions !

L'après-midi s'étirait trop lentement à mon goût. Nous avions rencontré depuis peu nos premiers roseaux-verges. Impressionnantes mécaniques végétales. Ça claquait dans tous les sens, mais en rythme. Je ne pouvais m'empêcher de songer à une certaine danse shao où les danseurs portaient aux pieds de gros sabots de bois et les claquaient sur un plancher. Sauf que le plancher, c'était nous et nos harulls et que, malgré le rembourrage, ces fichus bouts de bois pointus comme des lances parvenaient à nous piquer. Nos montures gémissaient à chaque fois, mais n'avaient pas assez mal pour se cabrer et nous jeter à terre. Les précautions de Kahrzoa se justifiaient et, rien que pour cette raison, je lui donnai de bon gré toute ma confiance pour la suite du voyage.

Étonnamment, Kahrzoa s'évertuait à passer dans les passages où pullulaient des colonies entières de roseaux-verges. Je n'étais pas le seul à l'avoir noté, et Kardelj lui en fit la remarque, non sans une once d'irritation mesquine dans la voix. Sage ou pas, il arrivait que sa patience ait aussi ses limites. Une nouvelle fois, bien sûr, la réponse fut cinglante et sans appel :

— Là où l'on trouve des roseaux-verges, on échappe aux hordes de draguins nains. Ils sont comme nous : ils détestent se faire battre. Mais si vous préférez leur compagnie, je vous y conduis sur-le-champ, j'ai repéré leur odeur caractéristique pas très loin d'ici.

J'étais d'avis, après ça, que nous la fermions définitivement, et j'eus un regard acide vers mon ami. Il me fit un geste désabusé de la main et reprit une position convenable sur son harull, me tournant le dos. Apeô, lui, n'ouvrait toujours pas sa bouche mangée par sa longue barbe grise. En l'occurrence, c'était lui, pour une fois, le plus avisé de nous trois. Mais ses yeux nébulaient, et je me demandais si, à ce moment, il comprenait vraiment ce qui l'entourait.

Quant à Kahrzoa, j'avais un mal de fjark à la reconnaître. Elle n'avait plus rien de l'archiviste impériale fébrile et peu assurée que les gardes de Lazpoa nous avaient présentée, ou la fille en pleurs consolée par Kardelj le jour de notre fuite. Elle maîtrisait son sujet, au moins en apparence. Elle traînait dans son sillage une aura de confiance sans faille. Radical changement. J'espérais juste qu'avec le temps, elle ne se transformerait pas en double de Lazpoa !

Kahrzoa stoppa soudain son harull et tourna son visage encapuchonné – il avait commencé à pluvioter – vers nous :

— Attention, nous allons passer tout près d'un groupe d'iris carnivores. Pas le choix, ils sont en nombre dans le coin. Mais devant nous, la brèche me paraît suffisamment large pour s'y glisser sans nous causer de frayeurs exagérées. Soyez juste vigilants et, par précaution supplémentaire, sortez vos sabres. Si leurs jolies têtes fleuries s'approchent à portée, coupez-les. Cela signifie qu'avec un minimum d'effort, elles peuvent vous happer. Et ne restez pas à contempler leurs tiges étêtées, elles repoussent aussitôt.

Nous nous le tînmes pour dit, et Kahrzoa s'engagea dans un étroit couloir herbeux débouchant sur une partie de la plaine où l'herbe, beaucoup moins haute, n'entravait plus l'avancée de nos montures. Le sol était par contre jonché d'énormes flaques boueuses que notre guide avait jugées praticables. Pour elle, il n'y avait pas de sables mouvants dans la plaine, par conséquent aucune raison de craindre un embourbement fatal. Et en effet, malgré l'eau stagnante et la boue, le sol se révélait plutôt stable. Les iris, aux fleurs triangulaires d'un jaune éblouissant, poussaient tout autour des flaques dans une promiscuité inconcevable, sur de petits terre-pleins envahis de bulbes et de racines apparentes aux tons terreux, nouées les unes aux autres. Quand nous dépassions un bouquet, les fleurs suivaient notre mouvement, comme si elles nous regardaient. Troublant, mais peu effrayant, pensai-je, un brin désinvolte. Sauf au moment où, obligés de nous faufiler près d'un regroupement, je vis le jaune des fleurs se diviser et nous montrer, non pas un joli pistil, mais une rangée de crocs aiguisés et affamés. Une tête s'approcha trop près de moi. Par réflexe, je m'arrêtai et d'un geste souple du bras, la tranchai d'un coup de sabre. Au sol, la fleur se flétrit aussitôt. Je me remis en route sans demander mon reste, comme Kahrzoa nous l'avait suggéré. À leur position étriquée et raide sur leurs harulls, je sentis toute la tension qui étreignait mes compagnons. Notre Qivhvienne nous avait assuré que les iris carnivores, comme les roseaux-verges, n'étaient rien en comparaison des autres dangers de la plaine. Je ne la suivais pas sur ce jugement. C'était négliger l'oppression insistante et insidieuse que provoquaient les fleurs sur notre inconscient mis à mal. Je dus me rendre à l'évidence : elles me fichaient la trouille, à moi qui avais pourtant affronté des araignées géantes dans une arène ! Je préférais cent fois me faire battre par les roseaux-verges !

Heureusement, miséricordieux est Tabari, nous retrouvâmes bientôt ces derniers. J'en soufflai de soulagement, et, à voir le relâchement soudain de leurs épaules, mes compagnons ressentirent la même délivrance. Gentils roseaux, tapez-nous, tapez-nous fort si vous voulez, merci, merci !

*

Enfin ! Petit à petit la plaine s'était dégagée. Les obstacles, moins nombreux, n'offraient que peu de dangers. Kahrzoa, cependant, restait roide, perchée sur son harull enveloppé d'une fine couche d'humidité, et nous la sentions aux aguets. Je perçus un relâchement lorsque les dernières herbes hautes disparurent enfin. Kahrzoa leva le bras et déclara une halte que tout le monde, y compris Apeô, accepta avec un soulagement non feint. Nous nous abritâmes sous deux grands arbres, où nous pûmes libérer nos montures de leur fardeau. Elles ne s'en plaignirent pas et s'allongèrent dans l'herbe grasse.

Repos pour tout le monde. Bientôt, nous serions à Serza, où notre avenir allait se jouer. Les yeux et le visage de Kahrzoa reflétaient une certaine confiance. J'espérais qu'elle n'était pas mal placée…

CHAPITRE 15

Je n'aurais jamais cru que Serza ressemblerait à cela !

Depuis le dos de mon harull, je regardais la ville. Une ville fluviale entièrement bâtie sur un lac, ou plutôt une ville artificielle composée d'immenses péniches, lesquelles recouvraient parfaitement chaque parcelle d'eau. De loin, voilà l'effet que produisait Serza. En réalité, une fois sur les péniches, cette impression devait changer. Nous pouvions sans doute, accoudés aux rambardes des nombreuses passerelles, observer les eaux sombres du lac. Mais la densité des péniches faisait de cette eau des canaux ou des routes que de petites embarcations pouvaient emprunter.

— Serza est une ville de commerce. Aux alentours du lac, vous pouvez apercevoir de grandes bâtisses : des krazes, de grands entrepôts d'où partent les caravanes. Si tout va bien, nous en verrons un de très près.

Kahrzoa ne nous regardait même pas ; ses yeux semblaient se perdre dans le nœud inextricable de cette ville-péniche. Songeuse, notre guide triturait la bride de son harull.

— Quelque chose ne va pas, Kahrzoa ? s'enquit Kardelj.

— Tout va bien. Mais retrouver une ville qivhvienne m'effraie un peu. Même si je sais qu'ici, nul ne pose vraiment de questions. Dans tout l'empire, nous ne trouverons pas de ville plus indépendante que Serza. Son importance économique est telle que l'impératrice n'interfère pas dans sa vie politique. Elle se contente de réclamer son dû, énorme bien entendu. Elle a elle-même placé ses fidèles à la tête de la ville. Tant que les intérêts de l'empire sont respectés à la lettre, tant que l'impératrice touche son dû, la cité prospère et s'autogère.

— Nous devrons tout de même rester vigilants. L'annonce de l'assassinat de l'impératrice a dû parvenir jusqu'ici, nos signalements auront été communiqués. À moins que Lazpoa ait d'autres fjarks à fouetter.

— Tiric, si tel est le cas, le chaos régnera bientôt à Serza. Mais d'ici, la ville paraît calme. Nous sommes, je le pense, en avance sur l'information. Lazpoa ne tardera pas à envoyer ses émissaires ici s'assurer des bons sentiments du corizet, le triumvirat de Qivhviennes qui dirige la ville. Celle-ci est scindée en trois grands quartiers guidés par la main de fer d'une korad – un gouverneur, si vous préférez. Ces trois korads forment le corizet. Nous ne les rencontrerons pas, j'espère. Ce serait très mauvais signe pour nous.

La voix de Kahrzoa s'était faite sarcastique. D'un côté, elle irradiait la confiance ; d'un autre, la crainte l'envahissait. Pour quelle raison majeure ? J'étais incapable de le deviner. Kahrzoa savait rester mystérieuse et ne pas se dévoiler entièrement. Je ne retenais qu'une seule information ayant trait au caractère de notre guide : si elle ne partageait pas ses craintes, nous n'avions aucune raison de l'interroger. Elle avait prouvé depuis notre évasion qu'elle était une alliée fiable dans les moments difficiles. Nous n'avions pas d'autre choix que de lui accorder notre confiance. Pas forcément une confiance aveugle, c'eût été idiot.

— Quel est le programme ? demandai-je, soudain pressé de rejoindre la ville.

— J'en suis désolée, mais je crois que vous allez devoir, une nouvelle fois, simuler une apathie liée à la prise de jbé et entraver vos mains. Plus je maîtriserai la situation aux yeux des Serziens, plus nous serons laissés tranquilles. Si nous passons inaperçus, nos plans se mettront très vite en place, dans de bonnes conditions.

Apeô bougonna tandis que Kardelj lui lançait un regard noir. Visiblement, l'attitude du vieillard le laissait perplexe. Il lui jeta sans ménagement :

— Apeô, si tu nous mets en danger d'une façon ou d'une autre, je trouverai le moyen de te faire taire. Alors, petit conseil d'ami : suis les ordres de Kahrzoa à la lettre, et tout ira pour le mieux.

Le vieil homme se mit à rire, d'un rire expectoré et saccadé parfaitement irritant.

— Vous voulez me tuer ? Mais mon pauvre, si seulement vous disiez vrai !

Cette réplique désabusée nous laissa sans voix. Petit Vieux, plus suicidaire que jamais, plus fou que la folie, nous déconcertait chaque jour un peu plus. Très franchement, j'aurais adoré connaître son histoire. Savoir réellement pourquoi Zerna Krillia l'avait enfermé de si longues années.

Kahrzoa secoua la tête, comme pour oublier la présence d'Apeô et passer aux choses sérieuses.

— Ne perdons plus de temps. Nous avons du pain sur la planche.

*

La descente vers Serza se fit sans heurts. Nous rencontrâmes une quinzaine de voyageurs, surtout des nomades snadiens rentrant au pays, qui ne nous jetèrent pas un regard, l'œil étant plus attiré, le cas échéant, par Kahrzoa. Une Qivhvienne, seule, sans escorte, pouvait surprendre, mais guère plus. Les voyageurs s'intéressaient bien davantage à leurs garocks cahotants bourrés de marchandises diverses et variées ; certains étaient proches de s'affaisser sur leurs roues et grinçaient de toute leur misère.

Aux abords immédiats de la ville, la densité de population nous fit passer totalement inaperçus. Nous nous mélangeâmes à la foule qui attendait patiemment la délivrance de laissez-passer. De notre côté, nous ne quittions pas d'une semelle Kahrzoa et faisions en sorte de parfaire notre air hébété.

Effectivement, un certain cosmopolitisme caractérisait la foule : des Snadiens, très nombreux, qu'ils soient dignitaires ou commerçants, mais aussi des Derviens, un peuple fier tombé plusieurs centaines d'années plus tôt sous le joug des Qivhviens. Ces derniers étaient avant tout reconnus comme des spécialistes maritimes et, effectivement, leur éducation tournait entièrement autour de la mer. La plupart d'entre eux devenaient matelots. Leur réputation n'était plus à faire et les Qivhviens savaient parfaitement exploiter leurs qualités. Ceux que nous rencontrions ici rejoignaient la côte snadienne où, a priori, des contrats juteux les attendaient. Les Snadiens, si leur flotte était également développée, rechignaient à former des marins ; ils possédaient bien plus une âme de commerçants et d'artisans. Chaudronniers, armuriers, tisserands, garockiers, chausseurs, tanneurs, maraîchers, etc. Leur économie florissante avait attisé l'avide soif de richesse des dirigeantes qivhviennes, et leur royaume était tombé sans coup férir parce qu'ils ne formaient guère non plus de combattants. Leur pauvre petite armée, d'après la légende, s'était émiettée en moins de cinq heures face à l'armada qivhvienne... ce même empire qivhvien qui, dix ans avant les faits, achetait en masse des armes aux Snadiens. Ironie du sort...

Notre tour arriva fort lentement, mais il arriva. Nous parvînmes jusqu'aux guérites fortifiées, tenues par des officiers qivhviens et une vingtaine de mercenaires samanciens. Le pidoorgar, dont la croûte sourcilière me parut aussi épaisse qu'un menton de prognathe, apostropha vertement Kahrzoa et se lança dans un discours dont nous ne comprîmes que des bribes. Les hommes et les femmes qui nous entouraient nous empêchaient de saisir pleinement les ressorts de la conversation, dont nous avions été éloignés, par convention et par prudence. Visiblement, il fallait montrer patte blanche avant de rentrer dans Serza.

Les tractations s'éternisaient, trouvais-je, mais Kahrzoa, dont je pouvais contempler le remarquable profil, ne s'énervait pas le moins du monde. Néanmoins je la vis sortir, subrepticement, une poignée de piécettes qu'elle glissa dans la main charnue du pidoorgar. Il montra les crocs une dernière fois à notre guide puis s'en désintéressa en criant un « Suivant ! » sec mais ô combien réjouissant. Il nous assurait de passer sans être ennuyés. Et d'ailleurs, quand nous franchîmes la porte, les gardiens du fort ne nous firent même pas l'honneur d'une œillade. Nous n'allions pas nous en plaindre !

Notre première action dans cette ville nous allégea d'un poids devenu mort. Nous vendîmes nos harulls à un vétéran samancien qui s'était spécialisé dans ce commerce. Kahrzoa mena les débats, bien entendu, et n'en tira pas un très bon prix. Le vendeur râlait en beuglant sur l'état physique de nos montures qui, pour lui, n'étaient plus bonnes qu'à la boucherie ; et encore, il les voyait trop vieilles et dures pour la consommation. À la limite, les peaux pourraient servir à la confection de vêtements… Tout cela n'était pas très important. Kahrzoa feignit de se battre mais n'insista pas plus que de raison. Une fois encore, moins nous nous ferions remarquer, plus vite nous serions en sécurité. Comme nous l'avions soupçonné, la mort de l'impératrice n'avait pas encore filtré par ici, malgré les nombreux va-et-vient d'arpenteurs et de coursiers en tous genres. Peut-être Lazpoa ne désirait-elle pas que cela se sache trop tôt, histoire d'assurer la succession dans les meilleures conditions. Pour éviter les désordres. Nul doute, cependant, que la nouvelle arriverait vite. Mais nous aurions déguerpi avant. Pour éviter que l'on remonte jusqu'à nous…

Nous passâmes une bonne heure à évoluer de passerelle en passerelle, de péniche en péniche. C'était encore plus impressionnant quand on était dessus. Elles étaient toutes immenses, au minimum quarante mètres de long pour quinze de large. Nombreuses étaient celles qui possédaient plusieurs étages, comme des couches superposées, parfois hétéroclites, parfois savamment agencées ; tout dépendait du propriétaire et de son activité. Je dénombrai une quantité incroyable de péniches-tavernes, de tripots mal fréquentés ; les riches embarcations, elles, appartenaient aux Qivhviens fortunés, et leurs ponts étaient fichtrement bien gardés par, encore une fois, des mercenaires samanciens. Décidément, ils étaient à la mode par ici. Leur gabarit et leur apparence barbare dissuadaient aisément n'importe quel hardi brigand. La plupart étaient roux et barbus (ceux qui n'étaient pas roux étaient tout de même barbus), et leur regard dur et minéral, buriné par les vents de leur plat pays, reflétait une rudesse impitoyable. Leurs barbes étaient tout sauf ébouriffées. De savantes tresses formaient des motifs fort étranges, et ils graissaient leurs poils pour que ceux-ci luisent et leur collent parfaitement aux joues. Il en allait de même pour leurs cheveux. Cette esthétique raffinée jurait avec l'austérité de leurs habits, sorte d'uniforme d'un gris uni seulement coupé par un épais ceinturon renfermant un sabre. Samance se considérait comme une nation neutre : il ne s'agissait d'ailleurs pas d'un royaume mais de ce qu'on appelait un rogna : une nation dirigée par les représentants de quatre castes majeures qui, comme par hasard, étaient toutes liées au mercenariat. La fortune de leur nation s'était bâtie ainsi. Ils s'étaient mis d'eux-mêmes sous la coupe des Qivhviens parce que ceux-ci avaient toujours été de bons payeurs. Et aussi parce que leur pays, le plus minuscule et le moins puissant du continent, n'aurait pas pesé lourd lors d'un conflit. Je n'aimais pas les Samanciens. Des opportunistes et des lâches, malgré leur réputation de bons petits soldats. Mon père le répétait à loisir pendant les fêtes guerrières traditionnelles des Shaos : « Ne fais jamais confiance à un Samancien, il a toujours un poignard derrière son dos. » L'ironie du sort avait voulu qu'il meure de la main d'un Samancien, pendant une joute.

Je me demandais comment toutes ces péniches étaient arrivées là. Plus tard, dans la soirée, quand Kahrzoa parvint à louer une chambre, elle m'expliqua le pourquoi du comment : « Tiric, ce grand lac est comme une cuvette, réceptacle de l'eau de trois fleuves, le Kom, le Lœva, et le Korsaï. Les péniches ont toujours transité par ici, et certaines y ont définitivement jeté l'ancre. Au fil des années, les péniches se sont collées les unes aux autres jusqu'à recouvrir l'espace entier du lac, ou presque. Désormais ne restent accessibles que certaines routes fluviales, en bord de lac, qui permettent le halage des péniches de commerce vers les écluses aux embouchures des fleuves, mais la plupart sont immobilisées jusqu'à la fin des temps, et Karez sait combien il est difficile de garder en bon état tout ce bois flottant. Le corizet prête une extrême attention à l'entretien de la ville flottante. Si cette ville coule, l'économie de notre empire coule avec. »

Je trouvai cela très intéressant. En temps de guerre, ce genre d'information vaut de l'or. Sans doute le grand cartar avait-il su tout ça, sans doute les Sept Royaumes connaissaient-ils parfaitement Serza mais, visiblement, personne n'était parvenu à l'atteindre. Étonnant. Les Qivhviens ne la protégeaient pas aussi bien que je l'imaginais. Je fis part de mes réflexions à Kahrzoa. Kardelj et Apeô nous écoutaient débattre avec curiosité. Le sujet nous passionnait tous, apparemment.

— Tu te fourres le doigt dans l'œil, Tiric, me fit remarquer Kahrzoa. Où crois-tu que nos principales académies militaires soient implantées ?

— Hé, ma belle, à toi de me le dire, j'avoue mon ignorance.

Kahrzoa m'observa songeusement, comme si elle se sentait un peu traîtresse à la nation. Elle hésitait.

— Dans un rayon de cinquante kilomètres autour de Serza, tu tomberais sur quarante casernes, disséminées çà et là. En fait, elles encerclent la ville, tout comme Ferza est elle aussi entourée de casernes. Une attaque de Serza serait bien vite étouffée si tu veux mon avis, et si c'est cela que tu as en tête. Tu as pu voir comme pénétrer dans la ville est complexe, l'assaillir serait voué à l'échec.

— Avant d'assaillir, il faudrait d'abord ne plus être en fuite, monter une puissante armée et, en plus, avoir de la chance. Les Qivhviens sont, à l'heure actuelle, quasiment invincibles.

— Tiric, intervint Kardelj, voilà une parole sensée, même s'il est difficile d'admettre les faits. Au train où vont les choses, la domination qivhvienne ne fait que commencer. Surtout si la Skada Lazpoa prend les rênes du pouvoir. Je ne sais pas pour vous mais, en ce qui me concerne, je la sens bien sanguinaire. Et folle. Donc, le mieux, hélas, c'est de se trouver une bonne planque, très loin, où nous pourrons tout recommencer… j'avoue qu'une idée me trotte dans la tête : de nombreux marins sont partis explorer ce qui existe au-delà des mers. L'un d'eux, une fois, m'a raconté qu'il existait d'autres terres, d'autres continents. Nous pourrions, si nos finances nous le permettent, affréter un navire et fuir vers ces autres terres…

Cette tirade fit glousser Apeô. Depuis un moment déjà, un semblant de lucidité semblait l'animer. Même ses joues creuses avaient repris bon teint.

— Pauvre garçon, crois-tu que les terres que tu découvrirais seraient meilleures que les nôtres ? Je veux dire, crois-tu que les tyrans que tu y rencontrerais seraient plus doux que les nôtres ? Tu rêves ! En quasi cent ans de vie, j'ai perdu tout espoir de ce côté-là. Les hommes sont tous des chiens qui s'entretuent pour le même os. Alors, à quoi bon ? Mieux vaut que ce monde disparaisse à jamais.

Kardelj se leva de son siège, et tapa des mains sur la table en bois autour de laquelle nous étions réunis. La rage sourdait de son corps entier, braqué, tendu.

— Apeô, cracha-t-il d'une voix plus sèche qu'un palais de fumeur au matin, que tu ne croies plus en rien, cela te regarde. L'espoir, de notre côté, n'est pas mort. Je n'ai jamais cessé de croire en notre bonne fortune. Les Shaos n'abdiquent jamais. Même la mort ne nous ferait pas renoncer à la liberté. Je veux croire en des jours meilleurs. Et ce n'est pas un Snadien siphonné, dont l'activité principale consiste à chialer éternellement sur son sort, qui me fera changer !

Apeô haussa les épaules et ne répliqua rien. Il s'enferma dans son habituel mutisme.

De mon côté, je trouvais que Kardelj avait bien raison. La liberté lui avait remis dans le crâne toutes les valeurs des Shaos, celles qu'il avait un peu oubliées ou mises de côté après sa capture. Mon ami retrouvait la foi, la même qui ne m'avait jamais quitté. Ça me plaisait.

Kahrzoa empoigna son sac et en sortit quelques bâtonnets de klus ; elle en distribua à chacun de nous. Leur goût vanillé calma tout le monde et, après quelques bribes de discussions sans intérêt, nous allâmes nous coucher.

Le bruit assourdissant, en bas, dans la taverne, ne m'empêcha pas le moins du monde de roupiller comme un brave. Tout comme mes amis. La journée du lendemain serait cruciale. Kahrzoa entamerait les tractations. Nous avions décidé d'emprunter une caravane. Celle-ci nous mènerait jusqu'à Leza, une petite cité portuaire. De là, nous embarquerions sur un navire à destination de Cauzyr.

CHAPITRE 16

Serza, cité flottante fascinante… certes. Mais nous étions enfermés dans cette chambre pendant que Kahrzoa allait s'amuser. Je n'en pouvais plus. J'avais envie de me dégourdir les jambes et je sentais Kardelj ronger son frein, tout comme moi. Notre amie s'était éclipsée à l'aube, et nous l'attendions depuis peut-être une dizaine d'heures.

— J'ai besoin de sortir, Kardelj, finis-je par lâcher.

— Tiric, laisse tomber, nous devons attendre Kahrzoa. Nous ne pouvons pas sortir. Des esclaves ne folâtrent pas sans la présence de leur maître. On nous choperait par le fond de la culotte au bout de trois pas sur une passerelle. Bref, tranquillise-toi, elle va revenir. Elle nous a prévenus que ce serait sans doute très long. Nous n'avons aucune raison de nous alarmer.

— Parfois, Kardelj, ton calme sans faille m'énerve !

Mon ami se permit un rire étouffé. Je l'amusais toujours quand je lui accordais des qualités que je n'avais pas ou peu, comparé à lui.

— Et toi, cartar, depuis notre première rencontre, tu as fait des efforts de sociabilité ! Tu gueules moins longtemps, moins fort, tu réfléchis un peu plus. Hum. Serais-tu devenu plus… adulte ?

Je m'élançai vers lui et feignis de le bourrer de coups.

— Tu vas voir si je réfléchis plus et si je gueule…

À ce moment précis, la porte s'ouvrit sur Kahrzoa. Sa figure squameuse était parfaitement indéchiffrable. Tout juste avait-elle un air fatigué, transmis par ses yeux violets à peine ouverts.

Nous la laissâmes s'installer sur une chaise, tranquillement. Mais bien vite, nos trois regards rivés sur elle l'agacèrent.

— Bon, bon, ne me tirez pas dessus à vue de cette façon, je vous raconte mes péripéties de la journée tout de suite. Laissez-moi juste manger et boire, je n'en peux plus.

Kardelj se précipita vers un des sacs et en sortit une gourde et des fruits secs. Kahrzoa se jeta dessus sans se faire prier et engloutit le tout avec gourmandise. Puis ses mains glissèrent sur la table pour écarter la gourde vide. D'une poche, elle extirpa un papier, qu'elle posa délicatement devant elle.

— Voici notre ticket pour la prochaine caravane. J'ai négocié avec Artimonc le Sâp, le plus riche de tous les caravaniers serziens.

— Voilà une bonne nouvelle ! s'écria Kardelj, ravi de la tournure prise par les événements.

Kahrzoa, malgré son entrée en matière, ne paraissait pourtant pas de très bonne humeur.

— Il y a un « mais », intervins-je d'un ton neutre.

— Oui. Un gros « mais ». Lors d'un de ses derniers voyages, des esclaves shaos se sont rebellés. Ils ont massacré une quinzaine de Qivhviens, dont une riche héritière enceinte. Artimonc a connu beaucoup d'ennuis après ces événements. Il a perdu de l'argent. Il ne désire donc plus prendre de risques avec les Shaos. Un garock-prison fait désormais route avec le convoi. Tous les Shaos doivent y rester le temps d'arriver à destination. Il a été intransigeant là-dessus. J'ai eu beau lui assurer que vous étiez maîtrisés et inoffensifs, il n'a rien voulu savoir. Soit j'acceptais ses conditions, soit j'allais voir ailleurs.

Si nous blêmîmes, nous tentâmes de ne pas le montrer. Mais le choc était rude à encaisser. Kardelj me regardait, dépité. Je lui rendis une moue agacée. Ma première pensée fut pour Petit Vieux.

— Apeô ne supportera pas une nouvelle réclusion.

— Mais Apeô n'est pas concerné. C'est un Snadien. Ici, sa présence ne choque personne, qu'il soit esclave ou libre, il est assimilé. Il pourra profiter de la caravane comme n'importe quel Snadien.

— Ça ne me va pas, insistai-je. Emprisonnés, ni moi ni Kardelj ne pourrons vous protéger. Tout le monde sait que les caravanes sont dangereuses. Elles grouillent de pillards cachés, de criminels en tous genres. De types malhonnêtes. De violeurs. De tueurs. Merde. Non !

— Tiric…

— Nous allons trouver une solution. Fais-toi rembourser le trajet. Nous prendrons une autre caravane. Une qui n'humilie pas les Shaos.

— Tiric…

— Quoi ?

J'étais foutrement en colère. Les bras croisés, les joues rouges – du moins je les sentais ainsi –, je toisais Kahrzoa. Le visage fermé.

— La prochaine caravane vers Leza ne partira pas avant deux semaines. Celle d'Artimonc le Sâp s'en va demain. Et nous ne pouvons pas végéter à Serza. Tu l'as dit toi-même. Nous devons rejoindre cette caravane. Nous n'avons pas d'autre choix. Et tu le sais parfaitement. N'est-ce pas ?

Kardelj posa une main paternaliste sur mon épaule.

— Mon ami, s'il n'y a pas d'autre solution, il nous faut accepter celle-ci. Au pire, en cas de besoin urgent, tu sais parfaitement que je peux nous sortir de cette geôle. Je ne suis pas plus ravi que toi à l'idée de laisser Kahrzoa et Apeô sans défense, je te le jure. Mais nous devons avancer, nous éloigner d'ici le plus vite possible. Nous mettre à l'abri des foudres de Zua et Zœziu.

— Je n'aime pas ça du tout, Kardelj. Je sens de mauvaises vibrations autour de ce voyage.

— S'il arrive quoi que ce soit, nous ferons face, comme d'habitude. S'il faut se battre pour sauver nos peaux, nous combattrons. C'est tout.

Je soupirai longuement. Et finis par abdiquer, à contrecœur.

— Soit. J'accepte les conditions. Mais je crains que ce voyage précaire ne s'avère funeste.

— Mais non, coupa Kahrzoa, malicieuse, vois le bon côté des choses !

Je la bousculai du regard, peu convaincu, et toujours sur les nerfs.

— C'est-à-dire ?

— Vous êtes les seuls Shaos présents sur la caravane. Vous aurez un garock pour vous seuls ! Le grand luxe !

Kahrzoa pouffa. Je levai les yeux au ciel, atterré. J'avais, à ce moment bien précis, une cinglante envie de la gifler. Et de recommencer.

*

Artimonc Le Sâp n'avait rien du Snadien ordinaire. Petit, chauve, replet, un visage très mat en grain de maïs qui ne souriait visiblement jamais, le corps noyé dans une tenue ample aux motifs discrets, le caravanier dégageait cependant une aura particulière, celle d'un homme intelligent, plus habitué à se battre sur ce terrain précis que sur un champ de bataille.

Il nous observait, Kardelj et moi, avec une moue indéchiffrable, un peu incongrue, puisqu'il nous fixait sans relâche et sans rien dire depuis deux minutes. Je commençais à perdre patience, tandis que Kardelj, impassible, regardait le sol pierreux, feignant, tout comme moi, l'influence du jbé.

Artimonc s'était installé un immense bureau dans son entrepôt principal, et s'entourait lui aussi de gardes samanciens ; en apparence, leur relâchement montrait l'absence de craintes. En vérité, leurs yeux ne nous quittaient pas. Tous les jours, parce qu'il était influent à Serza, Artimonc devait faire face à des luttes de pouvoir. Sa prospérité prouvait qu'il savait s'entourer. Je ne doutais donc pas de l'efficacité de sa garde rapprochée. De toute façon, il pouvait se rassurer sur ce point : nous ne souhaitions aucune embrouille. Notre docilité était acquise.

Notre hôte passa une main hésitante dans sa maigre barbe.

— Je trouve à tes Shaos une allure de guerriers, Lizhua. Es-tu bien certaine qu'ils ne poseront pas de problème ?

Artimonc ne prenait aucun risque. Avant de signer le contrat définitif, il avait souhaité nous rencontrer.

— Ils sont destinés aux arènes de Cauzyr, récita Kahrzoa. Ma sœur souhaitait de nouveaux guerriers ; j'ai considéré que ces deux-là feraient d'excellentes recrues, et un superbe cadeau de seconde portée.

Un léger rire fusa de la gorge d'Artimonc. Il était si gros que sa chair tressautait sous l'étoffe de sa toge, tout comme les plis graisseux de son cou.

— Certes. Tu ne te moques point d'elle. Deux beaux guerriers shaos comme ceux-là ne dépareilleraient pas l'Arkar ! Je suis, en plus, vraiment étonné par leur docilité. Le jbé n'explique pas tout, très chère Lizhua.

Kahrzoa ne se démonta pas pour si peu ; elle avait parfaitement rôdé son discours. Si un seul détail sonnait faux, Artimonc se rétracterait.

— Je les ai toujours bien soignés, et ils savent que ma sœur de portée me ressemble en tous points.

— Oh, s'étonna Artimonc, vous avez une sœur de portée ! Voilà qui est plutôt rare. Je comprends pourquoi vous la gâtez tant ! On dit que les sœurs de portée entretiennent des liens proches de la transmission de pensée. Est-ce exact ?

— Les « on-dit » exagèrent, Artimonc. Même si, effectivement, nous sommes remarquablement connectées, ma sœur et moi.

— Pardonnez ma curiosité Lizhua, mais c'est la première fois que je rencontre une Qivhvienne de votre genre. Je ne comprends toujours pas pour quelle raison vous désirez emprunter ma caravane, mais j'en suis fort flatté. Chaque nouveau client qivhvien est une bénédiction pour ma réputation.

— Je serai honnête, Artimonc, les temps sont durs à Ferza. J'ai déjà dépensé beaucoup d'argent dans l'achat de ces deux Shaos, je ne pouvais pas m'offrir une caravane personnelle ! Il me restera juste assez de qih pour le trajet de retour !

Artimonc changea soudain de ton, et se fit beaucoup moins suspicieux.

— Désolé si je vous parais procédurier, ou trop méticuleux, très chère, mais les Shaos rebelles m'ont coûté une fortune et ont nui à ma réputation ; je ne veux pas que les mêmes incidents se reproduisent. Cette race possède décidément une très mauvaise image, celle d'insoumis, si bien que je ne prends plus aucune décision à la légère quand il s'agit d'en convoyer. Récemment encore, d'après un ami revenant de Ferza, deux Shaos auraient mis à mal le prestige de notre vénérée impératrice et de ses suivantes dans l'Arkar. Des rumeurs plus troublantes, concernant notre bien-aimée impératrice, sont parvenues à mes oreilles. Je ne sais pas encore si je dois leur prêter foi... Néanmoins tous les notables se méfient désormais des Shaos. Mais bon. Sur ces belles paroles, je vous souhaite un agréable voyage. Allez vous préparer, la caravane part dans une heure.

Je trouvais la scène vraiment improbable. Artimonc était un Snadien, un simple Snadien, et Kahrzoa multipliait les courbettes devant lui. Connaissant le pouvoir et l'importance des Qivhviennes, j'en concluais qu'Artimonc n'était décidément pas n'importe qui. Parvenir à l'entourlouper relevait du miracle ou d'un numéro de funambule !

Nous sortîmes de l'antichambre en saluant servilement Artimonc puis, guidés comme les esclaves que nous étions, nous rejoignîmes les préparatifs de la caravane. Apeô nous attendait sagement. Assis sur une botte de paille, le vieil homme se perdait dans la contemplation d'une vieille Qivhvienne portée sur un palanquin aux rideaux ouverts par quatre esclaves bétareks. Un instant, alors que je regardais dans cette direction, mes yeux croisèrent ceux de la Qivhvienne. Elle sursauta sur ses coussins et fronça la croûte sourcilière. Elle s'agita sur sa couche. Un frisson parcourut mon corps, un frisson incontrôlable, si soudain que je détournai vivement le regard. Je fus soulagé quand le palanquin s'éloigna, quand il disparut complètement derrière un garock monumental, aux roues hautes comme un homme, aux essieux aussi larges que des têtes d'adultes, tracté par une bonne dizaine de harulls de premier choix.

— Un problème ? m'interrogea Kahrzoa, alors que je restais tétanisé sur place.

— Non. Ce n'est rien.

Kahrzoa me frôla le dos de sa main squameuse, retenant son geste au dernier moment. Ce n'était pas le lieu pour faire preuve d'affection envers ses esclaves !

Du doigt, elle nous désigna alors un garock d'apparence banale, très proprement bâché, marqué du discret blason de la maison le Sâp. Une petite échelle escamotable permettait d'y monter en toute sécurité par le milieu, où j'aperçus une porte latérale, coulissante.

— L'antre de Barister, le chef caravanier. C'est lui qui va diriger notre petit convoi. C'est lui, aussi, qui garde les clefs de votre prison. Et, enfin, c'est lui encore qui vous y conduira personnellement. Autant dire que le personnage est incontournable. Se le mettre à dos serait une grave erreur. Et signerait notre arrêt de mort.

Kardelj se permit un discret sourire en coin.

— Nous serons sages, Kahrzoa. C'est une promesse solennelle.

Kahrzoa ne fut pas dupée par le ton de voix sarcastique de mon ami. Elle lui asséna un léger coup de pied dans le tibia.

— Sans rire, tenez-vous correctement ou je vous jette dans les pattes des mercenaires samanciens qui formeront l'élite de notre escorte. Dès que nous serons parvenus à Leza, nous pourrons considérer notre situation comme meilleure.

Barister, torse nu et en sueur près de son garock finissait d'aplatir de fines lamelles de plomb sur une grosse enclume à l'aide d'un gigantesque marteau. Je me demandais bien quelle était leur utilité. Impossible de deviner. L'homme en question, véritable molosse, n'était pas un Snadien, contrairement à ce que j'avais imaginé. Je n'arrivais pas à déterminer son origine. Un Talaunien, peut-être. Ou un Golien. Toujours est-il que Barister était un homme entre deux âges, sans doute proche de la cinquantaine, aux cheveux poivre et sel touffus et désordonnés. De longs favoris couraient sur ses joues ravinées de rides. Paradoxalement, ses sourcils, qui rebiquaient vers les tempes, étaient d'un noir profond et mangeaient quasiment ses yeux qu'on soupçonnait d'un vert discret. Sa peau tannée par Astragaal cachait de sacrés muscles, pas du tout ramollis par l'âge. Aucun doute à avoir, l'homme s'entretenait. Je fus aussitôt persuadé qu'il savait se battre et qu'en plus il se défendait mieux que la moyenne dans ce domaine. Son allure générale me plaisait. Une apparence dure, certes, mais qui inspirait la confiance.

À notre arrivée, il cessa de marteler le plomb et s'épongea le front à l'aide d'un vieux chiffon qu'il passa également dans ses cheveux.

— Vous devez être Lizhua, notre invitée qivhvienne de dernière minute ?

Sa voix rocailleuse, agrémentée d'un accent à couper au couteau, était étrangement douce.

— En effet. Je viens vers vous pour régler les derniers détails du voyage.

Kahrzoa nous désigna sans nous jeter le moindre regard, et continua :

— Voici mes deux esclaves shaos.

Barister lança négligemment son chiffon sur la pointe de l'enclume. Un tic nerveux passa sur une de ses joues.

— Très bien. Je vais les conduire dans leur nouvelle maison.

Il nous jeta une œillade amusée. Pas méchante, cependant. Notre situation d'esclaves l'indifférait, il en avait vu d'autres.

— Ce ne sera pas le grand luxe, mais ils seront correctement traités. S'ils se tiennent tranquilles, il n'y a aucune raison que ça change.

— Ils sont dociles.

— Je vois ça. Vous ne les entravez même pas.

— Je n'en ai pas besoin. Et, tant qu'ils se promènent avec moi, ils sont sous l'influence du jbé.

Barister haussa des sourcils mi-approbateurs, mi-étonnés.

— Très bien. Tout se déroulera donc pour le mieux… Quant à vous (il désigna Kahrzoa et Apeô), un garock vous a été affecté. La conduite est prise en charge par le personnel des caravanes. Vous pourrez donc jouir du voyage comme bon vous semble. La nourriture est bien évidemment à notre débit. Elle est comprise dans la somme que vous avez versée aux comptables d'Artimonc.

Barister héla soudain un jeune garçon qui traînait non loin de là.

— Yufzé, accompagne la Dame et son compagnon snadien jusqu'à leur garock !

Le garçon ne se le fit pas répéter deux fois. Barister, ici, asseyait son autorité à la perfection. Le jeune garçon obéissait au doigt et à l'œil.

— Quant à moi, je me charge d'accompagner vos Shaos.

Il saisit une lance plaquée contre la roue de son garock et nous fit signe de passer devant.

Rien à dire. J'étais un poil énervé par notre sort – je détestais l'idée de retourner dans une prison – mais au moins, aucune menace ne pesait sur nous. J'espérais que le trajet vers Leza ne nous apporterait aucun ennui et que, de son côté, Kahrzoa saurait maîtriser la folie d'Apeô. Depuis que nous étions à Serza, il se tenait à carreau. Je priais Tabari pour que ça dure !

CHAPITRE 17

Serza, à présent, était loin derrière nous. Cette ville, j'étais déçu de n'en avoir rien vu. Elle m'intriguait bien plus que Ferza. J'aurais tant aimé savoir ce que cachaient les luxueuses péniches qivhviennes et visiter les tripots ! Comment pouvaient-ils se payer au quotidien des gardes samanciens ? Pour protéger quels fabuleux trésors ? Serza me laissait un vide. J'avais l'impression d'être une tique dont la ville s'était très vite débarrassée. Je me promis d'y retourner un jour.

Kardelj et moi rongions nos doigts toute la journée. Le garock-prison, bien que spacieux, n'était pour autant qu'une geôle de plus, dont nous ne pouvions sortir que pour nos besoins, durant les haltes, toujours encadrés par les deux mêmes Samanciens au visage fermé. Pas de grands bavards. Tout juste nous informaient-ils du chemin parcouru lorsque nous posions la question. Comme nous n'étions plus sous l'influence du jbé, notre prolixité langagière n'étonnait pas nos gardiens.

Le garock, aménagé pour des prisonniers, nous permettait de regarder à l'extérieur. De larges barreaux, solidement soudés de haut en bas, occupaient tout un pan latéral et, la nuit venue, ou en cas d'intempéries, nous pouvions refermer le tout à l'aide d'une longue bâche en peau de kaldrin. Pour les besoins urinaires pressants, c'était un avantage. Pour ne pas angoisser éternellement dans le noir, aussi. L'obscurité totale n'étant définitivement pas l'alliée des Shaos, nous laissions toujours ouvert, ou en partie. Sauf en cas de pluie torrentielle, car l'eau s'infiltrait et inondait rapidement notre pièce. Nous l'avions appris à nos dépens. Nous avions passé une après-midi entière à écoper à l'aide de nos petites écuelles. Depuis, à la moindre grosse alerte météorologique, nous nous calfeutrions.

Les journées passaient fort lentement. Kardelj et moi discutions très peu. Nous écoutions, moroses, assis sans bouger sur notre paillasse, le grincement régulier des essieux sur la piste caillouteuse, les cris lointains des garockiers haranguant leurs harulls.

À chaque halte, Kahrzoa venait nous retrouver. De son côté, le voyage se déroulait sans inconvénient et, hormis les barreaux et les gardiens, ses journées ressemblaient aux nôtres. Apeô ne venait jamais ; il restait cloîtré dans le garock. D'après notre amie, il dormait toute la journée ou presque. Quand il ne roupillait pas, il s'installait à l'avant de son garock, près du conducteur, et se perdait, immobile, dans la contemplation du paysage ou du défilé de la caravane.

Les choses se gâtèrent une semaine et demie après notre départ de Ferza.

Durant les haltes nocturnes, les garocks se plaçaient les uns à côté des autres. L'assemblage hétéroclite était protégé par les gardes samanciens, qui se relayaient la nuit. C'était toujours ainsi.

Nous faisions une halte plus longue qu'à l'accoutumée. Depuis deux jours déjà, nous ne bougions pas. Kardelj s'inquiétait. Moi aussi. Kahrzoa nous convainquit de ne pas nous alarmer. Aucune raison de nous angoisser, selon elle. Barister ne prenait aucun risque. Ses éclaireurs étaient tombés sur un groupe de détrousseurs, eux-mêmes membres d'une horde de brigands bien plus importante.

Barister s'en était donc allé, de sa propre initiative, négocier un droit de passage auprès de la horde en question. Le phénomène était courant. Ce genre d'inconvénients entrait dans le budget de la caravane et, de ce fait, dans le prix que payaient les voyageurs à Artimonc.

Le gros du convoi attendait le retour de Barister ; je sentais nos gardes plus tendus que d'habitude. Les voyageurs, par mimétisme, l'étaient aussi. Nos geôliers grognaient tout le temps et nous jetaient sans précautions notre écuelle à demi-pleine de nourriture. Parfois, il leur prenait de nous insulter. J'en avais plein le dos. Je me retenais de leur flanquer une bonne raclée. Kardelj aussi. Prisonniers d'accord, mais pas des fjarks !

L'après-midi du troisième jour, nous commençâmes à douter du retour de Barister. Personne n'avait de nouvelles de son détachement. Kardelj et moi estimions que rien de pire ne pouvait nous toucher. Erreur. Cette après-midi-là, alors que la chaleur montait et qu'elle devenait intolérable, nous nous collions aux barreaux pour gober un peu d'air. Un garock, c'est chouette, mais le nôtre, en période de grande chaleur, devenait fournaise. Son orientation plein soleil n'arrangeait rien. Nous avions suggéré à nos gardes de la modifier, en vain. Ils ne nous écoutaient même pas. Nous cuisions, et Kahrzoa ne se montrait pas. Elle, une Qivhvienne, aurait fait fléchir l'attitude boudeuse de nos geôliers…

Toute la journée, les voyageurs allaient et venaient. Parfois, quelques curieux jetaient un œil vers notre prison. Mais la chaleur accablante les forçait aussitôt à rechercher un coin d'ombre. Certains s'allongeaient sous les gros chariots, près des roues. Non loin de nous, une petite fille blonde jouait avec un petit animal bizarre et barbotait dans un grand baquet d'eau fraîche alimenté par un esclave snadien. Si Barister avait assisté à cela, je n'aurais pas donné cher de la peau de la gamine. La scène se serait achevée en fessée. L'eau, par cette chaleur, se rationne. Barister détestait le gaspillage.

Les garocks bougeaient parfois, en un jeu de chaises musicales, pour trouver une meilleure place, certains se plaçant à l'ombre d'un autre plus grand. Ainsi, un petit garock s'installa face à nous, à l'abri de celui d'une troupe de théâtre itinérant. Il me sembla l'avoir déjà vu.

Plus tard dans l'après-midi, le garock en question s'ouvrit. Une énorme vipère en descendit l'échelle escamotable très lentement, accompagnée d'un Bétarek aux petits soins. À vue d'œil, elle attendait une belle progéniture. Je la reconnus aussitôt : il s'agissait de la Qivhvienne au palanquin, celle qui m'avait observé au départ de Serza. Elle aussi me vit. Sa croûte sourcilière se souleva, les plis de sa bouche se muèrent en une grimace indescriptible. Pour une obscure raison, ma présence la gênait fortement. Elle pencha la tête vers le Bétarek, emmitouflé dans une toge épaisse sous laquelle il devait souffrir de la chaleur, et murmura à son oreille. Il hocha du chef et releva les yeux dans notre direction d'un air compréhensif. Ils se dirigèrent vers nous à petits pas.

— Kardelj, chuchotai-je entre mes dents, prépare-toi, je sens les ennuis galoper vers nous.

— J'ai vu. Tu les connais ?

— Absolument pas.

— Très bien, pas la peine de s'emballer. Aussi bien, cette vipère souhaite juste s'enquérir de notre santé.

Je voulus rire, les mains accrochées aux barreaux, mais je n'y parvins pas. L'arrivée de la Qivhvienne me fascinait trop.

— Je ne parierais pas là-dessus, mon vieux. Tu vois un sourire sur sa face, toi ?

Kardelj ne répondit rien. L'étrange Qivhvienne n'était plus qu'à deux mètres de nos barreaux. Je n'avais jamais vu, de ma vie, des yeux d'une telle intensité. Ils n'étaient pas d'une couleur habituelle : un jaune d'une incroyable brillance à l'iris et une pupille rouge sang déposés dans un écrin majestueux. J'avais du mal à soutenir son regard. Elle me filait une chair de poule pas possible. Cela ne s'est guère arrangé quand elle a lâché d'une voix grave et sèche :

— Tiric Sherna, tu es une menace !

Kardelj et moi nous sommes entreregardés, éberlués d'entendre mon nom et cette soudaine harangue. J'étais frappé de tétanie, et ma bouche ne parvenait plus à s'ouvrir. Je n'ai donc rien dit.

— Tu m'as bien entendu, petit bâtard de Shao : tu es une menace et tu dois mourir !

La Qivhvienne fit un geste brusque de la main. Un signal pour le Bétarek, qui cachait un sabre sous sa toge. L'homme, enturbanné, aux yeux d'un noir d'encre, au sourire aussi absent qu'une flamme de vie dans ses pupilles dilatées, s'avança vers les barreaux. Je me raidis, toujours incapable de bouger, comme si les yeux de la Qivhvienne braqués sur moi m'hypnotisaient. Je suais à grosses gouttes. Mes mains serraient fortement les barreaux, et un poids invisible les pressait.

— Hé ! Qui vous a autorisé à tourner autour de mes esclaves ? tonna la voix de Kahrzoa, non loin de là.

Cette irruption, véritable délivrance, entraîna l'arrêt sur place du Bétarek. À mes côtés, je sentais Kardelj prêt à faire réagir son Fâps.

La grosse Qivhvienne se tourna brusquement vers Kahrzoa. Je ne le vis pas, mais j'étais certain que ses yeux lançaient des myriades d'éclairs. Quand Kahrzoa prit véritablement conscience de la personne qu'elle venait d'apostropher, elle sursauta et eut un mouvement de recul.

— Vos esclaves ?

La Qivhvienne dévisagea longuement Kahrzoa ; elle épluchait, sans la moindre gêne, l'âme de notre amie. Du moins, cette pensée me vint à l'esprit à ce moment-là. Kahrzoa parut soudain se reprendre. Au prix d'un immense effort. Je la vis vaciller, puis avancer d'un pas vers son adversaire. Un signe fort, qui prouvait qu'elle n'était pas décidée à s'en laisser compter.

— Oui, mes esclaves. Si vous les molestez, vous le paierez. Très cher.

— Vous n'êtes qu'une traîtresse... Kahrzoa ! Nous lisons en vous comme dans un livre ouvert. Nous savons tout. Tout ce qui a été, est et sera. La brume qui vous entoure se dissipera bientôt, et nous connaîtrons bientôt toutes vos faiblesses, vos failles, vos secrets les plus profondément enfouis, nous serons le juge et l'augure, et nous verrons jusqu'au jour de votre mort.

Kahrzoa dégaina un sabre dont elle ne savait sans doute qu'à moitié se servir. J'entendis parfaitement glisser la lame hors du fourreau métallique.

— Peut-être voyez-vous, ou peut-être êtes-vous juste une folle en exil, comme je le crois. Ce que je sais, maintenant, et de façon certaine, c'est que vous ne toucherez pas un cheveu de ces Shaos. Faites un pas de plus vers cette cage, et je vous promets que les gardes de Barister s'occuperont de vous. Je les y obligerai.

La grosse vipère haussa les épaules. Pour bien montrer qu'elle n'était nullement impressionnée par les menaces de notre amie. Elle se mit à rire, de ce genre de rire d'aliéné qui fait froid dans le dos.

— Fort bien, traîtresse. Nous nous retirons. Laissez-moi seulement vous avertir…

Elle se retourna vers moi, et me désigna du doigt, une nouvelle fois.

— Ce Shao apportera notre perte. Nous le savons. Tuez-le avant qu'il ne soit trop tard. Tuez-le tant qu'il n'est rien d'autre qu'un chien errant et puant enfermé dans ce garock.

Elle n'attendit pas la réponse de Kahrzoa et s'éloigna d'un pas nerveux, suivie de près par son serviteur bétarek. Alors, et alors seulement, toute tension disparut. Je ressentis à nouveau pleinement la chaleur, l'air dans mes poumons, le fer des barreaux entre mes doigts, et la sueur qui s'écoulait le long de ma peau.

Kahrzoa courut vers nous, paniquée, le souffle court. Elle se cogna presque contre les barreaux.

— Par Karez ! Tout va bien ?

Kardelj et moi acquiesçâmes, encore sous le choc.

— C'est qui, cette vipère ? demanda Kardelj, toujours sous le coup de la surprise.

C'était l'exacte question qui me brûlait les lèvres ; je remerciai mentalement mon ami de l'avoir posée, j'en étais moi-même incapable.

— Je n'en suis pas certaine, mais je crois bien que nous sommes tombés nez à nez avec une soltone.

— Une quoi ? coupa Kardelj.

— Une soltone, répéta Kahrzoa. Une sorte de légende vivante. Pas de chance. Certains des plus vieux parchemins que j'ai eus entre les mains affirment que les soltones sont des Qivhviennes dont la progéniture de première portée n'est jamais arrivée à terme. Ses enfants refusent de naître. D'après ces mêmes manuscrits les enfants développent une telle connexion fusionnelle avec leur mère pendant la grossesse qu'ils cessent de grandir en elle et décident de vivre dans ce giron pour toujours. Autant dire que le cas est très très rare. À Ferza, je n'en ai jamais vu une seule, et je ne connaissais personne, avant aujourd'hui, qui en ait rencontré une. Mais certains temples ferziens les vénèrent, pour une excellente raison, que je croyais purement lyrique. Elles ont la réputation de lire les âmes et de dévoiler l'avenir. Ce qui expliquerait qu'elle connaisse mon nom !

— Et le mien ! déglutis-je dans un souffle.

— Elle a prononcé ton nom ?

— Oui.

Kahrzoa plissa les yeux et grimaça.

Nous ne dîmes plus rien. Kahrzoa réfléchissait ; Kardelj et moi également. La rencontre avec cette soltone ne nous apporterait que des ennuis. Que Barister soit mis au courant de ce début de rixe – heureusement nos gardiens ne traînaient pas dans le coin à cette heure – et le Grand Bordel nous rejoindrait au galop. Nous qui souhaitions la discrétion la plus absolue, nous devions nous rendre à l'évidence : c'était un échec. Cuisant. Rester enfermés dans cette geôle, en outre, allait finir par nous desservir. Je n'en revenais toujours pas. Comment avais-je pu rester tétanisé de la sorte devant la soltone ? J'enrageais.

— Ne soyez pas trop inquiets, nous assura Kahrzoa. (Sa voix se voulait apaisante, certes, mais ses mots sonnaient faux.) Les soltones, elles aussi, doivent se cacher perpétuellement. Elles sont si rares. Elles sont une légende. Leur pouvoir de clairvoyance est immense et, si elles tombaient entre les mains de l'impératrice, elles ne seraient plus qu'un instrument au service de la guerre d'expansion qivhvienne. Or, elles appartiennent, d'après les rumeurs, à un ordre particulier qui nie Karez et sa puissance. Elles prient Hotcha, une déesse mineure de notre panthéon. Si l'impératrice avait connu cette soltone, je suis prête à parier qu'elle aurait tenté de se l'accaparer. Le problème…

Kahrzoa s'arrêta, se gratta la joue et soupira longuement.

— Le problème est le suivant : pour quelle obscure raison a-t-elle ainsi dévoilé sa nature, au risque de se faire repérer ? Jamais, je dis bien jamais, je n'ai entendu dire qu'une soltone ait agi de la sorte, au grand jour. Elles se cachent toute leur vie et passent cette vie à prier leur déesse. Voilà pourquoi je l'ai menacée de faire appel à Barister. À mon avis, il n'a pas la moindre idée de qui elle est. J'en mettrais ma main à couper. S'il le découvrait, il enverrait directement un messager à Artimonc. Celui-ci, n'ayons aucun doute sur la question, est à la solde de l'empire. Il la capturerait aussitôt, pour en tirer profit.

— C'est valable pour nous également, intervint Kardelj avec son à-propos habituel.

— Oui. Les événements devraient se tasser. Et s'oublier. Nous n'avons plus qu'à espérer…

— Et si Barister, dis-je, ne revient pas ? Que fait-on ?

— Nous fuirons par nos propres moyens. Quel autre choix avons-nous ? Sans lui, la caravane rebroussera chemin, c'est stipulé dans le contrat. Et, bien entendu, nous ne pouvons nous permettre de retourner à Serza. Dans tous les cas… soyez prêts !

Fort heureusement, Barister réapparut dans la soirée avec ses hommes. Deux ou trois étaient blessés. Kardelj et moi ne les vîmes pas, mais Kahrzoa nous rejoignit en catimini et nous mit au parfum. Il avait aussitôt tenu une réunion de crise pour assurer que tout allait pour le mieux, et que la menace des brigands ne planait plus au-dessus de nos têtes. Le convoi pouvait donc continuer de tracer sa route en toute quiétude.

Quant à moi, je boudais. La grosse vipère avait réussi son coup. Je ne cessais de repenser à sa prédiction. Qu'il fallait me liquider parce que j'étais une menace. Mais pour qui ? Pour quoi ? Je ressassais ces pensées, le dos calé contre la paroi de ma prison. Kardelj, mon frère, ne m'adressait plus la parole. Depuis le temps, il commençait à me connaître. Et il savait pertinemment qu'il ne devait pas venir m'emmerder. Je l'aurais jeté dans la fosse aux draguins nains. Mais il me comprenait, et lui-même, par ailleurs, avait sans doute le cerveau en ébullition. Vivement que nous parvenions à Leza ! Vraiment. Dès que nous serions sur un bateau, nous serions plus libres de nos mouvements. Les Snadiens, bien que soumis aux Qivhviens, ne pratiquaient aucun racisme. Si nous montrions patte blanche, nous avait assuré Kahrzoa, nous pourrions évoluer librement dans ce pays.

Eh bien, j'avais hâte de voir ça.

CHAPITRE 18

Encore une semaine entière à ne voir défiler que les moroses plaines qivhviennes. Des paysages peu accidentés, hormis dans certaines zones. Pas mal de marais. Et, surtout, pas de soltone à l'horizon.

Mais depuis une journée, nous apercevions des gaviotaas dans le ciel. Ils tournoyaient au-dessus de la caravane, guettant les restes que nous abandonnerions sur notre passage. Et quand un convoi comportait une centaine de garocks, le festin était assuré.

Néanmoins, cela signifiait que nous approchions du but. Petit à petit, l'espace qui nous séparait de Leza s'amenuisait, et mon moral s'améliorait. La soltone nous laissait tranquilles depuis l'incident de la halte. Elle faisait bien. Si je la revoyais, celle-là, je m'étais juré de lui tordre le cou. Je n'en oubliais pas pour autant ses augures. Ils restaient tassés dans un recoin de ma tête.

Kardelj, ça allait, mais il ressentait la même chose que moi : un besoin irrépressible de sortir de cette prison sur roues qui nous ramollissait chaque jour un peu plus. Je devenais barbu, tout comme mon compagnon. De toute façon, hormis nos besoins naturels, nous n'étions pas autorisés à une quelconque toilette.

Du coup, nous puions plus que des fjarks trempés dans un bassin d'urine. Mes vêtements me grattaient la peau ; j'avais fini par me débarrasser de mon haut, une chemise dervienne achetée à Serza. Kardelj, mimétique, en avait fait autant. Je crois que nous faisions peine à voir. Les yeux de Kahrzoa reflétaient notre misère, lorsqu'elle venait nous rendre visite. Elle n'y pouvait rien. Elle avait tenté de nous aider, pourtant. Barister le lui avait formellement interdit. Je ne voyais pas pourquoi. Kahrzoa pensait qu'il avait très mal digéré l'épisode des brigands et que, depuis, il était devenu acariâtre et cyclothymique. Et d'une extrême prudence. C'était la première fois qu'il perdait autant d'hommes sur la route. Et parmi eux, des amis. Moi, je pensais qu'il nous laissait dans cet état pour éviter toute rébellion de notre part. Plus nous serions fatigués, usés, sales, puants, moralement et physiquement touchés, moins Barister avait de chances de nous voir l'embrouiller. S'il avait su ! J'aurais passé mon temps peinard dans un garock sans moufter, en attendant d'atteindre Leza ! Kardelj aussi. Mais non, il fallait que les choses soient toujours compliquées…

À la halte du soir, nous eûmes la surprise de voir Apeô. C'était la première fois qu'il accompagnait Kahrzoa depuis le départ de la caravane. Il nous salua sans entrain particulier et se plaça aussitôt à l'écart.

— Toujours aussi bavard, le vieux, marmonnais-je à Kahrzoa.

— Et encore, il est dans un bon jour, ironisa-t-elle.

— Quelles sont les nouvelles ?

— Il n'y en a qu'une, mais elle est bonne. Demain, en fin de matinée, nous rentrerons dans Leza. Là-bas, nous emprunterons un bateau pour Cauzyr. Votre calvaire va donc bientôt cesser.

Je soupirai de soulagement. Kardelj, lui, se tapait les genoux d'une joie non contenue.

— Parfait, dis-je. Cet endroit me met les nerfs. J'ai hâte de pouvoir me dégourdir les jambes un peu plus longtemps que pour aller pisser à deux mètres de cette prison.

— Apeô m'a proposé quelque chose d'intéressant… Il possède toujours son ancienne forge, à Cauzyr. Il a proposé de s'y installer… je crois qu'il recouvre petit à petit sa lucidité. Qu'il se soit tenu tranquille pendant toute la durée du voyage plaide en sa faveur. Je suggère d'accepter sa proposition. Du moins dans un premier temps. Ensuite, nous aviserons… sur ce que chacun fera.

— Je suis totalement pour ! décréta Kardelj, visiblement enthousiaste.

Je l'étais aussi. Mieux valait un toit assuré, sans avoir à dépenser plus d'argent que de raison, qu'une nuit dans une auberge miteuse pleine de bandits de la pire espèce.

— Et du côté de la grosse vipère ? Des nouvelles ?

— Rien. Elle n'est plus sortie de son garock depuis l'incident. A priori, nous sommes également tranquilles de ce côté-là. Croisons les doigts, ou prions Karez… et Tabari.

— Merci Kahrzoa, lâcha soudain Kardelj. Tu as parfaitement assuré nos arrières jusqu'à présent. Nous avons une dette envers toi.

— Que je sache, vous ne m'avez pas tuée dans ces tunnels à Ferza… c'est donnant donnant. Et je tiens autant à mes squames que vous à votre peau. À nous quatre, nos chances sont tout de même meilleures.

Kardelj secoua la tête plusieurs fois, et son rire caractéristique, très saccadé, résonna dans le garock.

— Accepte juste nos remerciements. Tu les mérites.

— Eh bien ! Des Shaos remerciant une Qivhvienne, on aura tout vu ! ironisa notre jolie compagne.

— On se demandait, avec Kardelj, si tu en étais vraiment une ?

Kahrzoa s'autorisa un léger sourire.

— Oui, une pure de pure. Mais vous devez savoir une chose : notre espèce n'est pas uniquement composée de Zua Lazpoa.

— En effet. Et nous serons peut-être les premiers Shaos à l'admettre, conclus-je.

Sur ces derniers mots, Kahrzoa prit congé de nous et fit un geste d'invitation à Apeô, qui la suivit sans sourciller. Ces bonnes nouvelles aidant, Kardelj et moi dormîmes du sommeil du juste. Le lendemain serait, quoi qu'il arrive, bien plus intéressant.

*

Leza nichait dans une grande cuvette, sur la côte de la mer snadienne. Nous l'avions eue dans la mire, comme prévu, en fin de matinée. La ville n'avait rien à voir avec Ferza ou Serza. Bien plus modeste, ce n'était qu'un port. Ses quais, fort longs, abritaient goélettes, navires de guerre qivhviens, barques et, surtout, des navires de commerce. Beaucoup. Tout compte fait, la ville me rappelait Kælajer, la plus grosse cité maritime du pays shao. Les habitations, simples, à toits plats, étaient pour la plupart fonctionnelles, sans ornements, et les vents salins, violents par ici, attaquaient leurs façades grises. Les seules riches maisons, rares, appartenaient aux notables de

Leza. La ville grouillait de Derviens et de Snadiens. Surtout des Derviens, des matelots qui logeaient, pour la plupart, dans de grandes bâtisses rectangulaires aux angles hauts arrondis par d'épaisses gouttières en bois, en attendant de repartir en mer. Ils ne devaient pas souvent revoir leur Dervie natale, ballottés ainsi entre le royaume snadien et l'empire qivhvien. Mais qu'importe, nous n'étions pas venus ici pour nous inquiéter du sort des Derviens. Le nôtre était assez tangent comme ça.

Après avoir quitté la caravane de Barister – lequel nous avait libérés sans un mot –, nous rejoignîmes le centre de Leza, où nous louâmes une chambre dans une modeste auberge. Le prix ne l'était pas, lui, et Kahrzoa dut acquitter une taxe supplémentaire, fort élevée, pour nous. Une fois de plus, nous restions cloîtrés, quoique confortablement installés. La chambre, malgré son étroitesse et ses colombages intérieurs qui grignotaient beaucoup d'espace, était une véritable chaufferie. Elle surplombait une cour silencieuse où seuls quelques employés de l'auberge passaient parfois pour les ravitaillements en vin, viande et provisions diverses stockées dans un petit cellier attenant.

Nous misions sur la prudence. Si à Leza nous pouvions a priori nous balader sans être ennuyés, il était cependant inutile de prendre le moindre risque. Bien que frontalière, la ville était tout de même qivhvienne, soumise aux lois de Ferza, et de l'impératrice.

Pendant que nous ruminions, Kahrzoa prenait une nouvelle fois nos destins en main. Elle nous avait quittés pour négocier notre passage avec un kenin, sorte de notable à la fois armateur et affréteur qu'on pouvait assimiler à un gestionnaire de flottille, puisque celles-ci appartenaient à l'impératrice, sauf cas particulier. J'avais hâte d'être sur ce bateau. Il était plus que temps de quitter le pays qivhvien, de rejoindre de nouveaux horizons. Kardelj était épuisé ; je le voyais à ses yeux rouges et cernés. L'inaction le fatiguait plus que n'importe quel combat. Apeô, pour sa part, égal à lui-même, ne nous avait pas adressé la parole depuis notre arrivée à Leza. Son visage plus apaisé avait néanmoins rajeuni au contact de la liberté. Le Snadien n'avait plus rien du fou que nous avions sorti de cellule. Mais une petite voix irrationnelle me disait de me méfier : ses sautes d'humeur étaient fréquentes, et je le gardais à l'œil. De toute évidence, il ne m'aimait pas. Et ne m'aimerait jamais. Son invitation à partager sa maison cauzyrienne me surprenait toujours. Elle ne cadrait pas avec les sentiments que nous éprouvions les uns pour les autres. Nous cachait-il quelque chose ? J'en avais discuté un bout avec Kardelj, pour m'entendre rétorquer que je voyais le mal partout. Ouais. Merci, mon copain. Kardelj, le type le plus suspicieux que je connaissais, m'envoyait paître sans prendre le temps de m'écouter. Un peu déçu, le Tiric !

Apeô, depuis le début, je ne le sentais pas. Mon instinct me soufflait de me méfier. Et mon instinct, j'avais tendance à m'y fier. Et pas qu'un peu.

*

L'*Arbicande* mouillait fièrement dans le port de Leza. Belle caravelle d'une trentaine de mètres dont les voiles blanches, lumineuses sous les rayons d'Astragaal, venaient d'être abaissées par de lestes marins derviens. Du quai, je les observais, ces petites araignées en mouvement, fouettées par le vent frais mais agréable de cette matinée radieuse. L'*Arbicande* s'apprêtait à quitter le port. D'ici deux minutes, nous serions à son bord. Kardelj, Kahrzoa, Apeô. Et moi. Direction Cauzyr. Le voyage durerait trois jours : la mer snadienne, peu étendue, se traversait vite. Durant ce laps de temps, il nous faudrait juste profiter du voyage. Apaisant. J'aimais beaucoup naviguer. Sentir la force primordiale de toute cette eau sous le frêle navire qui nous portait vers notre destination. L'air salin revigorait mes poumons. Le chant roucoulant des kcams, petits oiseaux de proie au long bec, m'enchantait. J'étais réellement d'excellente humeur. Disposé à la cordialité, disposé à me laisser enfin aller à un repos bien mérité.

À peine foulai-je les premières lattes du pont que mes plans, aussi volages fussent-ils, tombèrent à l'eau. Le spectacle qui m'y attendait me fit blêmir. Et je n'étais pas le seul : Kardelj et Kahrzoa, bouche ouverte, s'étaient figés sur place. Il fallut se rendre à l'évidence, et accepter les faits : l'*Arbicande* convoyait également la soltone vers Cauzyr. Elle et son garde du corps bétarek, aussi raides que deux clous sur la dunette, nous regardaient monter à bord, l'œil indifférent. Je savais pertinemment qu'il n'en était rien. La tête de la vipère dissimulait une bouilloire laissée trop longtemps sur un feu brûlant. Sa cape noire enroulée autour de ses frêles épaules, à la façon d'une grosse écharpe, lui conférait un aspect mystérieux et inquiétant. Décidément, elle ne se cachait plus. Ou alors la légende autour de la discrétion des soltones était erronée.

— Dire que j'ai payé très cher ce voyage pour finalement me retrouver face à cette folle ! éructa Kahrzoa.

Ses mâchoires se crispèrent. Ses poings aussi.

— Nous ne pouvons pas rebrousser chemin, intervint Kardelj d'une voix très calme. Ils nous ont laissés tranquilles pendant toute la fin du trajet de la caravane. Ils feront de même ici. J'en suis sûr.

Apeô m'observa à la dérobade et sourit. Il avait le don de m'énerver aux mauvais moments celui-là.

— Ça te fait rigoler, vieux fou ?

Il leva fièrement la tête vers moi, haussa les sourcils.

— Oui. Ça me fait rire.

J'eus un geste d'humeur : mon poing partit vers la figure d'Apeô. Mais il fut stoppé par Kardelj, dont la main solide retint le bras qui armait sa frappe.

— Du calme, mon ami. Ce n'est pas le moment de se faire détester des marins, ou pire, du capitaine. Ils n'accepteront pas un fauteur de troubles. Sauf si tu souhaites finir ta cavale au fond de la mer snadienne…

Je relâchai aussitôt la pression. Impossible de contredire Kardelj là-dessus. Je ne savais pas quelle mouche m'avait piqué. Ce genre de pulsion ne me ressemblait guère. La soltone, notre fuite… Tout cela me portait sur les nerfs.

— Laissons Kahrzoa et Apeô prendre possession de leur cabine. Allons faire un tour sur le gaillard d'avant, et profitons de l'air marin. Nous y trouverons sans doute un matelot pour nous indiquer où installer nos hamacs.

Kahrzoa acquiesça de la tête. Elle prit Apeô par le haut de l'épaule et lui fit signe d'avancer vers le gaillard d'arrière. Sous la dunette, dans le cœur du navire, les officiers possédaient leurs quartiers. Il en allait de même pour les voyageurs de haut rang – et Kahrzoa était considérée ainsi – dont le droit de passage s'élevait à un montant suffisamment coquet pour bénéficier de cette attention. Notre guide s'était délestée de beaucoup de qih, une fois de plus. Notre bourse fondait à vue d'œil. Si nous parvenions saufs à Cauzyr, il nous faudrait remédier à cela d'une manière ou d'une autre. Je nous imaginais, Kardelj et moi, tels deux mercenaires, proposant nos services au plus offrant. Nul doute que nous aurions du succès. Nos récentes péripéties avaient prouvé que nous étions d'excellents combattants, après tout ! Peut-être cette activité était-elle légale, ou tolérée, à Cauzyr… Tout cela, bien entendu, en attendant un meilleur sort. Retourner en pays shao restait ma priorité, et, au fond, celle de Kardelj aussi. Depuis plusieurs jours déjà, je rêvais. Enfant, je ne me souvenais jamais de mes rêves ; j'avais fini par croire que mon sommeil n'était peuplé de rien d'autre que de ténèbres. Adulte, cela s'était perpétué. Jusqu'à maintenant. Je rêvais de mon peuple, des Shaos. Dans ces rêves, je chassais les Qivhviens de mes terres, des terres de mes ancêtres. Je me voyais à la tête d'une grande armée. Une armée de peuples unifiés. Et je finissais par trancher la tête de Lazpoa, au milieu de l'Arkar, sous les acclamations… Chaque jour qui passait, les Qivhviens insultaient un peu plus Tabari, forçant les miens à bâtir des temples à la gloire de Karez. Chaque jour, nos pères, nos mères et nos enfants subissaient des maltraitances, quand ils n'étaient pas tout simplement réduits en esclavage… Un jour, tout cela changerait. Je m'en faisais la promesse solennelle.

Comme un funeste présage, peu à peu, le temps se couvrit. On aurait cru qu'un dieu avait décidé de poser un sombre couvercle sur le ciel. Nous avions largué les amarres depuis à peine trois heures, et la pluie venait se mêler à notre histoire ; les bourrasques de vent gonflaient les voiles, les tendaient, les tordaient, mettant leur solide tissu à rude épreuve. Nous avancions vite, sans aucun doute, mais la houle générait de grosses vagues qui venaient s'écraser violemment sur la coque du bateau. Je n'étais pas très rassuré. Visiblement, les marins non plus. On les sentait nerveux, prêts à en découdre avec la tempête. Kahrzoa et Apeô, bien à l'abri dans leur cabine, échappaient à ce spectacle, mais sentaient probablement un peu plus que nous les secousses provoquées par les vagues et le vent. Kardelj ne supportait pas très bien le début de voyage. Il avait le mal de mer. Ce qui l'étonnait au plus haut point. Durant son adolescence, à l'École des Gardes Royaux de Balajer, il avait appris les rudiments de la navigation et effectué plusieurs séjours en mer. Sans effets nocifs. Du coup, il devait bien admettre que son Fâps supportait très mal les déplacements maritimes ! Il passait son temps, trempé, les bras passés au-dessus du bastingage, à vomir tripes et boyaux et à subir les quolibets de quelques marins emmitouflés dans des combinaisons en peaux imperméables de morq, un gros animal marin inoffensif qui pullulait dans tous les océans. Le pauvre Kardelj, j'aurais aimé pouvoir l'aider, mais j'étais inutile.

Sur le gaillard d'avant, un membre de l'équipage avait installé une sorte d'auvent bâché où nos hamacs nous attendaient. J'y passais désormais le plus clair de mon temps. L'*Arbicande* n'avait que très peu de passagers. Quasiment que de riches notables snadiens, un ou deux Qivhviens, mais Kardelj et moi, en tant qu'esclaves shaos, devions rester sur le pont. Nous étions les seuls dans ce cas. Nous n'étions dérangés que par les marins qui, de toute façon, faisaient de leur mieux pour nous ignorer.

Un jour passa. Et la tempête gagna en intensité. Les passagers étaient interdits de séjour sur le pont, si bien que nous n'avions plus aperçu Kahrzoa depuis le départ. Kardelj n'allait pas mieux, et, moi-même, j'étais perpétuellement ballotté dans mon hamac où, les bras le long du corps, je réfléchissais à ce voyage. La première nuit, je ne dormis pas une seconde. À peine somnolai-je une petite demi-heure. Le vent s'engouffrait sous notre auvent et, s'il n'avait pas été solidement accroché, il se serait envolé depuis belle lurette. Je remerciai mentalement les marins derviens de bien pratiquer leur métier. L'après-midi du lendemain, nettement plus calme, permit à mon organisme de se rattraper. Je dormis jusqu'en fin d'après-midi. Kardelj parvint à m'imiter. J'avais peur pour lui. Blanc comme un linge, mon ami était également parcouru de violents frissons. Son front ruisselait, et je ne savais dire si ce ruissellement était dû à la pluie ou à la fièvre.

La nuit du deuxième jour, la tempête reprit de plus belle, et la carcasse de l'*Arbicande* grinça de toutes parts, compressée par les eaux en furie. Je pouvais l'entendre malgré la violence du vent, ainsi que cette pluie intense et coupante qui s'abattait partout autour de nous. De nombreux éclairs déchiraient le ciel noir, et le tonnerre roulait avec fracas au-dessus des nuages, comme s'il cherchait une porte de sortie, en vain. Forcément, nous avions renoncé au hamac. Impossible de dormir quand on est baladé de gauche à droite et de droite à gauche sans relâche par un vent qui vous atteint sans peine. Nous avions, par conséquent, décroché nos hamacs et trafiqué une sorte de couchette dans un renfoncement du bastingage, et nous étions, au final, correctement abrités. J'entendais, par effet de résonance, la coque humide grincer, des cordes se tendre et claquer, ainsi que les cris soudains de marins dont le travail incessant nous permettait tout simplement de ne pas couler. Tabari leur rende grâce !

J'avais donc l'esprit ouvert, bien malgré moi, tandis que Kardelj, plongé dans un sommeil profond dû à la fièvre, rêvait à des jours meilleurs pour sa santé. Étonnant que son Fâps ne fasse rien pour le soulager.

C'est alors que j'entendis un vague glissement, près de l'auvent, comme un pied malhabile dérapant sur du bois mouillé. Le bruit cessa aussitôt. Mais il était trop tard pour mon visiteur, je l'avais déjà repéré. Je n'ai pas bougé d'un pouce, malgré mon irritation soudaine. D'instinct, je sus aussitôt de qui il s'agissait. Le Bétarek. L'esclave, l'âme damnée de la soltone en personne. Au fond de moi, une pulsion assassine se réveilla, alimenta un sentiment d'orgueil, puis mon courroux. Le Bétarek, j'allais le mettre en pièces, et balancer ses restes dans la gueule d'un torq'hal. Ces méchants dragons des mers pullulaient toujours dans le sillage des morqs.

Sans doute mes gestes étaient-ils imperceptibles ; néanmoins je me crispai légèrement, tout en ramenant un bras le long de mon corps. J'espérais que le Bétarek n'avait pas décelé ma manœuvre. De dos, je ne voyais pas mon adversaire. Je l'entendais seulement. Je vivais ses émotions en direct, quand il s'arrêtait à cause d'un grincement trop fort, par exemple. Je ressentais ses hésitations, ses peurs aussi.

Ses pieds pesaient fort sur le bois, dénotant une tension certaine, ainsi que sa peine à garder son équilibre sur le bois ruisselant. Je compris à sa façon chaotique de s'approcher qu'il n'était pas rassuré. Après tout, nous étions deux, avec Kardelj. S'il s'était renseigné auprès des marins, il savait forcément que mon ami dégobillait tout et n'importe quoi depuis deux jours. La menace qu'il représentait s'amenuisait donc d'autant. Sauf qu'une petite voix dans mon crâne chantait à tue-tête : « C'est toi qu'il veut ! Juste toi ! » Et je ne parvenais toujours pas à comprendre pourquoi il me poursuivait ainsi. Je devais avoir une bonne tête de gars à martyriser…

Bientôt, il arriva assez près. Il se tenait sous l'auvent. Ses habits gouttaient. Bien, ça ! La pluie l'alourdissait ; s'il avait revêtu la même tenue pleine de lainages que je lui connaissais, je comprenais pourquoi ses gestes étaient gourds. Il n'avait aucune chance, je le sus tout de suite. Je ne doutai pas une seconde, même quand je l'entendis dégainer une dague, dans mon dos. Je le sentis se courber vers moi. Son ombre, un instant visible par la grâce d'un éclair, me recouvrit ; le bras du Bétarek se leva et frappa… dans le vide. Le tranchant de ma main s'abattit avec force sur une de ses chevilles. Un cri déchira la nuit. À côté de moi, Kardelj, fiévreux, s'agita mais ne se réveilla point. Pas le temps de m'occuper de lui : je bondis sur mes pieds, sans glisser sur le bois gorgé d'eau. Mon sens de l'équilibre bien supérieur à celui du Bétarek – il faut dire que je l'avais fichtrement entraîné dans les arènes – me permit de me retrouver rapidement dans le dos de mon adversaire, lequel tentait de retrouver une position acceptable pour me faire face. Ma jambe droite, en extension horizontale, l'en empêcha. Mon talon s'enfonça dans son plexus. Le souffle coupé, le Bétarek se courba, glissa, tomba à genoux, empêtré dans sa toge à la laine gorgée d'eau. Mon pied partit vers sa figure et atteignit son nez. Le Bétarek hurla de nouveau et s'écrasa le dos sur le bastingage. Des os craquèrent. Le bois du bastingage, solide, encaissa le choc. Les yeux perçants du Bétarek ne reflétaient plus que la peur, et sa dague, tenue négligemment dans sa main droite, ressemblait plus à un jouet, de ceux en bois qu'on offre aux enfants shaos. Son nez saignait abondamment. Cassé.

— Idiot, dis-je, tu pensais réellement pouvoir m'atteindre ? Tu n'arrives même pas à défendre ta peau correctement.

— J'obéis aux ordres, cracha-t-il dans un souffle.

Pour ne pas risquer une chute bête, j'approchai à petits pas du bonhomme. Ses muscles se tendirent. Je le sentis prêt à bondir pour un ultime baroud. Je grimaçai. Ce type n'était pas un guerrier flamboyant, mais une frénésie fanatique l'animait. J'en ressentais l'aura. Quoi qu'il advienne, il sacrifierait sa vie pour sa cause. Je ne pouvais le laisser vivre. Que je fasse preuve de clémence et, un jour, un poignard me transpercerait le dos, sans que je comprenne pourquoi.

D'un bond maladroit, la lame de sa dague en avant, le sbire de la soltone tenta de m'atteindre. En vain. Du genou, je fis sauter la lame, qui finit sa chute dans la mer déchaînée ; du plat de la main, je repoussai mon adversaire au niveau de l'épaule et le bloquai contre le bastingage. Mon autre main saisit sa gorge froide et humide. Je serrai la trachée, et sentis les rapides palpitations de son cœur. Les yeux de l'homme s'exorbitèrent, sa bouche ouverte chercha de l'air, sans y parvenir. Néanmoins, je relâchai l'étreinte.

— Très bien, l'ami, commençai-je, pourquoi ta maîtresse cherche-t-elle à m'assassiner ?

« L'ami » en question goba de l'air avec délectation puis me regarda droit dans les yeux en haussant les sourcils.

— Demande toi-même des explications à la soltone. Comme je te l'ai dit, je ne suis que l'exécutant.

Son visage se congestionna, sa bouche se serra jusqu'à n'être plus qu'une légère fente blanche. Puis il me cracha à la figure.

— Que Karez finisse par t'étouffer, chien de Shao !

C'en était trop. Mes doigts reprirent leur pression. Je finis par l'écraser totalement. Sa tête retomba de côté. Il était mort. D'un geste rageur, je soulevai son corps entier, et le bras sûr, la main toujours refermée sur la gorge, je le rejetai dans les flots. Un moment, une peur fugace s'empara de moi, celle de le voir réapparaître, vivant, de la même façon qu'Apeô quand je l'avais assassiné dans cette cellule du palais de l'impératrice. Mais cette sensation – ô combien désagréable – céda aussitôt le pas à une question fort pragmatique : m'avait-on vu tuer le Bétarek ?

CHAPITRE 19

Oui, une personne m'avait vu. Mais cela n'avait strictement aucune importance car il s'agissait de la soltone.

Les marins, eux, étaient occupés à colmater une grosse voie d'eau dans la coque à l'opposé de ma position. Je discernais péniblement leurs mouvements, et leurs cris restaient inaudibles.

La soltone se tenait, immobile, à trois mètres de moi. Elle était trempée, hormis son visage qui paraissait absorber toute humidité. Son ventre arrondi pulsait sous sa toge. Ses bébés non-nés angoissaient-ils ? J'avais la vague impression qu'ils frappaient à la porte. Peut-être sentaient-ils que j'allais en finir avec leur mère ? Peut-être. Comment comprendre le fonctionnement de cette aberration ?

Bien qu'elle fût figée et sans défense, j'étais sur mes gardes. Si la mort de son compagnon la neutralisait, tout mon corps m'envoyait des signaux d'alerte. Principal motif de méfiance : son immobilisme. Soit elle ne me craignait pas, soit elle était tétanisée. Cette folle, sans doute, ne ressentait plus la peur. J'optai donc pour la première solution. Je fis quelques pas assurés entre les cordages inutilisés et des baquets d'eau remplis à ras bord pour combler une partie de l'espace qui nous séparait. Je pus dès lors la regarder droit dans les yeux et ainsi achever de me persuader que la peur ne la touchait pas. Ses yeux irradiaient une brillance infime, dont la force maléfique était décuplée par la fixité des pupilles. S'il n'y avait eu ce petit détail, j'aurais pu la confondre avec une statue.

— Tu vas nous tuer, dit-elle, et je faillis ne rien entendre, tant la tempête assourdissait tout. Tu vas nous tuer, nous l'avons vu, mais nous n'avons pas peur de mourir. Une soltone ne redoute pas sa mort, elle la connaît, même si des variantes sont toujours possibles. Nous avons tenté de conjurer la malédiction par des incantations, par des prières à Hotcha, en vain. Nous te suivons depuis Ferza. Mais jamais le cours du destin n'a pu s'inverser. Nous réfléchissions au meilleur moyen de t'atteindre. Mais cette maudite Qivhvienne vous surveille de trop près. Et ton ami est puissant, je peux le ressentir.

Je restai immobile. L'eau dégoulinait sur mon visage, aplatissait mes cheveux sur mes tempes ; elle gouttait au bout de ma barbe naissante.

— Je ne comprends rien à ce que tu racontes, vieille folle ! Que me veux-tu ?

— Nous avons eu une vision de toi dans les arènes de Ferza. Nous y avons compris que rien n'empêcherait ton funeste destin. Tu es né sous une mauvaise étoile, mais elle prend remarquablement soin de toi ! Même Zerna Krillia, malgré la mise en garde que nous avons tenté de lui transmettre, n'a pas su agir en conséquence… tu peux d'ailleurs remercier cette félonne de Zua Lazpoa. Que la déesse Karez la punisse un jour prochain !

— Assez !

— Non ! Écoute nos voix ! Écoute nos mises en garde ! Bientôt, tu découvriras l'arme la plus meurtrière qui soit, bientôt ton âme s'assombrira et les ténèbres régneront sur notre monde.

— Les seules ténèbres que je connaisse sont l'œuvre des Qivhviens.

— Ton avenir est trop indistinct pour que j'en dise plus, mais il est noir et lié à une arme magique, je le sais avec certitude. Tu deviendras un sordide assassin, un monstre craint et haï !

— J'en ai assez, je ne crois pas en tes pouvoirs, je ne crois pas en la magie ! Rentre dans ta cabine ou tu subiras le même sort que le Bétarek !

Je sentis une folie brute émaner de la soltone. Elle sortit de sa manche une dague noire au manche orné de pierres précieuses rouges et vertes. Un symbole gravé luisait étrangement sur la lame. Sans plus prendre la moindre précaution, elle se jeta sur moi comme un draguin affamé. Je la reçus avec mon propre poignard, dont la lame affûtée se planta sans mal dans son ventre squameux.

Un cri monstrueux déchira la fureur sonore de la tempête et me perça les tympans. Les enfants hurlaient dans le ventre de leur maudite mère, et mes oreilles le supportaient avec difficulté. Je tombai à genoux, étourdi. La soltone profita d'un instant de lucidité pour abattre sa dague sur moi. Mon épaule droite la reçut, et des milliers d'aiguilles me traversèrent la peau ; c'était la plus horrible douleur ressentie dans ma vie, à croire que la férocité mentale de la Qivhvienne se joignait au coup porté. Instinctivement, je jetai un œil à ma blessure : elle était pourtant superficielle. Je repoussai avec violence mon adversaire, qui s'effondra sur le pont avec un râle. Furieux, je me relevai, fonçai vers elle et abattis ma lame une première fois au niveau du bascœur, une seconde au niveau du hautcœur.

Les yeux de la soltone s'agrandirent alors que la mort la rattrapait. Son corps, mou, ne bougeait plus, seul ce regard violent et cynique vivait encore.

— Ta mort, soltone, c'est toi, et toi seule qui l'as provoquée.

Une légère grimace se forma sur ses lèvres. Sa bouche s'ouvrit. Difficilement, elle articula deux mots :

— Je sais…

Sa bouche resta ouverte sur ces dernières syllabes, tandis que ses yeux se figeaient pour l'éternité. Toute lueur maléfique les avait quittés. Le cri des enfants avait également cessé : sans doute leur mort était-elle intervenue au même moment que celle de leur mère. Il ne restait plus, sur le pont lavé par les trombes d'eau incessantes, que le cadavre ratatiné au ventre arrondi d'une vieille folle dont je ne comprendrais sans doute jamais le désir ardent qu'elle avait de me tuer.

Il était temps de se débarrasser du corps. Je regardai anxieusement vers les marins mais, une nouvelle fois, j'étais verni. Un véritable miracle. Pourtant, ils avaient dû entendre le cri terrible de mon adversaire… sans doute étaient-ils trop occupés. J'imaginais que la soltone avait choisi le meilleur moment pour m'attaquer : des marins accaparés par la voie d'eau, Kardelj malade et Kahrzoa enfermée dans sa cabine !

La soltone, elle aussi, rejoignit les eaux profondes de la mer snadienne.

Je touchai mon épaule. L'os avait bloqué la progression de la lame, mais rien n'était cassé, je pouvais bouger mon bras comme bon me semblait ; une petite douleur subsistait, mais rien de comparable avec celle ressentie au moment de l'agression. Je décidai de retourner auprès de Kardelj.

Première chose à faire : me fabriquer un bandage de fortune.

*

Finalement, le plus surprenant dans l'histoire fut que nous arrivâmes vivants et en bonne santé à destination. Notre caravelle avait tenu le choc, prouesse d'autant plus remarquable que la tempête résista trois jours supplémentaires, pour finir par disparaître brutalement quand les premiers contours de la côte snadienne se découpèrent à l'horizon. Astragaal refit une apparition lumineuse, apportant un peu de chaleur à nos corps transis. Seul le vent, bien que moins virulent, fouettait encore nos visages fatigués et les glorieuses voiles de l'*Arbicande* avec une certaine force.

J'avais raconté toute cette abracadabrante confrontation avec la soltone à Kardelj, qui avait froncé les sourcils sans rien dire. Il ne me jugea pas pour le meurtre de la soltone, ni celui du Bétarek. Et, sans aucune contestation possible, j'avais été agressé. Mes actes ne pouvaient être jugés que sous l'angle de la légitime défense, rien de plus. Kardelj le comprit et me donna une bonne claque dans le dos en ajoutant :

— N'y pense plus. Ces deux-là étaient bons à enfermer dans une oubliette ferzienne. Des fous, ni plus ni moins.

Il n'empêche. Cette nuit-là restait gravée en moi,

mon cerveau m'en rejouait la scène tout le temps. Cela virait à l'obsession, je continuais de ressasser des pensées morbides ; inlassablement, toutes les paroles de la Qivhvienne me revenaient en mémoire, et leur écho, au lieu de disparaître, me hantait. J'étais d'humeur maussade. Je n'étais plus un bon compagnon pour Kardelj, surtout que son mal de mer était enfin un mauvais souvenir. Mes pensées, entièrement tournées vers la soltone, m'empêchaient de parler. Je gardais bouche close des heures entières, la mâchoire crispée. Patient, Kardelj laissait faire. Sans doute, pensait-il, les événements allaient se tasser d'eux-mêmes, et je finirais par retrouver une certaine joie de vivre. Soit.

Néanmoins, Astragaal aidant, je repris du poil de la bête. Surtout que Kahrzoa et Apeô refirent leur apparition. Tous deux paraissaient soulagés de regagner le pont. Ils vinrent aux nouvelles. D'un commun accord, Kardelj et moi avions décidé de ne pas évoquer le sort du Bétarek et de l'étrange Qivhvienne. Pas besoin de les alarmer. Kahrzoa avait assez de soucis comme ça. Nous gérer n'était pas un jeu d'enfant. Nous lui avouerions tout plus tard. Quant à Apeô, cela ne le regardait pas, et je me méfiais toujours de ses réactions.

Kahrzoa nous questionna, tout de même. Sa croûte sourcilière s'affaissa curieusement en me regardant, comme si elle devinait mes mésaventures. Le capitaine de l'*Arbicande*, Ksavier Ejdo vint nous trouver. C'était un Snadien à la peau aussi sèche que les cailloux blancs cuits et recuits du désert golien. Lui aussi menait sa petite enquête. Il nous demanda, en nous épluchant du regard, sans sourciller, si nous avions aperçu la Qivhvienne et son serviteur bétarek. Plusieurs marins avaient entendu des cris. Nous fîmes les imbéciles : bien sûr que non, nous n'avions rien vu, trop occupés que nous étions à vomir nos tripes dans l'écume des vagues qui s'écrasaient sur la coque de sa jolie caravelle ! La disparition du couple resta donc un mystère, et le capitaine ne poussa pas plus loin son investigation. Après tout, avait-il annoncé fataliste à Kahrzoa, la Qivhvienne avait réglé le trajet à l'avance, elle et son serviteur étaient donc libres de quitter le bateau à leur guise, et sans permission préalable ! Voilà qui dénotait un humour certain et insoupçonné chez cet homme dont l'affabilité naturelle ne m'avait pas sauté aux yeux…

Les quais de la cité de Cauzyr, longs et encombrés de marchandises, étaient également bondés de marins, de commerçants divers et de nobles qivhviens qui embarquaient sur des caravelles semblables à l'*Arbicande*. Une centaine de navires au moins mouillaient dans le port. L'un d'eux, néanmoins, avait partiellement coulé. Séquelle de la tempête.

L'effervescence, elle, était humaine et qivhvienne. Des senteurs subtiles, de l'arach mêlé à une odeur d'eau de mer et de pourffe frais, envahissaient mes narines. Pas désagréable, au contraire. Le pourffe était une céréale fort prisée des Snadiens : elle présentait l'avantage d'une résistance impressionnante à tout type de climat et poussait tout au long de l'année. Néanmoins, la qualité du pourffe variait sensiblement d'une saison à l'autre, et l'on en reconnaissait la qualité à l'odeur que la céréale dégageait. Plus celle-ci était parfumée, moins il y avait à douter. Ainsi, les prix du pourffe au kilo variaient eux aussi énormément au gré des saisons. La terre snadienne était particulièrement propice à cette céréale, et les paysans exportaient facilement leurs marchandises vers les royaumes voisins, d'autant que la fleur parasite de la céréale, l'ézeo, si on la cueillait au tout début de sa floraison, servait également à la fabrication d'onguents remarquables. Je me souvenais très bien que de nombreuses femmes, à Balajer, les passaient sur le corps de leurs maris soldats revenus du champ de bataille. Ah, Balajer ! Je me demandais si, un jour, je reverrais la capitale de mon royaume... tant que les Qivhviens y régneraient en maîtres absolus, ce doux rêve serait inaccessible.

J'en étais à ces réflexions quand Kahrzoa nous interpella, alors que nous restions sur le quai, comme un peu perdus dans ce nouvel environnement :

— Dès à présent, je peux vous faire passer pour des esclaves affranchis. À Cauzyr, les pidoorgars sont nettement moins regardants ; la faute sans doute au dominat mis en place ici depuis de très longues années. Les Snadiens vivent dans une paix confortable, même si certains groupes d'opposants au dominat qivhvien font parfois parler les armes. Mais au moins, les patrouilleurs ne vous poseront plus de questions lorsque vous posséderez des papiers officiels.

À la surprise générale, Petit Vieux prit la parole. Son débit était normal. Sa voix d'un calme suspect.

— La priorité est donc de se présenter au Kabron. Le représentant du grand magistrat délivrera des papiers aux Shaos. Tant que Kahrzoa reste avec nous, ils ne poseront pas de questions.

— Ils ne vont pas lui réclamer une preuve de sa propre identité ? s'enquit Kardelj.

— Non. Le représentant du grand magistrat est

un Snadien. Une telle demande serait perçue comme arrogante et provocatrice.

Apeô sourit malicieusement et continua d'une voix pleine d'ironie :

— Et dans ce cas-là, le Qivhvien ou la Qivhvienne possède le droit de vie ou de mort sur celui qui a proféré l'insulte, sans que celui-ci puisse invoquer le moindre recours. Les Qivhviens sont les maîtres, ici, ne vous leurrez pas. Ils déambulent à leur guise dans cette ville, et anonymes si ça leur chante.

Eh bien, ça alors ! Je me permis un léger sourire. Je crois bien que c'était la première fois que j'entendais Apeô parler autant en une seule fois, sans que l'on ait à subir un délire incompréhensible. L'air de son pays l'avait-il enfin revigoré, lui rendant un semblant de santé mentale ? C'était à espérer car nous allions bientôt profiter de son hospitalité. Si, évidemment, personne n'avait pris, entre-temps, possession de sa forge !

— Puisque tout est clair, conclut Kahrzoa, allons donc rejoindre ce fameux Kabron. En espérant que nous ne ferons face à aucune mauvaise surprise !

*

Le Kabron s'élevait très haut. Il s'agissait d'une bâtisse jaunâtre – coloris visiblement dû à l'agglutination de poussière – comptant cinq étages ; les volets en bois peint de ses fenêtres étaient clos. Pour y entrer, il n'y avait qu'une seule grande porte, en arcade, couronnée d'un fronton circulaire au milieu duquel avait été sculptée une représentation d'une impératrice qivhvienne tenant en laisse un roi snadien. Le ton était donné, tout de même. Le dominat qivhvien était, ici, fortement implanté et, si l'aspect libre de Cauzyr pouvait prêter à confusion, ce genre de détail annihilait le plus petit soupçon de doute.

Nous entrâmes dans une longue pièce triangulaire ; les grosses pierres sombres, l'absence d'ouverture sur l'extérieur hormis la porte d'entrée, donnaient à l'endroit une atmosphère humide, presque froide : on se serait cru dans un temple voué à Tabari ! Au fond de la pièce, à la pointe du triangle, il y avait un long bureau encombré de parchemins divers et variés et d'une foule d'autres objets : des plumes, de l'encre, des pots de cire et bien d'autres encore, dont la vocation m'échappait parfois. Une dizaine de personnes, deux Samanciens et des Snadiens, patientaient dans la file d'attente avant de passer devant celui qui, une pancarte l'annonçait fièrement, était un palabreur de l'empire. En réalité, derrière ce nom se cachait un négociateur assermenté, le seul, ici, en mesure de délivrer des papiers officiels, nous avait prévenus Apeô.

La file dans laquelle nous avions pris place, Kahrzoa en tête, fondait rapidement. Le palabreur, un petit homme gris et austère, le cheveu rare, et des taches de naissance brunâtres sur le front, projetait l'image d'une personne aigrie et triste, pour qui l'intérêt de cette journée devait se rapprocher du néant. Ce type ne devait jamais sourire. On aurait pu croire que ses lèvres étaient cousues entre elles, mais un mot pincé en sortait de temps en temps, toujours le même : « Accordé ». Puis il tamponnait de cire un petit document qu'il signait à l'encre noire dans la foulée. L'avenir s'annonçait radieux, pensais-je. Le type ne nous poserait visiblement aucun problème. D'ailleurs, quand nous passâmes devant lui, tout fut réglé rapidement. Le palabreur se leva, s'inclina, docile, devant Kahrzoa et récita sur un ton machinal :

— Longue vie à Sa Grandeur l'impératrice Zua Lazpoa !

Je sursautai. Bien. La nouvelle de la mort de Zerna Krillia était arrivée ici avant nous, mais le ton du fonctionnaire de l'empire indiquait que ce changement était déjà entré dans une sorte de routine. Je vis que Kahrzoa, elle, était restée de marbre. Elle répéta sans sourciller :

— Longue vie à Sa Grandeur l'impératrice Zua Lazpoa !

Puis elle se tourna vers Kardelj et moi et nous désigna.

— Je souhaite affranchir ces deux esclaves shaos, selon les lois et mon autorité, pour bons et loyaux services rendus. Ils vivront désormais ici, en la majestueuse cité de Cauzyr.

Le palabreur nous lança une courte œillade, peu intéressée.

— Accordé ! s'écria le petit homme gris.

Il tamponna et signa deux modestes parchemins qu'il remit à Kahrzoa. Elle s'inclina et s'éloigna, pour laisser la place à Apeô qui, visiblement, avait également une demande officielle à régler.

— Maître palabreur, annonça-t-il en s'inclinant, je me présente devant vous pour récupérer mes titres de propriété.

Le petit homme grogna. Avec un soupçon de condescendance, il demanda :

— De quels titres s'agit-il ?

— Il s'agit de la propriété du maître forgeron Apeô Bost Kan Ader. Je suis Kodah Bost Kan Ader, son frère cadet et seul héritier légal du domaine, comme il est précisé sur le parchemin laissé entre vos mains, ici même, il y a de longues années.

Une lueur d'intérêt se glissa dans les yeux sombres du palabreur.

— Hum, cette propriété est en effet à l'abandon… je passe devant tous les jours…

L'homme se tourna vers un serviteur maniéré, coiffé d'un léger bonnet, et surtout très efféminé.

— Rukié, va donc me chercher ce dossier.

— Bien, mon maître, répondit ce dernier après s'être incliné trois fois.

Il s'éclipsa une bonne dizaine de minutes. Ce fut si long que je sentis le palabreur s'agacer. Des ridules striaient son front tacheté, et ses sourcils se fronçaient de plus en plus.

Enfin, Rukié revint, en faisant le dos rond.

— Que mon maître pardonne ma lenteur, le dossier est vieux et se logeait tout en bas d'une pile…

— Donne-moi ça ! cria le palabreur, exaspéré par son serviteur.

Ce fut tout juste s'il ne l'arracha pas de ses mains tremblantes.

Toujours bougon, il l'ouvrit et ses yeux s'illuminèrent de convoitise.

— Ah… lâcha-t-il, comme si une quelconque extase venait de l'assaillir. En effet, ce dossier est encore plus ancien que je ne le pensais…

Il compulsa fébrilement quelques pages, en éternuant. Le dossier d'Apeô avait ramassé la poussière au fil des années.

— Très bien… annonça-t-il en relevant la tête. Le contrat passé avec le Kabron stipule deux choses essentielles : premièrement, le propriétaire légal de la forge d'Apeô Bost Kan Ader doit faire preuve de son bon droit en répondant exactement à une question dont la réponse ne peut être connue que de lui seul. Second point, et cela démontre l'attachement du maître forgeron à sa concession, un accord fut passé avec la garde snadienne pour que la propriété soit mise sous surveillance et qu'ainsi son intégrité soit respectée. Quand vous aurez répondu à la fameuse question, je me verrai dans l'obligation d'ajourner cette rencontre. Il va me falloir une journée pour me renseigner auprès de la garde snadienne. Je dois vérifier si les termes du contrat ont bien été respectés et calculer la somme que vous devez, premièrement à la garde snadienne, deuxièmement à moi-même, étant légal et traditionnel qu'en ce genre de cas, le palabreur de l'empire perçoive une généreuse commission.

— Pouvez-vous me donner une évaluation du prix global ? demanda Apeô, d'une voix vibrante, peu assurée, comme s'il se rendait compte, soudain, d'avoir oublié un détail important.

Le petit homme regarda fixement Apeô, un sourire amusé aux lèvres.

— Cela risque de vous coûter fort cher. À vue de nez, je dirais vingt-cinq mille qih pour la garde snadienne, plus cinq mille dévolus au palabreur.

Apeô se tourna vers nous, décomposé. Il se gratta la tête, signe de tracas.

Kahrzoa secoua la tête. Il ne nous restait plus autant d'argent.

— Posez la question, dit-il seulement au palabreur.

CHAPITRE 20

Nous tînmes réunion à l'extérieur, bien à l'écart de la foule, dans un modeste jardinet attenant au Kabron, réservé aux déambulations des Qivhviens. Il restait à peine quinze mille qih dans notre bourse. Nous avions donc un gros problème. La forge d'Apeô, néanmoins, restait notre priorité. Nous devions donc gagner de l'argent rapidement, ou trouver un moyen de faire fructifier notre capital existant.

— Quelqu'un a-t-il une idée ? demanda Kahrzoa.

Son ton me parut étonnamment fataliste. Depuis notre départ de Ferza, elle n'avait jamais abdiqué. À ce moment-là, je la vis, les épaules affaissées, lasse et fatiguée. Je pouvais comprendre. Nous n'avions guère connu de repos.

— Apeô, intervint Kardelj, toi qui connais bien la cité, tu dois avoir une idée en tête.

Apeô se renfrogna et marmonna dans sa barbe. Chercher une solution l'ennuyait. Il se reposait sur nous depuis trop longtemps, et je le lui fis remarquer, ce qui entraîna une nette hausse de tension entre nous. Malgré tout, je le vis réfléchir à la question.

— Je ne vois que trois solutions. La première, si nous avons des objets de valeur, nous conduit à la guilde des gageurs. Ce sont des commerçants très respectés à Cauzyr. Si nous leur offrons un objet d'un réel intérêt, ils ne nous voleront pas. La guilde est suffisamment ancienne et respectée pour mériter une confiance aveugle. La seconde nous conduit aux jeux. Dans le quartier Kiffour. Si mes souvenirs sont bons, c'est la période des Luttinales… (il nous regarda, Kardelj et moi, comme si nous n'étions que de vulgaires morceaux de viande) et si je ne m'abuse les victoires en tournoi sont fortement dotées en qih. Enfin, troisième solution, il nous reste le vol et l'escroquerie de bas étage. Je ne m'y risquerai pas. La garde snadienne veille au grain. Ceux qui se font prendre sont condamnés à l'éborgnage public. C'est la sanction courante, par ici. Croyez-moi, les autorités n'hésitent pas à l'appliquer. Les Snadiens détestent les voleurs.

— Bien, intervint Kahrzoa. Réfléchissons. Qu'avons-nous comme objets de valeur ? Je ne possède personnellement rien d'autre que notre bourse.

Apeô et Kardelj firent signe qu'eux non plus ne possédaient rien. Quant à moi, j'hésitai un moment, avant de sortir de mon sac la dague de la soltone, sertie de quelques jolies pierres précieuses. Incontestablement, elle avait de la valeur, à en juger par la réaction – des sifflets – de mes compagnons.

— D'où vient cette arme ? demanda Kahrzoa.

Je me permis un mensonge, peu convainquant :

— Je l'ai trouvée sur le pont de l'*Arbicande*. Elle ne semblait appartenir à personne, si bien que je me suis décidé à la ramasser.

Kahrzoa, avec sa moue dubitative, n'était pas dupe. Kardelj, lui, savait que je possédais cette dague. Je comptais raconter la vérité à Kahrzoa, mais pas devant Petit Vieux. Celui-ci m'arracha l'arme des mains pour la jauger, en expert.

— Très belle arme. Regardez, la chape est montée à l'envers, chose plutôt rare ; cependant ce sera considéré comme un léger défaut. La poignée, par contre, est en or noir, recouverte de fines lanières d'un cuir de très haute qualité, souple et confortable ; la lame à dos plat et deux rigoles est finement ouvragée, et le métal utilisé remarquable. Quant aux gemmes, ce sont des émeraudes et des ayoleas. D'une grande pureté à mon avis, mais je suis moins expert en gemmes, je ne saurais donc évaluer précisément leur valeur. Cela dit, nous en tirerons probablement dix mille qih !

Cette expertise rendit tout son courage à Kahrzoa, dont le sourire s'épanouit soudain !

— Mais c'est une merveilleuse nouvelle ! Il ne nous restera plus que cinq mille qih à glaner d'une façon ou d'une autre, et nous pourrons aller récupérer les titres de propriété !

Sur ce point, Kardelj avait son idée. Il questionna Apeô :

— Peux-tu nous en raconter un peu plus sur les Luttinales ?

— Il s'agit de lutte snadienne. Dans un espace limité, en règle générale un carré de sable, trois combattants se disputent la victoire. C'est une lutte un peu particulière puisque l'utilisation des jambes en tant qu'arme est proscrite. Le vainqueur d'un combat est celui qui est parvenu à repousser ses adversaires hors des limites. Tuer son adversaire n'est pas interdit, même si c'est plutôt mal vu. Les combattants signent une décharge avant chaque tournoi. Sinon, on assisterait à des dizaines de vendettas.

Je jetai un œil à Kardelj, qui me rendit un regard de connivence.

— Ces Luttinales sont dans nos cordes, annonçai-je. Si l'un de nous gagne, nous posséderons assez d'argent pour payer le contrat de ta forge. Avons-nous le droit, en tant que Shaos, d'y participer ?

— Bien entendu. Désormais, vous êtes officiellement des citoyens libres de Cauzyr. Rien ne s'y oppose du moment que vous montrez vos papiers.

— Alors, dis-je, peut-être un peu péremptoire, c'est décidé. Kardelj et moi irons nous inscrire.

— C'est dangereux, intervint Kahrzoa. Et si vous vous faites tuer ?

Kardelj se mit à rire. Pas pour se moquer de la Qivhvienne, plutôt par ironie.

— Si nous mourons, vous devrez vous débrouiller seuls ! Mais, je te promets que nous ferons très attention. N'est-ce pas, Tiric ?

— C'est évident. Et pendant que nous irons au bureau d'inscription, nous vous laisserons négocier auprès de la guilde des gageurs pour la dague.

Une expression peu satisfaite se grava sur le visage de Kahrzoa, mais elle finit par se ranger à la logique des choses.

— Très bien. Mais si vous y laissez votre peau, ne comptez pas sur moi pour prendre soin de vos cadavres. Je ne cautionne pas cette violence gratuite. Même si vous agissez pour notre bien-être.

*

Il me fallait bien l'admettre, Cauzyr me donnait l'image d'une cité belle et variée. Sur les cartes, on lui prêtait généralement la forme grossière d'un cimeterre, une ville toute en longueur et segmentée en quartiers bien distincts. Au plus près de la côte, là où était le Kabron, par exemple, on déambulait dans le quartier marin. La population y était assez éclectique : les marins proprement dits, les tenanciers de comptoirs qivhviens, les commerçants dont l'activité tournait autour de la pêche, du transport maritime, ou encore du négoce. On y rencontrait bien sûr les familles des marins, puisque, un peu en retrait du port et de ses activités, on rentrait en plein dans un secteur d'habitations, très dynamique et coloré. Les modestes masures, pour la plupart passées à la chaux vive, se collaient les unes aux autres, aussi sûrement que des tiques sur la peau d'un chien. Cela donnait une impression étonnante, comme si toutes ces maisons se ramassaient les unes contre les autres. Leurs toits, plus ou moins plats, servaient de terrasses. Ils étaient couverts d'une terre ocre où poussaient parfois des arbres entre lesquels les femmes tendaient des cordes pour faire sécher le linge.

Il fallait passer ce quartier, puis franchir une muraille en se glissant sous une gigantesque arcade pour déboucher dans le quartier suivant qui, pour Kardelj et moi, revêtait la plus haute importance puisqu'il s'agissait du Kiffour, un lieu cosmopolite et très pauvre, où s'installait généralement la population étrangère. On y fréquentait donc des Goliens, Samanciens, Shaos, Bétareks, Derviens, et j'en passe, mêlés les uns aux autres dans une harmonie qu'Apeô nous avait décrite comme bancale. La garde snadienne y exerçait une surveillance appuyée, empêchant la plupart des querelles d'éclater comme nous avions déjà eu l'occasion de nous en assurer. Ceints dans leurs uniformes d'un cuir noir et résistant, une lance à la main, le sabre à la hanche, casqués, les visages fermés, les gardes avaient de quoi impressionner. Leurs couvrecœurs arboraient un blason typiquement qivhvien, un symbole très aérien signifiant la soumission.

Nous avions assisté à une légère altercation entre un marchand ambulant golien et un Dervien arrogant qui ne voulait pas payer un objet convoité à sa juste valeur. Le simple passage, cinq mètres plus loin, d'une troupe de gardes leur coupa la chique. Ils se séparèrent sans un mot et s'éloignèrent chacun de son côté. Je me dis que si les gardes étaient craints à ce point, sans doute leur degré de dureté, voire de cruauté, était-il élevé. Kardelj partageait mon point de vue : dans tous les cas, nous devions faire très attention à nos actes.

Nous ne trouvâmes point de bureau d'inscription pour le tournoi, qui, finalement, ne débutait que le lendemain, mais nous découvrîmes sans peine la grande place carrée devant accueillir les joutes. Les alentours de la place étaient d'ailleurs bondés de magasins en tout genre, axés sur le jeu. Nous y trouvâmes des tripots, des cartomanciennes qui tiraient les tajs (abréviation de Tagalur-Agar-Judins, jeu dont l'origine golienne ne faisait aucun doute, mais dont la création se perdait dans la nuit des temps). On y rencontrait aussi des puisatiers qui, eux, n'étaient en rien des porteurs d'eau, mais plutôt une race particulière de voyants ; car ce mot, ici, signifiait également « Ceux qui puisent leur savoir dans la magie de l'eau ». Mais tout le monde s'accordait à dire que la plupart d'entre eux n'étaient rien d'autre que des charlatans. À côté de tout cela, on rencontrait, pêle-mêle, des cracheurs de feu, des avaleurs de vers bétareks, des jongleurs d'os de draguins, des vendeurs de cataquanda – cet ignoble bouillon au pourffe moulu qui était le plat préféré des Snadiens –, mais aussi quelques ramasseurs qui passaient leur journée à entasser des détritus pour revendre les plus intéressants aux pauvres. Apeô nous avait appris qu'ils étaient, eux aussi, rassemblés en une guilde à la très mauvaise réputation. Les autorités locales leur collaient bien souvent, et peut-être un peu facilement, des viols et des meurtres sur le dos. Toute cette activité, au fond, n'avait qu'un seul but véritable : attirer le notable snadien et ses enfants. Et tout faire pour qu'ils dépensent le plus de qih possible.

Les Snadiens adoraient se distraire par les jeux : ici ils étaient servis. Et bien servis puisque, chaque mois, la guilde des jeux renouvelait ce qu'ils nommaient sans fioritures inutiles « Le Tour de Jeu ». Ce mois-ci était dédié aux différentes formes de lutte, comme l'annonçaient de nombreux affichages publics. Il s'agissait du mois le plus attendu de l'année. Les arènes de Cauzyr n'offraient qu'un spectacle trop rare ; très peu de combats y étaient organisés, sauf quand une haute dignitaire qivhvienne passait en ville. Alors, un mois de luttes ininterrompues avait de quoi réjouir la population.

Les riches Snadiens, ainsi que quelques Qivhviens, venaient donc assister aux combats. Ils pariaient sans vergogne de grosses sommes sur les lutteurs.

Nous trouvâmes un représentant de la guilde à une table, sous un arbre. Un Karao, sans aucun doute, car il se coiffait du chignon tressé traditionnel. Hormis ça, il avait le regard placide, les traits fins, réguliers et jeunes. Il portait une jupe banale, en coton kampien retenue par des bretelles de corde tressée.

Son torse musclé, nu et bronzé, se soulevait lentement, tandis qu'il nous regardait arriver face à lui, entouré de ses deux gardes du corps.

— Eh bien, dit-il avec un sourire retenu, on dirait que ces deux Shaos veulent s'inscrire pour le tournoi. Nous manquions justement de femmes !

Les Karaos étaient bien connus des Shaos ; même s'ils appartenaient à l'ancienne union des Sept Royaumes, il y avait toujours eu des antagonismes, surtout commerciaux, entre Shaos et Karaos. Sans que cette situation ne dérape jamais vraiment. Les deux peuples étaient cousins. Si ce n'était pas l'amour fou, nous étions aussi loin de la haine.

Kardelj se chargea de répondre, d'un ton guilleret :

— Mais bien sûr, nous voulons nous inscrire ! Nous avons parcouru le monde pour dénicher un tournoi de filles organisé par des filles ! Et nous vous avons enfin trouvé ! Quel bonheur !

Les sourcils du Karao se froncèrent un court moment, puis se détendirent, à l'instar de son visage devenu hilare.

— Alors vous êtes les bienvenus, mes amis ! Mais sachez que nos filles sont loin d'êtres des manchotes, elles vous donneront du fil à retordre, et sans doute du grain à moudre quand elles vous auront défaits !

Nous nous inclinâmes, aussi amusés que notre interlocuteur qui enchaîna :

— Délestez-vous de cent modestes qih, et l'affaire sera conclue. Considérant votre arrogance de fillette qui mérite une bonne fessée, je vous place d'office dans le tournoi principal. Il débutera demain en début d'après-midi. Soyez donc à l'heure. Et à la hauteur !

Nous nous inclinâmes une seconde fois, puis nous

payâmes la somme réclamée ; enfin nous signâmes quelques parchemins, après avoir fourni nos papiers de citoyens cauzyriens comme preuve de nos « bonnes mœurs ».

Nous prîmes congé et allâmes rejoindre Kahrzoa à l'auberge du Vieux Harull fatigué, où nous avions momentanément posé nos sacs.

L'auberge, de l'extérieur, ne payait pas de mine avec ses murs décrépis recouverts d'un lierre d'un méchant mauve dont les fleurs fanées tombaient régulièrement sur la chaussée boueuse. Une odeur de pisse recouvrait tout cela ; normal, puisque tous les hommes et femmes (moins nombreuses il est vrai) qui traînaient dans l'auberge pour manger et boire prenaient régulièrement les murs extérieurs pour des latrines, surtout quand ils finissaient aussi ronds que des boules carrées. Quant aux chambres, au premier étage, elles m'apparurent plus que correctes. Les couvertures, sur les lits, n'étaient point mitées ; le parquet à la mode carmintrao – les tenanciers étaient originaires de ce royaume –, ciré régulièrement, brillait de mille feux et surtout, un pot d'aisance d'une propreté impeccable nous éviterait de refaire la décoration extérieure de l'auberge. Nous avions loué deux chambres pour deux jours. L'une réservée à Kahrzoa, et la maîtresse des lieux ne devait pas loger beaucoup de Qivhviennes à en juger par sa réaction ébahie et les petits soins supplémentaires qu'elle lui accordait, l'autre pour Apeô, Kardelj et moi, une chambre à trois lits, la plus grande du lieu.

Apeô et Kahrzoa n'étaient pas encore rentrés quand nous arrivâmes, et nous dûmes patienter un long moment avant qu'ils n'apparaissent enfin, Kahrzoa la première, suivie de très près par un

Apeô qui bayait aux racines, visiblement perdu très très loin dans ses pensées. Quand ils firent irruption dans notre chambre, Kardelj et moi parlions de tactiques de lutte, nous nous donnions des conseils mutuels, en rigolant à pleine gorge la plupart du temps. À dire vrai, nous avions vaincu l'Arkar, nous ne pouvions pas réellement craindre ce tournoi.

Mais au moment où nos deux compagnons déboulèrent, nous nous tûmes et les interrogeâmes du regard.

Kahrzoa haussa les épaules et vint s'asseoir près de nous, sur le lit, tandis qu'Apeô se figeait devant une fenêtre sans plus nous prêter la moindre importance. Son côté lunatique, apparemment, faisait un retour en force. De toute façon, il ne m'inspirait plus qu'une indifférence crasse.

— Les négociations ont été compliquées, admit la Qivhvienne. Les gageurs ne se la laissent pas raconter facilement. Ils ont tous reconnu le symbole d'une séculaire société secrète, ce qui visiblement fait baisser le prix de la dague. Il paraît qu'en l'état elle est invendable, parce que ces armes sont reconnues pour être ensorcelées, voire maudites. Néanmoins, en la refondant… enfin, passons. Nous avons rencontré une dizaine de gageurs et nous avons fini par en trouver un moins scrupuleux, qui a reconnu la valeur de la dague et nous l'a reprise sans trop rechigner à sept mille qih. Voilà donc une bonne chose de faite ; maintenant, il vous reste à réunir la somme restante en gagnant ce fameux tournoi.

— Sept mille, dis-je, c'est un début. Nous nous rapprochons du but. Tranquillise-toi, Kardelj et moi allons tenter de rapporter le reste. Le tournoi commencera demain en début d'après-midi, et durera jusqu'au soir.

— Très bien. Je n'en ai pas une folle envie, mais nous allons vous accompagner. Je me ferais trop de mauvais sang à rester ici à tourner en rond.

*

La place, bordée de monde, offrait le curieux spectacle d'un mélange ethnique improbable ; quand je voyais un Shao près d'un Qivhvien ou d'une Qivhvienne, un Samancien qui fumait le cigare kampien en compagnie d'un vieux Snadien, ou encore des gosses de toutes races qui se mêlaient pour jouer ensemble, notamment pour taquiner des fillettes, je pouvais légitimement m'étonner.

De grosses rambardes en bois protégeaient l'espace de lutte. Quelques mètres plus loin, le carré de combat avait été tracé sur le sable à l'aide d'une teinture bleu foncé. Il serait refait après chaque joute. Il était en effet à parier que de nombreux pieds allaient mordre dessus.

Les luttes se jouaient en caleçons blancs, et rien d'autre. Je me foutais un peu de la gueule de Kardelj, qui se sentait tout nu. Il ne cessait pas de marmonner des insultes envers Rakem Tobal, le questeur de la guilde des jeux que nous avions rencontré en matinée. D'autant qu'il nous jetait des œillades ravies de temps à autre. Il prenait un malin plaisir à nous voir râler.

Néanmoins, nous n'étions pas sa seule cible de raillerie puisque tous les participants au tournoi étaient logés à la même enseigne. Nous étions regroupés dans une cahute montée à la va-vite, qui me rappelait malheureusement les cellules de l'Arkar, cette foire aux bestiaux qu'on envoyait à la boucherie. Ici, cependant, je savais que l'atmosphère serait bien plus détendue et bon enfant. Cela ne m'empêcha pas de râler après les parieurs de tous crins venus nous observer et nous tâter, aussi fébriles que le mari infidèle qui va aux putes pour la première fois. Nous grognions donc, plus que de raison. Les parieurs avaient l'air d'apprécier notre côté brutal, et misaient en masse sur « les deux Shaos ». Quatre ou cinq autres concurrents avaient leurs faveurs, dont un Golien énorme, tête rasée, muscles saillants qui, à mon avis, serait difficile à bouger. Deux Samanciens me firent également bon effet. L'un d'eux, plutôt fin, détenait une souplesse incroyable – il suffisait d'observer sa démarche pour s'en convaincre – ainsi qu'une musculature fort bien proportionnée ; l'autre, malgré son air de brute idiote et ses dents de devant brisées, était aussi nerveux qu'un draguin nain, et peut-être bien aussi teigneux. Coriace, c'était une certitude. Enfin, le dernier combattant à m'impressionner possédait deux avant-bras aussi épais que des troncs d'arbres et aussi durs, il ne fallait point en douter. Globalement, il était assez petit, chauve, trapu, et je ne parvenais pas à définir son origine. Peut-être un Carmintrao, dur à dire. Lui aussi serait difficilement manœuvrable. Pour le reste, je considérais qu'il s'agissait de menu fretin. J'avais néanmoins révisé mon opinion première : sortir victorieux ne serait pas aisé, loin de là.

J'en étais à finir de jauger mes adversaires potentiels quand Rakem Tobal cria les noms des participants au premier trident, ainsi qu'ils appelaient les combats. Il se trouva que Kardelj était parmi les trois veinards qui allaient ouvrir le tournoi. Ses deux adversaires, un jeune morveux, la mèche longue et le corps très sec, et un Golien d'une banalité confondante, étaient du pain bénit pour mon frère. Il en ferait de la charpie, c'était couru d'avance. Je lui lançai une claque dans le dos, suivie d'un avertissement ironique :

— Essaie de ne pas te faire broyer les os !

— Je te rendrai le conseil quand ce sera ton tour !

Il s'éloigna vers le carré de combat, où ses adversaires, impatients d'en découdre, avaient déjà pris place. Je me fis la réflexion que Kardelj avait un peu maigri, mais que sa souplesse s'était encore accrue, tandis que ses muscles s'étaient affinés. Une fois de plus, je me demandai qui de nous deux aurait le dessus dans une bagarre. Tout en riant intérieurement, je rejoignis le côté de la balustrade réservé aux inscrits. De là, nous pouvions observer les combats sans être dérangés outre mesure. Et cela pouvait être utile. Glaner des informations n'est jamais négligeable. Autant placer toutes les chances de son côté.

Comme je le soupçonnais, la foule n'eut même pas le temps de brailler ni de commenter les étonnantes cicatrices derrière les épaules de mon ami. Les deux adversaires de Kardelj s'étaient alliés contre lui et avaient décidé de lui foncer dessus, pour le surprendre. Sans doute était-ce la raison pour laquelle ils s'étaient dépêchés de rejoindre le carré. Voyant que leur adversaire était le plus dangereux, ils avaient mis au point une stratégie visant à l'éliminer le premier. Pas bête. Sauf que Kardelj les cueillit tous les deux, près de la limite, en leur accrochant chacun un bras. D'un geste leste, il leur retourna les bras et se retrouva derrière eux. S'aidant de sa tête, il bouta lentement hors des limites les fesses de ses malheureux compagnons. Des fous rires fusèrent parmi la foule entassée derrière les balustrades, ainsi que des applaudissements. Kardelj eut un regard vers moi, se courba en une révérence magistrale et sortit des limites après avoir été déclaré vainqueur par un gong sonore. Quant aux deux alliés de circonstance, ils réglaient leurs comptes en dehors du terrain et se rendaient les coups. Sans doute l'un d'eux n'avait-il pas réellement respecté la consigne. Un garde de la guilde finit par les séparer, sous les rires toujours plus irrespectueux de la foule.

Je dus patienter quatre tridents avant mon tour. À force de voir les hommes se taper dessus, ça me donnait envie d'en découdre aussi. Réaction primaire par excellence : j'étais un guerrier. Le combat coulait dans mes veines. Si bien qu'arrivé mon tour, je rugissais comme un fokar. Et j'étais prêt, tel ce même fokar, à déchiqueter la chair ennemie avec mes dents de sabre. Enfin, c'était une image que j'avais en tête, bien sûr ; en réalité, si je pouvais épargner à mes adversaires la moindre souffrance, c'était aussi bien. Toujours est-il que mon premier trident se déroula parfaitement. Je parvins à former une courte alliance avec un Snadien inefficace, mais qui aurait pu profiter d'un instant de faiblesse de chacun, pour me débarrasser d'un solide Kampien aux techniques de combats rudimentaires. Quant au Snadien, à ma connaissance le seul du tournoi, je réussis, après avoir tourné une dizaine de fois dans le carré, à l'attraper, le poser sur une épaule, et le rejeter hors des limites. Je soupçonnais Rakem d'avoir organisé des tridents faciles pour les principaux favoris. Plus les derniers participants seraient forts, plus l'incertitude autour du vainqueur régnerait. Par conséquent, les paris monteraient également plus haut.

D'ailleurs, cette hypothèse se vérifia pendant encore trois tours, que Kardelj et moi gagnâmes sans forcer. Les deux Samanciens, ainsi que l'énorme Golien, étaient toujours en course. Par contre, celui que j'avais supposé être un Carmintrao s'était bêtement fait sortir. Il avait exprimé sa rage en démolissant une petite partie de la balustrade, coup de colère qui lui avait valu une belle amende.

Bientôt, il ne resta plus que trois tridents. L'après-midi touchait à sa fin, et l'heure du dernier combat approchait. Kardelj se qualifia pour le trident final. Ses deux adversaires, plus coriaces que les précédents, restèrent impuissants face à sa maîtrise. Le Golien se qualifia également ; et pour lui ce tournoi était aussi difficile que de boire un verre d'eau. Les hommes qui s'étaient acharnés à le battre étaient repartis, pour la plupart, avec des membres brisés. Sa cote était montée en flèche, même si elle n'en avait guère besoin. Sa carrure, sa force, parlaient d'elles-mêmes. Et puis surtout, appris-je par Tobal, c'était le tenant du titre.

Quant à moi, j'eus droit au trident le plus ardu : les deux Samanciens pour le prix d'un. J'étais très concentré. D'autant que les liens du sang allaient jouer à plein. Ils s'uniraient contre le Shao, puis, une fois éliminé, ils se combattraient. Logique.

— Bon courage, Tiric ! me lança Kardelj. Ça ne va pas être du tout cuit ton histoire.

J'étais bien d'accord. Je haussai les épaules et me rendis dans un angle du carré. Les deux Samanciens m'observaient du coin de l'œil, et feignaient de se surveiller. Mais leur attitude ne dupait personne, surtout pas moi. Quand le gong de départ retentit, ils avancèrent à pas chassés vers moi, prudents, mais suffisamment rapides pour me montrer que j'avais été désigné comme première cible. Bien. Qu'ils viennent, pensai-je avec un petit rire : j'allais les recevoir avec les honneurs. La guerre d'attente dura un certain temps ; à n'en pas douter, ces gars-là m'avaient observé toute l'après-midi et connaissaient ma vraie valeur. Ils savaient que j'exploiterais sans hésiter la moindre faille dans leur tactique. Le seul problème, pour moi, c'était leur union, très forte. Ils ne pensaient pas une seconde à se trahir, ils se focalisaient entièrement sur moi. Et comme ils ne doutaient pas, ils devenaient encore plus dangereux.

J'en fis les frais. Alors que nous restions campés sur nos positions, et que la guerre d'immobilisme en était à son paroxysme, celui que j'avais jaugé comme le plus fort des deux Samanciens se lança dans une attaque foudroyante que je ne vis pas venir. Je reçus en plein front le haut d'une tête dure comme le fer, qui me fit voir trente-six chandelles et me projeta au sol, cul par-dessus tête. Le second, qui avait suivi toute l'affaire, profita de mon vertige et du choc pour m'attraper les bras et me tirer vers la limite. Tabari ! Il était plus costaud que je ne le pensais ! Dans ses bras, j'avais l'impression de n'être qu'une feuille morte. Néanmoins, je réagis et parvins, sans me servir de mes jambes – j'eus cette lucidité alors que j'étais à moitié dans les vapes – à me glisser hors des bras du Samancien, lequel pensait pourtant me retenir fermement. Je roulai à terre, ou plutôt sur le sable mou, sans autre casse que mon caleçon qui glissa et me mit les fesses à nu. Quelques sifflements féminins me parvinrent de la foule, recouverts par les quolibets des parieurs, certainement ceux qui avaient misé leurs pièces sur les Samanciens. Ma situation n'était guère favorable. J'eus à peine le temps de replacer mon caleçon et de me relever que le Samancien édenté revenait à la charge, les yeux animés de colère. Cette fois-ci, je sus le recevoir, premièrement parce que la colère n'est pas bonne conseillère, et deuxièmement parce que je parvins à bloquer son poing parti à ma rencontre dans la paume de ma main. J'exerçai une torsion sur son bras. Il beugla et me lança :

— Enfoiré de Shao, je vais t'étendre pour le compte !

C'était idiot, bien entendu, étant évident que j'avais pris l'ascendant sur lui. Apparemment, son coéquipier, plus malin, s'était désolidarisé et me laissait venir. Comme nous étions dans un angle, à l'extrême limite de l'élimination mutuelle, j'agis pour le mieux. Je continuai d'exercer ma pression jusqu'à ce que son bras soit entièrement tordu derrière le dos. Une fois cela fait, il était immobilisé, mais toujours aussi bien campé sur ses jambes. Il n'avait aucune intention de relâcher la pression ; si je voulais l'expulser, il me faudrait au minimum lui casser le bras. J'optai pour une autre solution. De la tête, je lui martelai la tempe droite, pour qu'il finisse par s'évanouir. Ce fut efficace. Le Samancien tomba sur les rotules, hébété. Je le saisis par les hanches et, de toutes mes forces, en hurlant à Tabari, je le soulevai et lui fis mordre la poussière. Il finit sa course en cognant tête la première contre la balustrade. Assommé pour le compte. Malheureusement, mon autre adversaire, un rusé celui-là, se jeta dans mes jambes, aussi véloce que le skerf traqué par un draguin, et me déséquilibra. Je retombai derrière la ligne de démarcation. Ébahi, je lançai un œil furibond à Rakem, qui, d'un geste du menton, me fit comprendre que le coup était autorisé. J'avais perdu. Le gong retentit. Quelques parieurs me jetèrent des insultes, du genre : « Fjark de Shao ! Par ta faute je suis ruiné ! Que ton Tabari brûle dans l'enfer monastique de ces sodomites du culte arranxxien ! »

Franchement, je me foutais des injures. Par contre j'étais vexé par ma défaite, surtout quand je voyais le Samancien se pavaner devant une foule désormais acquise à sa cause. J'enfonçai mon poing dans le sable d'un geste rageur, puis je m'éloignai. Kahrzoa, qui avait assisté à toute la scène, m'attrapa sur le chemin. Je lui jetai un regard brûlant dont elle saisit aussitôt toute la teneur. Un court instant, je crus déceler une étincelle de peur dans ses yeux.

— Tiric, ne sois pas déçu, ces guerriers étaient ligués contre toi. Tu t'es bien battu. Et il nous reste une chance d'empocher la mise avec Kardelj.

— Je déteste la défaite. Je suis un Shao. La fierté du guerrier m'habite. Quand je perds, je me sens bafoué. C'est tout. Ça va passer. Mais je te garantis que l'hypothétique victoire de Kardelj ne me consolera pas. Je retournerais bien dans ce carré pour écraser cet insecte. Il ne mérite pas sa victoire.

Mes paroles déclenchèrent chez Kahrzoa une franche hilarité. J'étais tremblant de colère. Mes poings étaient serrés, comme pris dans un étau. Impossible de les relâcher.

— Tu devrais t'écouter parfois, Tiric ! Mais la fureur te rend très beau ! Allez, oublions tout ça, et concentrons-nous sur le trident final. Soutenons Kardelj.

— En effet, admis-je, d'un ton qui mêlait sincérité et énervement. Je vais devoir passer outre, je suis de tout cœur avec notre ami, mais je n'oublierai pas cet affront de sitôt.

Au fond, pourtant, je savais que Kahrzoa avait raison. J'enrageais. Mes tripes se retournaient dans mon ventre. Mais elle avait raison.

Le trident final contre le Golien et le Samancien s'annonçait explosif.

CHAPITRE 21

Un massacre. Je n'avais pas d'autre mot pour qualifier ce trident final. Cette fois-ci, rien n'était comparable avec les tours précédents ; une foule monstrueuse s'était amassée sur des estrades montées spécialement pour le bouquet final, le plus suivi. Il n'y avait plus personne accoudé aux balustrades, hormis les enfants venus admirer les prouesses des champions. Les paris allaient bon train. Après ma défaite, la cote des Shaos avait chuté de façon vertigineuse, et Kardelj, malgré la facilité avec laquelle il s'était hissé à ce niveau du tournoi, fut désigné numéro trois sur la liste des favoris. Ce n'était pas plus mal. La donne était simple, et assez bizarre pour être notée : la récompense avait été fixée à huit mille qih pour le vainqueur – une fortune – qui serait multipliée par trois si le numéro trois gagnait, par deux si le numéro deux l'emportait, et resterait la même si le favori sortait triomphant. La règle était étonnante, mais si Kardelj l'emportait, vingt-quatre mille qih lui seraient versés par la guilde des jeux. Néanmoins, Tobal m'avait prévenu que rares avaient été les outsiders ayant remporté la victoire finale. De mémoire de Cauzyrien, ce n'était pas arrivé depuis au moins quinze ans. J'avais rassuré Kahrzoa en lui suggérant que tous les cycles étaient brisés un jour ou l'autre. Et puis, à bon draguin, bon fjark. Quand je passais en revue le trio infernal, j'estimais que le combat serait équilibré. Les trois hommes étaient de force à peu près égale. La victoire reviendrait sans doute au plus chanceux.

Ma défaite à moi me restait encore en travers de la gorge, mais je commençais à assouplir mon humeur : j'étais beaucoup moins rude avec Kahrzoa, et je lançais des encouragements sonores et gestuels à Kardelj, qui attendait à présent le moment où Rakem les autoriserait à entrer.

Quand l'instant vint enfin, les trois hommes se précipitèrent dans l'aire de lutte, prirent position et se regardèrent en chiens de faïence. Dès le départ, il fut clair qu'aucune alliance n'avait été passée en coulisse. D'ailleurs, Kardelj m'avait assuré qu'il préférait combattre en solitaire. Il comptait sur sa ruse et son expérience pour se débarrasser de ses adversaires. Mais ce ne serait pas facile : le Golien, s'il n'avait pas été si grand et musclé, s'il n'avait pas eu ces scarifications au visage, aurait pu, avec son accoutrement, passer pour un gros bébé délicatement langé. Quant au Samancien, un grand rouquin aux sourcils blondis par Astragaal, il avait les lèvres plissées par un sourire narquois qui ne le quittait jamais. Les muscles tendus, il attendait calmement que Rakem lance le jeu. Son calme, sa maîtrise de l'espace, et sa facilité à ruser m'apparaissaient comme ses principaux atouts. Quant à Kardelj, sa musculature fine, ferme, son gabarit souple, sa rapidité et sa technique le rendaient dangereux, ce dont ne se doutaient pas forcément le Golien et le Samancien, bien qu'ils l'eussent observé en combat durant la journée. Après analyse, je considérais que le Golien, sans doute, serait le premier éliminé ; contre des guerriers de la trempe de Kardelj et du Samancien, sa force brute ne suffirait pas. À moins d'un coup de chance. Mais si j'avais parié, je n'aurais pas misé un seul qih sur une victoire du gros bébé.

Le combat, donc, fut, comme je le disais, une véritable boucherie. Le Golien, Bagouif de son nom, désigna, d'un doigt tendu, Kardelj comme sa première cible. Il se plaça ensuite le pouce au niveau du cou, et mima un égorgement guttural qui fit frémir toute l'assemblée. Ou presque. Moi, il me faisait bien rire. Ce n'était pas ainsi qu'il impressionnerait Kardelj, au contraire. Il s'en nourrirait. Bagouif avait peur, et Kardelj le savait. Et il avait raison : j'aurais juré cent fois sur la sainte tête de Tabari que le Golien se rassurait pour se donner du cœur à l'ouvrage ! Quelle ne fut pas sa surprise, du coup, de voir le Samancien s'élancer vers lui sans la moindre retenue ! L'impact des deux corps s'entrechoquant s'entendit de très loin, et la foule perdit sa voix, rendue muette par la violence du choc. Les deux hommes, à terre, un peu sonnés, cherchaient à saisir les bras de l'autre. Et à ce petit jeu de pieuvres harcelées, le Samancien fut le plus rapide. Il parvint à bloquer, contre sa poitrine, les gros poignets du Golien. L'intrépide Samancien jeta alors un regard vers Kardelj, comme s'il l'invitait à la curée. Kardelj, lui, s'était décidé à ne pas intervenir. Il savait qu'interférer dans le mano a mano pouvait tout aussi bien lui être fatal. Un coup hasardeux, une perte d'équilibre et ses chances s'envoleraient. Néanmoins, je le sentis hésiter, tandis que le Samancien poursuivait son effort et tentait de retourner son adversaire pour le faire rouler hors des limites. Mais le Golien était un sacré quartier de viande. Malgré les efforts surhumains du rouquin, la masse humaine restait collée au sable sans bouger d'un pouce. Il attendait que le lutteur adverse se fatigue et relâche la pression. Ainsi, il reprendrait le combat à sa main et écraserait ce roquet qui avait osé le défier pour en faire de la pulpe de yohde, ce fruit qui avait la particularité de puer à l'extérieur, et de dégager une odeur merveilleuse une fois coupé. Kardelj se décida enfin, alors que la foule commençait à le huer, comme il ne participait pas. Il s'avança prudemment vers le Golien et le Samancien. À ce moment-là, je compris son erreur. Dès qu'il fut à proximité, le Samancien relâcha la pression sur les poignets du Golien. Ils se redressèrent comme deux i majuscules, à une vitesse folle qui fleurait bon le calcul et la connivence, et saisirent chacun un bras de Kardelj, ahuri et désarmé par la tournure des événements. La ligne de démarcation, peu éloignée, Kardelj la vit alors de très près, étant donné qu'il ne parvenait pas à se dégager de l'étreinte des deux hommes. Malgré l'incroyable résistance de mon ami (il faisait tout pour garder les talons plantés dans le sable, les jambes tendues à l'extrême), je crus que c'était fini. Que nous pouvions nous asseoir sur notre trésor. Nous ne rachèterions jamais les titres de propriété d'Apeô, ou alors il nous faudrait trouver une autre solution. À côté de moi, malgré son capuchon sur la tête, je ressentis toute la tension qui animait Kahrzoa. Elle aussi voyait nos derniers espoirs s'envoler.

Alors que j'allais commencer à rejoindre la bordure pour récupérer mon ami, celui-ci donna un violent coup de tête latéral au Samancien, qui s'était, par négligence, trop rapproché de Kardelj. Il tituba, surpris, lâcha le bras de mon ami, et chuta dans le sable gris, très proche de la ligne d'élimination. Le Golien tenta de poursuivre son effort mais Kardelj se servit de son bras valide pour décocher deux coups de poing magistraux dans les yeux de Gros Bébé. Ce dernier encaissa, réagit en tordant le bras musclé du Shao, mais Kardelj fit face à la douleur, l'oublia, et continua son matraquage avec une immense dextérité. Tout cela ne prit qu'une dizaine de secondes, suffisantes au Samancien pour reprendre ses esprits. Il ravageait dorénavant le dos de Kardelj de ses poings lourds, mais mon ami parvint à le dégager par des coups de coude bien placés. Quant au Golien, ses yeux étaient enflés, et je compris où Kardelj voulait en venir : c'était fort simple, pourtant, et foutrement intelligent de sa part : il aveuglait son adversaire. Ainsi, cette grande carcasse devenait inutile. Il n'aurait plus aucun mal à s'en débarrasser. Mais il était difficile de mettre en pratique cette tactique avec le Samancien reconverti en sac-bosse qui, cette fois-ci, tentait de l'étouffer, l'avant-bras collé sur sa gorge. Mais Kardelj tenait bon et avait libéré son deuxième bras. D'une main, il continuait de marteler les yeux de Bagouif, lequel ne tarderait plus à être hors-jeu. Il était incapable de réagir. Aveuglé, il balançait des coups dans le vide.

Le Samancien, lui, s'aperçut enfin que sa technique d'étranglement donnait de misérables résultats et relâcha son étreinte. Il fit quelques pas de côté pour se retrouver derrière Bagouif, qu'il plia en deux après une salve de coups de poing dans les côtes. Puis il aida Kardelj à envoyer valdinguer le gros corps de bébé en dehors des limites. KO, l'énorme Golien s'évanouit près de la bordure.

Je trouvais le combat magnifique. La foule entière ressentait la rage des trois guerriers. Cette violence non feinte, ce sang qui coulait parfois, tous les hommes, les femmes et les enfants s'en abreuvaient avec une délectation infinie. Des « bravos ! » et des « hourras ! » fusaient comme autant d'incitations à continuer dans cette voie meurtrière.

La trêve entre les deux hommes fut de courte durée. Kardelj, les yeux allumés de rage, marcha d'un pas décidé vers le Samancien qui reprenait son souffle, les mains sur les hanches.

Mon ami hurla une phrase que je ne compris pas. La foule en folie couvrait ses paroles. Je déduisis qu'il entonnait un chant de guerre shao. Cela n'impressionna guère le rouquin, qui lui-même cria en retour. Hormis la feinte du début de combat fomentée par Bagouif et le Samancien, je trouvais ce trident final extrêmement frontal. Les lutteurs n'avaient pas cherché à se défiler, et c'était mieux pour la beauté du combat. Surtout, Kardelj m'avait impressionné. Alors que je ne donnais pas cher de sa peau, il avait su retourner – et avec quelle énergie ! – une situation compromise.

La suite fut un massacre. Le Samancien ne put contenir l'assaut de Kardelj qui le roua de coups. Ses longs bras lui conféraient beaucoup plus d'allonge et l'autre ne répliquait que par à-coups, quoiqu'avec une force certaine. L'arcade sourcilière de Kardelj en fit les frais et explosa, sans qu'il s'en aperçoive. Il poursuivait inlassablement son effort, laminant le Samancien de coups toujours plus rapides et plus forts ; celui-ci reculait, et reculait encore, de plus en plus fébrile sur ses jambes, mais réellement courageux. Pourtant, la victoire ne pouvait plus échapper à Kardelj, qui porta le coup de grâce avec une vitesse d'exécution impressionnante : il attrapa d'une main le cou de son adversaire et lui broya la trachée. Façon de parler, bien sûr. Kardelj n'avait nulle intention de le tuer. Il se vengeait du Samancien qui avait tenté de l'étouffer un peu plus tôt. Juste retour de bâton.

Alors, d'un brutal coup de paume sur la poitrine, il rejeta l'autre en arrière. Le gars sembla glisser sur le sable au ralenti, déséquilibré. Son visage meurtri, ensanglanté, forma une expression ahurie. La bouche ouverte, le front en sueur, et les yeux remplis de frustration, il s'écroula par terre, derrière la ligne teinte.

Kardelj avait vaincu.

Presque étonné, mon ami s'assit – s'écroula, plutôt – au milieu du carré de sable. Lui aussi avait salement dégusté. Un de ses adversaires avait dû, à un moment ou un autre, lui mordre une oreille. Elle saignait abondamment. Son torse dévoilait quelques estafilades, traces d'ongles longs et coupants.

Autour de lui, la foule l'acclamait, l'applaudissait. Chantait son nom. Un peu à contrecœur, j'admis qu'il était devenu une idole ! Longtemps, les gens qui composaient cette population bariolée se souviendraient de l'exploit du Shao aux étranges cicatrices.

Il se contenta de soupirer et de secouer la tête, comme s'il n'y croyait pas vraiment.

Mais quand le gong résonna, que Rakem vint vers lui, le torse aussi bombé qu'un fier seigneur, il dut bien admettre sa victoire.

*

Le Kabron, deux heures plus tard, se mua en une simple formalité. Nous étions désormais à la tête d'une coquette somme. Le palabreur, devenu légèrement obséquieux, eut donc l'opportunité dont il rêvait : s'enrichir un peu plus. Le tout fut négocié à vingt-huit mille qih. Vingt-trois mille pour la garde snadienne, qui visiblement avait rempli sa part du contrat, le reste pour le petit homme gris. Et il nous restait de quoi voir venir.

Nous quittâmes l'auberge du Vieux Harull fatigué, au grand désespoir de la dame de maison qui, après de grandes et indicibles lamentations, dont le point d'orgue fut de se jeter aux pieds de Kahrzoa dans un élan de lyrisme dévot, nous laissa partir en nous faisant promettre de louer auprès des « gens biens » la qualité de son auberge. Nous le lui assurâmes, avec un long sourire pourtant fermement contenu. Elle ne prêta nulle attention à notre hilarité naissante et ne retint que notre « serment ».

Kardelj était dans un sale état : une ou deux côtes fêlées, des bleus sur le corps, une arcade sourcilière gonflée par le sang, une oreille sacrément entaillée par les dents du Samancien et, en prime, un œil au beurre noir et des douleurs persistantes un peu partout. La rage l'avait porté, mais il avait souffert. Toutefois, Kahrzoa l'avait récompensé d'un long baiser, surprenant de la part d'une Qivhvienne, même s'il me semblait avoir remarqué que ces deux-là, depuis notre désormais lointain départ de Ferza, se jetaient quelques regards à la dérobade. Kahrzoa avait un tic : quand elle observait Kardelj, de très fines squames frémissaient sous ses oreilles. Aussi bien, je fantasmais, et il n'y avait rien. Sauf que Kardelj avait goûté au baiser avec délice, je le sus à ses yeux luisants, et un rougissement quasi imperceptible, hormis peut-être pour un œil avisé tel que le mien !

À mon grand étonnement, la forge se situait en dehors de la ville, dans un quartier résidentiel, près des hautes falaises qui bordaient la mer snadienne. Celles-ci, abruptes, semblaient avoir été découpées à l'aide d'un hachoir géant mal aiguisé.

Nous louâmes des servants goliens et leur palanquin pour nous mener à destination. Ils ne nous firent même pas payer. La raison invoquée : ils admiraient le grand guerrier vainqueur des Luttinales et ne pouvaient se résoudre à faire payer un tel héros. Très drôle. Kardelj en fut presque gêné.

Les porteurs rangèrent nos maigres affaires devant le long et haut portail en bois cachant la demeure d'Apeô. Ils déposèrent également les baluchons de victuailles que nous avions achetés sur un marché du Kiffour. Il y avait de quoi se préparer plusieurs excellents repas typiquement shaos, ce dont Kardelj et moi rêvions secrètement depuis très longtemps.

Quant à Apeô, pour une obscure raison, il était retombé dans un mutisme profond, comme si revenir chez lui réveillait un irrémédiable traumatisme. Impossible de comprendre vraiment cet homme-là.

Toujours est-il que la propriété de notre compagnon était immense ; je comprenais qu'il eût tout fait pour la protéger contre les pillages et l'expropriation pure et simple. Je ne m'attendais qu'à une simple forge, dotée peut-être d'un appentis. Et d'une modeste habitation. Mais non. La forge, immense, bordée par un joli brin de rivière, contenait tout un matériel hautement sophistiqué : plusieurs marbres pour dresser des pièces sur les enclumes, des établis poussiéreux engorgés de fer rouillé et de métaux divers, des pinces, des marteaux, des tranches à chaud et froid, des griffes et griffons, des limes, des équerres, compas… la liste s'allongeait tant que je ne pouvais en venir à bout. L'endroit me parut froid et lugubre, bien qu'une modeste partie fût à l'air libre. Une cheminée notamment. Le tout était très sale et poussiéreux. Personne n'avait pénétré en ce lieu depuis de nombreuses années ; mais il suffirait d'une dizaine de torchères pour y apporter un peu de chaleur, et une véritable ambiance de forge. Apeô y traînait déjà, retrouvant d'anciens réflexes. Il pestait un peu, et se plaignit qu'on lui avait volé quelques objets de valeur.

Derrière la haute forge, se dressait une belle maison blanche, entourée d'un jardin en friche, dont le fronton aux encorbellements étranges et métalliques nous apprenait, sous forme de rébus sculpté à même le fer, que le propriétaire était lié d'une façon évidente à la guilde des artisans, l'une des plus fameuses de Cauzyr. L'habitation comptait deux étages, dont les pièces spacieuses, là aussi, étaient poussiéreuses. Elles sentaient également le renfermé, surtout dans les chambres du haut. Par contre, je notai bien qu'elle avait parfois été entretenue, au contraire de la forge, dont seul Apeô possédait la clef. Il l'avait retrouvée sous une sorte de vieille paillasse quasiment confondue, désormais, avec la terre où elle se décomposait. Le bout de métal avait sacrément rouillé, mais il remplissait toujours son rôle, à savoir ouvrir la porte de la caverne aux merveilles d'Apeô.

Kahrzoa, emplie d'une joie toute nouvelle, s'était emparée de la maison, en avait ouvert les volets aux bois grinçants, parfois pourris, et avait entrepris aussitôt de la remettre en état.

Nous pouvions enfin souffler. Nous reposer. Kardelj et moi peinions à y croire tant cette situation de calme et d'équilibre nous apparaissait incongrue.

Incongrue, certes, mais providentielle !

*

Deux mois passèrent, comme dans un rêve éveillé. La maison resplendissait, sentait le neuf, tant Kahrzoa l'avait briquée et briquée encore. Le parquet snadien, d'une belle couleur jaune clair, illuminait les pièces aux murs blancs, peu décorées, mais au mobilier d'une agréable tenue.

Mes soupçons s'étaient confirmés. À peine deux jours après notre arrivée dans les murs de la maison d'Apeô, Kardelj et Kahrzoa partageaient la même chambre. Entre eux, c'était le grand amour. Il avait suffi qu'on se pose enfin pour que celui-ci éclate au grand jour. Ils ne se quittaient plus d'une semelle. Joli à voir. Quoiqu'avec du recul, il me semblait toujours étonnant de voir une Qivhvienne partager sa couche avec un Shao. Comme j'en avais également fait l'expérience à Ferza, je savais combien une union entre les deux races pouvait se révéler… intéressante. Mais s'ils voulaient un jour engendrer, fonder une famille, voilà qui deviendrait plus délicat. Les métis, à ce que j'en savais, ne couraient pas les rues. Je n'en avais jamais vu : les deux races, hommes et Qivhviens, n'avaient pas la réputation d'être compatibles sur ce plan-là.

Pendant ce temps, comme mon ami s'intéressait moins à moi, je m'occupais à remettre le jardin en état. Ce travail me désespérait un peu, mais je n'avais pas d'autre activité possible. Un jour viendrait où notre petit pécule s'épuiserait et où nous serions obligés de chercher une nouvelle source de revenus. Et puis, surtout, peut-être ne resterais-je pas ici éternellement. J'avais toujours en tête de retrouver un jour ma belle province de Silga, d'y chercher des résistants, et de participer comme je le pouvais à l'expulsion des Qivhviens du royaume de Shao. Tabari me donnerait la foi et me guiderait dans ma quête. Pour l'heure, se faire oublier à Cauzyr n'était pas plus mal. Chaque chose viendrait en son temps. Je me pris à penser souvent à Zua Lazpoa. J'imaginais comment elle avait pris en main la destinée de son peuple qui, sous sa férule, vivrait à n'en pas douter des années noires. Elle était bien pire que Zerna Krillia, elle avait la fougue et l'orgueil de la jeunesse avec elle et poursuivrait la politique d'expansion entreprise par la vieille impératrice. On disait, d'ailleurs, que le royaume karao subissait chaque jour un peu plus les assauts de l'armée qivhvienne. La flotte reptile avait contourné tout le continent pour débarquer sur les côtes du dernier royaume libre. Ainsi, les Karaos étaient pris en tenaille puisqu'une autre partie des troupes, les fantassins en particulier, attaquaient également par l'intérieur des terres. Ils ne tiendraient pas longtemps et, bientôt, leur capitale tomberait. La conclusion, je me la figurais fort simple et implacable : les Qivhviens, trop nombreux, efficacement armés, se révélaient trop forts. Quand le continent entier serait sous leur joug, il n'y aurait plus grand-chose à espérer… hormis un sauveur providentiel.

J'aurais adoré tuer la Skada Lazpoa. Mais j'avouais avec tristesse que, si ce n'avait été elle, une autre aurait tenu sa place – Zœziu par exemple – pour un résultat similaire. Il n'empêche. Si Lazpoa s'était soudainement présentée devant moi, je lui aurais sauté à la gorge et l'aurais massacrée sans un regret. Cette chienlit devrait disparaître un jour ou l'autre.

Un nouveau dessein prenait forme en moi. Je ne savais pas trop s'il pourrait naître un jour dans de bonnes conditions mais, une fois requinqué, une fois oublié des Qivhviens, j'étais décidé à tout faire pour que l'empire de ces maudites vipères s'effondre. Vaste projet, projet d'un fou. Peut-être. Mais je n'entrevoyais aucune autre perspective. Je ne pouvais pas abandonner mon peuple.

Une semaine passa encore, et Apeô commença doucement à sortir de la forge, alors que, depuis notre installation, il n'avait pas mis les pieds dans la maison. Il nous avait vendu la moitié de la propriété ; ainsi, nous pouvions nous sentir chez nous. Après, ce n'était pas notre faute s'il refusait de se mêler à nous. La maison, il ne voulait pas en entendre parler. Il s'en fichait, tant qu'il possédait la forge. Petit à petit, il s'était remis au travail. Toute la journée, nous entendions le martèlement du fer sur l'enclume, nous regardions son système d'apport hydraulique directement installé sur la rivière alimenter une roue qui lui apportait de l'eau dont nous ne devinions pas très bien l'usage, ou alors seulement en partie. Car bien entendu, s'il avait besoin d'eau, il avait besoin de feu aussi, et dans les deux cheminées aux pierres noircies qui se faisaient face brûlait un feu maîtrisé par Apeô.

Nous ne nous approchions pas trop. Il n'aimait pas cela. Son visage buriné, ridé, à l'expression dure et peut-être empreinte de folie quand il se levait vers nous n'avait qu'une seule signification : « Restez où vous êtes, ne vous approchez pas, chacun chez soi, et les fjarks seront bien gardés. » Je n'aimais pas cette figure de plus en plus émaciée, cette peau brune, presque cuite et recuite par les flammes de ses cheminées. Mais, quand il travaillait dehors, je pouvais l'admirer à l'œuvre pendant des heures, et constater à quel point il maîtrisait toutes les ficelles de son art. Apeô était incroyable, ses mains fabriquaient de l'or. J'étais ni plus ni moins qu'impressionné. La façon dont son bras martelait le métal, sa facilité à se servir de soufflets deux fois plus gros que lui… on le sentait dans son élément. Quel artiste !

Le forgeron avait tout de même perdu du poids. Kahrzoa, quotidiennement, lui laissait des victuailles sur le palier de la forge : elles disparaissaient. Il mangeait donc. Je pariais plutôt sur autre chose dont nous n'avions point idée. Il était rongé de l'intérieur depuis que nous étions revenus à Cauzyr. Bien sûr, je ne savais dire par quoi au juste… J'en avais touché deux mots à Kardelj, que le sujet n'avait pas intéressé. Il m'avait juste balancé en pleine poire que, pour une raison qu'il ignorait, peut-être à cause de ses pouvoirs magiques, j'étais fasciné par Apeô. Pas d'accord. Quelque chose m'attirait chez ce vieux fou, mais je me sentais très loin de la fascination. Peut-être admirais-je sa capacité à fabriquer des armes si belles. J'avais contemplé une vingtaine de sabres dans la remise. Quant à Kardelj, il ne pouvait pas vraiment me donner de leçons concernant la fascination : quand je l'observais en compagnie de Kahrzoa, je ne voyais qu'un mouton bien sage ! Ça me faisait bien rire !

Bientôt, je compris que, si Apeô sortait tous les jours, c'était pour chercher un objet qu'il donnait l'impression d'avoir égaré. Il tremblait sur ses jambes et, les yeux révulsés, s'éloignait de la propriété pour se promener sur la côte, à deux kilomètres environ, là où les falaises abruptes donnent sur la mer snadienne. Comme je n'avais strictement rien de mieux à faire, je le suivis de loin, à la manière d'un pisteur. Je fis tout pour qu'il ne remarque pas ma présence. Avec un sourire, je m'aperçus bien vite qu'Apeô était beaucoup trop absorbé par son ratissage systématique de la côte pour noter ma présence non loin de lui. Il avait fabriqué une échelle de cordes, longue, renforcée à chaque niveau par une armature métallique légère, qu'il utilisait pour descendre le long des falaises, et mettre pied sur les plages, étroites, et bien souvent battues par des vagues assez violentes. Arrivé en bas, il fouillait le sol de ses mains ou à l'aide d'une petite pelle. Invariablement, il rentrait bredouille, très tard, le regard noir et fixe.

Ce manège dura environ une semaine. Jusqu'au jour où, alors qu'il avait parcouru trois cents mètres de côte environ, sa patience et sa méthode furent récompensées.

Pour moi aussi, ce jour-là fut important. Fatidique.

CHAPITRE 22

Tandis que je le regardais, un peu lassé, remuer le sable meuble, j'entendis un coup de pelle inédit. Le bruit du métal sur le métal. Tiens, me dis-je, notre ami aurait-il caché un trésor ? Ou quelque objet de valeur ?

Intrigué, je me décidai à utiliser son échelle de corde pour le rejoindre. J'avais bien envie de jouer un petit tour à Apeô. Il avait toujours été rogue envers moi. Qu'il me découvre alors qu'il fouinassait en douce derrière notre dos, cela m'enivrait de plaisir. J'imaginais que croiser mon regard le mettrait dans une rogne d'enfer. Je ne lui voulais pas de mal, mais je souhaitais lui montrer qu'il n'agissait pas de la bonne manière avec nous. Jamais il ne nous avait réellement accordé sa confiance, à part pour la maison. Mais jamais, non plus, il n'avait recouvré sa lucidité.

Alors que le vieillard empoignait un objet que je ne discernais pas dans la nuit tombante, je parvins dans son dos et lui chuchotai :

— Alors, mon vieux ? Tu nous fais des cachoteries ?

Apeô se retourna vivement, et je vis ce qu'il tenait fermement dans l'une de ses mains : un sabre. Un sabre à la lame aussi rouge que le sang et aussi exquise que la plus belle des femmes. Ce sabre-là, à la courbure parfaite, tel que je le voyais dans sa simplicité, sa forme et son pouvoir d'attraction, était le plus magnifique qu'il m'eût jamais été donné de voir! J'en restai béat d'admiration, oubliant qu'Apeô me fixait durement, comme si j'avais bafoué un sanctuaire sacré. Je sentis une mécanique inconnue et atavique se déclencher en moi. Cette vision du sabre en était la seule responsable.

— Imbécile de Shao ! cracha-t-il. Tu n'aurais jamais dû poser tes yeux de tueur sur cette arme maudite ! Je vois déjà la convoitise envahir tes pupilles. Mais tu ne comprends pas. Et je dois te tuer, maintenant !

En effet, je ne réagissais pas ; mon corps entier était envoûté à la simple vue du sabre. Je me fichais d'Apeô car il avait raison. Je venais de tomber amoureux. Sauf que la jouvencelle, entre les mains du vieillard, avait l'allure d'un simple sabre d'une étonnante couleur rouge.

— Tu es fou, vieil homme ! finis-je par rétorquer, alors que mes pieds nus ressentaient la morsure glaciale des vaguelettes finissant de s'écraser sur le sable. Je ne te volerai pas ton sabre, quand bien même, je l'avoue, je le trouve d'une beauté indicible. Est-ce toi qui l'as forgé ?

Apeô rumina une insulte. Je la compris vaguement mais ne lui en tins pas rigueur, tant j'étais encore absorbé dans la contemplation du sabre.

— Oui. Et pour cela, j'ai assassiné les derniers Rimaols, ceux que les légendes nomment la Troisième Race. J'ai trempé cette lame maudite dans leur sang magique, ce même sang qui a fait de ma main (il leva le poing) cette chose infâme et meurtrière.

Maintenant, hors de mon chemin, Tiric Sherna ! Où vas-tu encore tenter de me tuer ? Cette fois-ci, je ne me laisserai pas faire : ce sabre doit être détruit, je l'ai forgé guidé par la folie et je me dois de réparer cela. Enfin. Cette fois-ci je serai guidé par ma seule volonté de rédemption. Et rien ne peut m'en empêcher.

— Je ne cherche pas à t'en empêcher, mais tout cela est bien déraisonnable. Pourquoi détruire si belle œuvre ? N'en es-tu pas fier ? Tu parles de cette race disparue. Je ne comprends rien à rien. Les Rimaols ne sont qu'une légende, personne ne peut se targuer d'en avoir jamais vu un seul. Le grand cartar Rartac, pendant longtemps, a cherché des traces de magie pour faire face à l'invasion qivhvienne. En vain. Pourquoi n'a-t-il jamais débusqué un seul de tes fameux Rimaols ? Il avait tout le trésor shao pour parvenir à ses fins, et sa quête est restée inutile. Et tu veux me faire croire que toi, tu as rencontré ces êtres mythiques ? Allons, c'est une bonne blague ! Ce sabre n'a d'autre magie que celle que tu lui prêtes !

— Et comment, alors, expliques-tu cette main ?

D'un geste brusque, alors que je ne m'y attendais pas, Apeô libéra sa main élastique dont les doigts durs et épais se fixèrent sur ma gorge. Je me braquai vers l'arrière en un réflexe qui faillit me coûter mon équilibre. Mes talons s'enfoncèrent un peu plus dans le sable humide, ce qui me permit de rester debout.

— Tu vas mourir ! La soltone avait vu juste ! Elle savait que tu découvrirais ce sabre, je l'ai compris quand nous l'avons rencontrée pour la première fois dans la caravane de Barister, et elle savait, je ne sais comment, que tu voudrais t'en emparer. Mais cela n'arrivera pas.

Je ne pus répondre. Étouffé, les larmes me montaient aux yeux. J'étais dans l'incapacité de débarrasser mon cou de ces doigts puissants qui m'enserraient. L'issue était fatale. Si je ne parvenais pas à me dégager de son étreinte, la mort serait la seule conclusion possible. Je tombai à genoux ; ma gorge tentait d'inspirer de l'air, en vain. Mes mains s'agrippaient à la main, cherchaient une faille.

À court d'idées, je roulai en vitesse vers Apeô. Ma course s'arrêta contre son corps. Surpris, il fut déséquilibré mais ne relâcha pas sa prise pour autant. Au même moment, je parvins à m'emparer du sabre, directement à la poignée, ce qui m'évita de me trancher les doigts. Une vibration me parcourut le corps entier. Elle était chaude, apaisante. Ma main devint rouge, mon bras également, puis mon corps entier imita la couleur de la lame. La colère m'envahit. Ou alors, avait-elle précédé la prise en main du sabre ? Je ne sus pas réellement interpréter chronologiquement cette succession de sensations. Je compris aussitôt que ce sabre me parlait, du moins me répondait, muet, comme s'il m'avait toujours appartenu, comme s'il m'avait, au fond, toujours attendu.

D'un geste sec, je tranchai la chair d'Apeô au niveau de l'avant-bras. La prise se relâcha, et la main rouge, morte, tomba sur le sable, près de l'eau. Alors que la fureur et le désir de vengeance montaient ardemment en moi, alors que je sentais mon cœur s'emballer et battre au rythme de cette arme magique, j'exécutai Apeô, en lui tranchant la tête. La finesse de la lame était telle que la tête du vieillard resta deux secondes sur ses épaules, le temps pour moi d'observer le regard fou et ahuri de mon adversaire, puis elle roula sur la plage. Le corps s'effondra dans la foulée.

Quant à moi, sans doute en raison de la tension et de la force que le sabre avait fait passer en moi, je m'écroulai, évanoui.

*

J'étais dans une immense prairie, piquetée de fleurs jaunes et violettes. Astragaal brillait fort. Allongé dans les herbes hautes, j'écoutais le chant des oiseaux. Bercé par leur mélodie, je fermai les yeux.

Ma poitrine se leva, accompagnée d'un long souffle. Mes yeux se rouvrirent.

Au-dessus de moi, sur une branche, un petit être ailé, d'allure féminine, me regardait sans ciller, l'air grave. S'il n'avait pas été aussi loin, j'aurais pu croire qu'il pleurait en silence.

La petite chose s'envola, laissant dans son sillage une traînée de glace. D'abord très fine. Puis, petit à petit, la glace s'élargit, s'élargit encore, dans un craquement monstrueux. Au bout d'un moment, il n'y eut plus que cette glace grise dans le ciel. Astragaal avait disparu. Les oiseaux ne chantaient plus. Il faisait sombre.

Je me relevai, brusquement tendu et en sueur. Non, pensai-je, je ne veux plus d'obscurité ! Je ne veux plus être emprisonné !

À côté de moi, le sabre scintilla. Je me baissai pour le prendre en main. Je sentis le sang magique battre comme un cœur sur la lame. Elle était belle et puissante. Elle seule pouvait me libérer.

D'un coup, la lame s'allongea. Elle s'allongea tant et tant que sa pointe alla crever la glace, tout là-haut.

La voûte se fendilla puis explosa avec fracas. Une pluie de grêlons me retomba dessus. Je tentai de me protéger, mais certains trouvèrent quand même ma tête et quelques autres points sensibles de mon corps.

Sur le sol herbeux, les plus gros morceaux de glace formèrent des miroirs. Des miroirs magiques.

Ce que je vis me laissa à genoux, le corps tremblant. Ce que je vis, par fragments, c'était ma destinée, le début d'une épopée grandiose. Une épopée libératrice. J'étais à la tête d'une armée. Une fière et belle armée, dont les vaillantes oriflammes arboraient le blason de ma famille. Je pus observer, aussi, les forces ennemies ravagées, en pleine débandade. Et le visage de Lazpoa dont les yeux reflétaient la soumission. Était-ce pur fantasme ?

Avant que je puisse jeter un œil à d'autres miroirs, une voix m'interpella. Une voix de femme. Douce. Mûre.

— Tiric Sherna, tu t'es servi du sabre. Il t'a appelé. Désormais, il est toi et tu es lui. Enfin, tu as fait face à ton avenir, tu en as observé des fragments. Maintenant, tu sais comment tu dois agir.

— Où êtes-vous ? Qui… êtes-vous ?

— Je suis là. Partout. Nulle part. Dans ton esprit, dans ton cœur. Dans les illusions comme dans les vérités.

Abasourdi, je ne posai plus de questions. Ma tête tournait, une envie de vomir harcelait mon ventre. Des remugles remontaient jusque dans ma bouche.

Les réponses de cette femme étaient bien trop sibyllines.

Étais-je mort ? Ou en train de dormir ?

Le ciel s'assombrit. Je sus alors que la femme n'était plus là. Je ne ressentais plus sa présence.

Soudain, la terre se déroba, ouvrant un tunnel sous mes jambes. J'essayai de me retenir à la surface, par peur du vide et du noir. Mes mains n'accrochèrent que quelques fleurs jaunes.

Je fus aspiré.

*

Je ne m'éveillai que le lendemain, à demi noyé, la tête dans une belle flaque salée et encore troublé par mon rêve. Lentement, je me relevai sur les coudes. Un tambour martelait l'intérieur de mon crâne. Je m'assis sur le sable, et me pris le front entre les mains. J'avais des crampes un peu partout.

— Merde ! éructai-je.

Je restai ainsi prostré deux minutes, sans autre mouvement que celui de ma respiration. Je n'avais qu'une seule envie : poser à nouveau mes yeux sur le sabre. Mais je ne voulais pas. Je voulais juste nier son existence. Parce que, s'il était réel, cela signifiait que j'avais liquidé Apeô. Et si j'avais tué le vieil homme, qu'allais-je bien pouvoir dire à Kardelj et Kahrzoa ? Comment pourraient-ils accepter cela ? Plus je retournais la question dans ma tête, moins j'entrevoyais de réponses. D'une certaine façon, cet assassinat résultait d'un geste de légitime défense. Apeô avait attaqué le premier, après m'avoir insulté et traité comme un homme maudit par les dieux. Tabari ! J'espérais qu'il me pardonnerait ce geste. Qu'il ne me condamnerait pas à l'obscurité éternelle. Et si, dans mon rêve, cette femme était une incarnation de mon dieu ?

J'en étais à ces pensées quand un rayon d'Astragaal me revint dans l'œil, projeté par le reflet sur la lame du sabre de sang. D'un seul coup, je relevai la tête, et observai l'arme, étalée dans le sable un mètre plus loin, près du corps d'Apeô. Mon cœur palpitait plus vite à sa vue, indéniablement. Sous les rais de lumière, elle m'apparaissait encore plus belle. Je me mis soudain à réfléchir. J'avais ressenti toute la puissance du sabre pendant mon affrontement avec Apeô, comme si j'étais connecté à lui. Dans mon rêve également. En outre, la magie qui s'en dégageait était elle aussi indéniable. Moi qui n'y croyais pas, je me voyais contraint de changer de refrain. Elle existait, et je venais de faire sa connaissance. Au contraire du grand cartar Rartac, j'avais mis la main dessus. S'il avait possédé cette arme, nul Qivhvien n'aurait jamais franchi la frontière du royaume shao ! Moi qui rêvais de libérer mon peuple, je venais de découvrir l'arme qui pourrait m'y aider... je ne pouvais plus en douter !

À cet instant, je me remémorai les paroles de la soltone. Elles sonnaient comme un avertissement : tu es né sous une mauvaise étoile, mais elle prend remarquablement soin de toi. Oui. Je considérais soudain qu'elle avait vu juste. J'étais né sous une mauvaise étoile, certes, mais une mauvaise étoile pour les Qivhviens. La soltone était une Qivhvienne, elle tentait de protéger son peuple en m'assassinant. Par un grand mystère, elle avait entrevu que je mettrais la main sur une arme puissante et magique. Et elle m'avait avoué que cette arme apporterait le chaos. Très bien. Mais le chaos pour les Qivhviens, oui ! Voilà ce qu'elle avait vu ! La fin, peut-être, de la domination qivhvienne. La fin du règne de ces monstres sanguinaires qu'étaient les Skadas de haut rang, telles Zua Lazpoa ou Zœziu. Magnifique ! J'en rêvais depuis si longtemps ! Avec Kardelj, nous avions tant souffert et tant espéré à la fois ! Nous ne pouvions laisser passer cette opportunité. Nous devions aider notre peuple à sortir de l'ornière qivhvienne. Et le sabre de sang nous y aiderait. Peu importait la raison pour laquelle il avait été forgé, peu importait si le sang avait coulé à flots avant qu'il ne parvienne entre mes mains. Non. Tout cela était secondaire et, plus j'admirais l'arme, plus je sentais que j'avais raison. Cette lame, forgée avec le sang des Rimaols mêlé au métal, existait pour libérer les peuples opprimés. Je l'avais vu dans les miroirs.

Et, foi de Shao, j'allais m'en servir. Pas de doute.

ÉPILOGUE

Hélas, la suite ne s'enchaîna pas en ma faveur. Parfois, on ne désire pas un événement, mais il arrive. Et vous change à jamais.

Visiblement, Kahrzoa et Kardelj s'inquiétaient pour Apeô et moi. Sans doute s'étaient-ils séparés pour nous rechercher, car seule Kahrzoa se plaça dans mon champ de vision alors que je me levais pour récupérer l'échelle et remonter le long de la falaise. Seulement, quand je me retournai, Kahrzoa se tenait figée derrière moi et m'observait méticuleusement. Le sabre à la main, je lui fis un signe sans véritable signification. Peut-être un geste de gêne.

Elle avait enfilé une légère robe verte à motifs typiquement qivhviens qui mettait parfaitement en valeur sa frêle mais jolie silhouette. Ses yeux étaient agrandis par la stupéfaction. Je lui reconnaissais intérieurement le droit d'être surprise. Tomber ainsi sur une scène de meurtre, sur un cadavre décapité et un ami tenant dans sa main l'arme ensanglantée du crime n'avait rien de banal, même dans ce monde de folie où la guerre ne s'arrêtait jamais, où la mort ne quittait jamais les esprits.

Kahrzoa parut se reprendre et m'interpella :

— Kardelj et moi, nous nous inquiétions. Je vois que nous avions raison. Par Karez ! Tiric ! Est-ce vraiment toi qui as tué ce pauvre Apeô ?

Je m'approchai lentement de la Qivhvienne. Les rayons d'Astragaal jouaient sur son visage. Ses squames scintillaient comme autant de magnifiques pierres précieuses.

— J'en suis désolé, Kahrzoa. J'ai suivi Apeô jusqu'ici alors qu'il cherchait cette arme. (Je lui désignai le sabre.) Mais quand il s'en est rendu compte, il m'a sauté dessus et a tenté de me tuer en m'étranglant.

Comme j'avais encore les traces de l'agression gravées dans mon cou, il n'était pas bien difficile de me croire. Mais, à mon grand étonnement, mon amie – du moins celle que je croyais mon amie – rejeta mes arguments.

— Mais enfin, Tiric, tu es devenu fou ! Je veux bien croire qu'Apeô t'ait agressé, mais pourquoi le tuer ? Surtout d'une manière aussi sauvage ?

Il n'y avait aucun doute : de la rage émanait de la Qivhvienne. Une rage que je considérais comme absurde et injuste. Elle n'avait pas assisté à la scène, mais elle se permettait de me juger. Mes actes, j'en étais convaincu, j'y avais réfléchi, n'avaient rien de répréhensible. Le seul reproche que je pouvais me faire, c'était d'avoir voulu jouer une petite farce à Apeô. Elle avait mal fini, soit. Mais jamais, au grand jamais, je n'avais souhaité sa mort.

— Kahrzoa, crois-moi, je regrette la façon dont les événements ont tourné ici, mais je n'y peux rien. C'est fait. Nous ferions bien mieux de rentrer et d'en discuter tous les trois… le sabre qu'Apeô avait caché ici est magique. Il pourrait très bien nous aider à nous libérer de l'emprise des Qivhviens.

Kahrzoa sursauta, comme si elle avait mal entendu mes paroles.

— Tu te souviens que je suis une Qivhvienne ?

— Une bannie, oui.

— Peut-être, Tiric, mais Qivhvienne quand même. Et là, tu me dis que tu as découvert un sabre magique capable de débarrasser le monde de mes semblables ? C'est bien ce que tu insinues ?

— Pas tout à fait. J'insinue que, grâce à ce sabre, je pourrai peut-être libérer mon peuple, et pourquoi pas d'autres royaumes… Je le sens en moi. Je sens sa puissance. Je ressens son adhésion à ma cause. Et, je le crois sincèrement, oui, je crois que ce sabre m'a choisi pour être son possesseur. Voilà pourquoi la soltone avait si peur de moi. Voilà pourquoi elle désirait tant m'assassiner. Elle a vu l'avenir. Et je l'ai vu aussi, en rêve.

— Tiric, je ne te reconnais pas ! Ce n'est pas toi qui parles ! Tu t'entends ? Tu te prends pour une espèce d'élu, tout ça parce que tu as trouvé un bout de ferraille que tu supposes magique. C'est n'importe quoi ! Réveille-toi et assume d'avoir tué notre compagnon de route ! Nous avons traversé tant d'épreuves et nous étions enfin arrivés au bout du chemin… voilà que tu viens tout gâcher. Toutes ces épreuves t'ont-elles fait perdre la raison ?

La colère commençait à sourdre en moi. Elle ne me comprenait pas. Elle ne comprenait pas que tout ce qui m'avait guidé jusqu'ici, c'était ma foi en Tabari, ma foi en des jours meilleurs pour mon peuple, et l'espoir. Et cet espoir, que j'avais si longtemps recherché, je venais de le découvrir. Comment pouvait-elle m'en vouloir ? Kardelj, mon ami, lui, aurait pu calmer ses ardeurs et sa rage. Lui, qui avait partagé toutes mes peines et toutes mes joies, aurait pu lui expliquer pourquoi je pensais ainsi.

Mais il n'était pas là, et la colère montait toujours plus en moi, sans que je parvienne à la maîtriser. Le sabre vibra dans ma paume. Je savais que, si le ton de notre conversation ne changeait pas, une catastrophe allait survenir.

— Kahrzoa... Kardelj et toi êtes tout ce que j'ai. Écoute-moi et comprends-moi.

— Je ne peux pas. Je hais les assassins. Je hais la violence. J'exècre la vengeance. Les guerres passées, les guerres futures me font vomir. Je ne suis qu'une simple archiviste. J'aurais souhaité que rien ne change.

Elle se mit à pleurer, doucement. Raide comme un piquet, elle ne bougeait plus. Ses petits pieds étaient plantés dans le sable, et j'avais l'impression qu'elle y était enracinée. Mais là, elle se contentait juste de pleurer. Juste ça.

Cependant je n'y prêtais plus aucune attention. Le sabre s'était nourri de ma colère et le sang de la lame commençait à contaminer mon corps entier. La pigmentation de ma peau changea progressivement jusqu'à ce que je sois devenu aussi rouge qu'un rubis. Ma peau, aussi dure que de la pierre, ne m'appartenait plus, voilà tout.

Le sabre, et lui seul, guida mes gestes. Je me rapprochai encore un peu de Kahrzoa, qui me regardait venir de ses yeux tristes et mouillés. Tout dans son regard indiquait qu'elle était lasse et désabusée, que toute cette pression qu'elle s'était mise sur les épaules depuis des mois retombait soudain. Elle abdiquait. À cet instant, elle m'apparut telle qu'elle était lors de notre première rencontre dans les tunnels de Ferza :

une petite chose rabougrie, timide et fragile. Une petite chose qu'alors Lazpoa m'avait ordonné de tuer.

— Pardonne-moi, Kahrzoa, parvins-je difficilement à articuler.

— Non, répondit-elle. Tu n'auras pas mon pardon.

Et au même moment, la lame du sabre de sang la traversa de part en part.

Quand elle ressortit de la chair de la Qivhvienne, celle-ci retomba en arrière, dans un linceul de sable. Avant qu'elle ne s'écroule, je croisai ses yeux vitreux, toujours embués de larmes. Et une onde de honte me submergea, alors qu'une fois encore, la colère retombait.

Je voulus jeter le sabre au loin, dans l'eau salée de la mer snadienne. Mais je ne pus m'y résoudre. Je compris alors que j'étais devenu son esclave. J'avais commencé ma nouvelle vie esclave et je la finissais de la même façon. J'étais désespéré. Comment ce sabre, en si peu de temps, avait-il pu m'asservir ainsi ? Un rêve et une simple prise en main du sabre n'expliquaient pas tout. Peut-être observais-je la force du destin qui se met en branle, inexorablement.

Ne parvenant pas à raisonner correctement, je me décidai à déguerpir de ce lieu désormais hanté par la mort de mes compagnons de route. Je ne ressentais plus rien. Mon cœur était vide. Mon âme, aspirée par le sabre, s'était envolée. Les larmes qui me montaient aux yeux ne pouvaient pas jaillir. Il me sembla que je les garderais à jamais en moi et qu'elles seraient mon fardeau éternel.

Je gagnai l'échelle de corde et remontai en haut de la falaise sans jeter un regard supplémentaire vers mes victimes. Pas la peine. Je ne pouvais pas revenir en arrière. Hélas, Kardelj m'attendait en haut. Je parvins sur la corniche avant qu'il ne fonce vers moi, épée en main. Visiblement, il avait assisté à une partie de la scène.

— Tiric, considère-toi comme un homme mort ! cracha-t-il d'une voix que je ne lui connaissais pas. Pourquoi as-tu fait ça ?

Je lui montrai mon sabre.

— Voilà pourquoi nous avons fait ça. Ce sabre est magique. Nous sommes alliés pour un destin commun.

— Tu te fiches de moi ?

— Non, mon ami. Non. Je ne me moque pas de toi.

Kardelj se prit la tête dans les mains, complètement dévasté. Il tomba à genoux.

— Pourquoi ? cria-t-il, ne retenant plus ses larmes.

Je me sentis désabusé, et aussi complètement détaché de la souffrance de mon ami.

— Je ne sais pas. Une force magique ou quelqu'un me guide ; peut-être ne suis-je plus Tiric Sherna. Peut-être suis-je désormais un autre homme. Comment supporterais-je, sinon, d'avoir tué une amie et, surtout, celle que tu aimes ? Ce que je voulais, moi, c'était trouver un moyen de reconquérir notre royaume. Je l'ai trouvé, mais en échange, il m'a demandé des sacrifices…

Kardelj se releva, soudain galvanisé par mes paroles.

— J'avais confiance en toi, Tiric. Je te considérais comme mon frère. Mais désormais, tu n'es qu'un chien. Un chien à qui je vais faire la peau !

Kardelj se mit en position de combat. Son beau visage aux sourcils froncés et aux traits d'une dureté minérale était tourné vers moi, déterminé. Une page se tournait. Kardelj et moi allions nous entretuer. Quel gâchis, ne pus-je m'empêcher de songer !

— Kardelj, va-t'en. Je t'en prie. Ne permets pas à la colère de me submerger une nouvelle fois. Pas contre toi. Je ne veux pas te tuer.

— Tu crois pouvoir m'éliminer comme ça ?

— Hélas, oui.

— Tiric, malgré tout l'amour fraternel que je te portais, je t'ai toujours trouvé arrogant. Et cette arrogance maligne que tu affectes depuis une minute, je vais te la faire ravaler !

Je ne pouvais plus reculer. Il m'obligeait à me défendre.

Kardelj arracha sa chemise et la jeta sur les rochers derrière lui. Je me pris à penser que le sort des Shaos se jouait ici, à Cauzyr, sur cette corniche en bordure de la mer snadienne. Je me mis également en position de combat. Déjà, une fureur palpable m'envahissait.

Je m'élançai en silence vers celui qui avait été mon frère, mon ami.

Le premier choc frontal fut déterminant. Kardelj, d'une redoutable rapidité, parvint à ficher son sabre là où il le désirait : dans mon cœur. Mais la lame n'abîma pas un centimètre de peau et se brisa instantanément à son contact.

Il recula prestement, les yeux révulsés. Son moignon de sabre en main, il faillit tomber à la renverse.

Il regardait désormais cette peau rouge-sang qui était la mienne, sans comprendre la raison de ce changement. Mais je savais que cet état de béatitude n'allait pas durer. Il reviendrait à la charge, à mains nues s'il le fallait.

Je me trompais.

Il s'éloigna de moi à reculons. Il tremblait, mais pas de peur comme je le crus pendant dix secondes. Non. Son dos s'ouvrait, et des filaments de chair en sortaient. Six pour être exact. Les six Sinueux qui formaient son Fâps sortaient de leur refuge pour lui venir en aide. On aurait pu croire que six vers géants étaient fixés à ses omoplates et se transformaient en lances effilées et meurtrières. En somme, ce n'était pas autre chose !

D'un bond soudain, il courut vers moi qui n'avais pas bougé d'un pouce. Mais je décidai de me précipiter à sa rencontre. Il devenait dangereux, je ne pouvais pas le laisser prendre le moindre avantage. Ses qualités de guerrier, éprouvées, me faisaient peur. Cet homme-là pouvait prétendre me battre. Il possédait en lui quelque chose de spécial. Le seul adversaire que je redoutais, c'était Kardelj.

Alors que je me trouvais encore à trois mètres de lui, les Sinueux s'agrandirent et fendirent l'air à une vitesse folle. Je ne pus les éviter. Leurs extrémités possédaient des crocs. Ils mordirent ma chair, s'y accrochèrent désespérément alors que, je le savais, ils avaient espéré traverser mon torse de part en part. Mais tant que la carapace générée par la puissance du sabre me protégeait, ils ne pouvaient rien contre moi. Sans le vouloir, je me mis à sourire. Les Sinueux, les si redoutables et magiques Sinueux, se révélaient trop faibles pour m'atteindre. Ils ne possédaient pas la puissance requise.

D'un geste sec, je levai mon sabre et les tranchai, un par un, en regardant Kardelj droit dans les yeux. Les serpents étêtés se rétractèrent et rentrèrent, sans doute morts, dans le dos de mon ancien ami. Celui-ci, dépité, jeta son bout de sabre sur moi. Je le balayai du bras.

Kardelj recula. Recula encore, la mâchoire serrée, les yeux furieux. Ses cheveux trempés de sueur lui donnaient un air de chien battu. Il dut s'arrêter quand le bord de la falaise l'empêcha de reculer plus.

— Demande-moi de t'épargner, Kardelj, dis-je sur un ton monocorde. Accompagne-moi dans cette reconquête.

Kardelj me cracha au visage.

— Jamais, Tiric. Tu n'es plus l'ami que j'aimais. Tu as tué Kahrzoa. Tu ne mérites que la mort.

— Kardelj…

Je secouai la tête. La fureur courait dans mes veines. Elle noyait ma peine. Elle gommait toute ou presque toute l'amitié qui me liait à mon compatriote.

— Tu ne comprends pas, repris-je, je vais devoir te tuer. Si tu ne peux être mon allié, alors tu es simplement mon ennemi. J'ai vu l'avenir des Shaos. Il sera radieux.

Kardelj rit à gorge déployée.

— Tu es complètement fou, Tiric ! Tue-moi, je ne supporte plus de voir ton visage !

Je fis une légère moue. Quelque chose se brisa définitivement en moi.

— D'accord, dis-je simplement.

Mon sabre creva le ventre de Kardelj, qui ne fit pas le moindre geste. Une vive poussette du pied le dégagea de la lame. Je suivis son regard enragé, alors qu'il chutait du haut de la falaise pour s'écraser dans les flots. Cela sonnait comme un funeste rappel : il était déjà tombé d'une falaise. La première fois, une brebis l'avait sauvé. Mais cette fois-ci, personne ne pouvait plus rien pour lui. Certainement pas son Fâps à moitié mort. Un Fâps qui, j'avais pu en juger, n'appréciait que modérément l'océan…

Toute tension retomba. Je retrouvai enfin mon aspect normal.

Troublé, je m'accroupis au bord de la falaise.

Au loin, des navires de pêcheurs flottaient sur la mer plate, poussés par un vent serein. Ils paraissaient si tranquilles.

Je me relevai, et tournai le dos à l'étendue d'eau. Puis je repartis vers la forge.

Lexique

LEXIQUE GÉOGRAPHIQUE

LES SEPT ROYAUMES : vieille alliance à l'origine créée pour faire face à la menace qivhvienne.

— BÉTAREK : royaume minuscule et pauvre dont on ne connaît presque rien. Un aphorisme shao décrit son peuple ainsi : « Le muet ne parle pas, le sourd n'entend pas, l'aveugle ne voit pas, le Bétarek cumule. »

— CARMINTRAO : royaume limitrophe du territoire shao et dont la capitale est Modajero. Le peuple carmintrao est un peuple aux coutumes particulières, basées sur le nomadisme. Peu d'entre eux sont sédentaires, la plupart sont des familles d'artistes sillonnant les routes.

— KARAO : dernier royaume résistant aux Qivhviens, situé au Nord du continent. Les Karaos sont un des rares peuples polythéistes du continent. Peuple fier et orgueilleux, les Karaos sont également considérés comme le peuple le plus raffiné et évolué. Ils sont facilement reconnaissables à leur traditionnel chignon tressé.

— KAMP : royaume limitrophe du royaume shao.

— GOL : royaume frontalier de l'empire qivhvien d'où est originaire le chef caravanier Barister.

— SHAO : royaume dont Tiric et Kardelj sont originaires et dont la capitale est Balajer. Frontalier des royaumes carmintrao, kampien et talaunien, il se situe sur la côte est du continent. Il se divise en plusieurs provinces, chacune gouvernée par un cartar. Avant la défaite contre les Qivhviens, Tiric était le cartar de la province de Silga. Peuple fier et guerrier, les Shaos ont cependant la particularité de craindre l'obscurité.

— TALAUN : royaume du sud-est du continent, frontalier du royaume shao.

Territoires exclus de l'alliance

DERVIE : royaume sous le joug des Qivhviens depuis des centaines d'années. Les Derviens sont reconnus comme un peuple d'excellents marins.

EMPIRE QIVHVIEN (L') : Les Qivhviens sont une race de reptiles humanoïdes, souvent féroces et très intelligents. Situé au centre du continent, leur empire s'est progressivement étendu grâce à la conquête des territoires voisins. Seul le royaume karao lui résiste encore. À la tête de l'empire règne l'impératrice, entourée de ses suivantes. La capitale historique de l'empire, Ferza, est connue pour ses arènes.

SAMANCE : située au nord du continent entre les royaumes ternivhen et karao, Samance est une nation neutre dirigée par les représentants de quatre castes majeures, toutes liées au mercenariat. Les mercenaires samanciens sont considérés par les autres peuples comme des opportunistes et des lâches malgré leur réputation de bons soldats. Un dicton shao dit : « Ne fais jamais confiance à un Samancien, il a toujours un poignard derrière son dos. »

SNAD : royaume situé sur la côte ouest du continent, soumis depuis si longtemps à l'empire qivhvien qu'il est très peu contrôlé par ces derniers. Sa capitale, Cauzyr, est connue pour son cosmopolitisme.

TERNIVHEN : royaume limitrophe du royaume de Snad à l'est, de l'empire qivhvien au sud, de Samance à l'ouest.

Autres indications géographiques

DALEM : rivière traversant la ville de Balajer.

KIFFOUR : quartier de Cauzyr, royaume de Snad.

LEZA : ville maritime sur la côte de la mer snadienne.

QUARTIER MARIN : quartier de Cauzyr, royaume de Snad.

SERZA : ville de commerce prospère de l'Empire qivhvien reconnue pour son indépendance.

PERSONNAGES PRINCIPAUX

APEÔ : vieux forgeron snadien de Cauzyr.

AZKRÈ : vieille magicienne et mentor de Kardelj.

BARISTER : chef caravanier golien.

KAHRZOA : guide qivhvienne.

KARDELJ ABASKAR : esclave shao, ancien Garde Royal et compagnon de route de Tiric.

KSAVIER EJDO : capitaine de l'*Arbicande*.

TIRIC SHERNA : ancien cartar de la région de Silga devenu esclave des Qivhviens, compagnon de route de Kardelj.

VARZZA : garde qivhvien de Zua Lazpoa.

ZERNA KRILLIA : impératrice qivhvienne.

ZOEZIU GARSKAND : grande prêtresse de Karez et deuxième suivante de l'impératrice, rivale de Zua Lazpoa.

ZUA LAZPOA : première suivante de l'impératrice Zerna Krillia.

PANTHÉON

EKAZ : disciple de Tabari.

KALDU : dieu majeur du panthéon snadien.

KAREZ : déesse principale des Qivhviens.

KLALY : déesse du panthéon karao. Klaly est la déesse du foyer. Elle en assure la pérennité et la protection.

RABIEN : dieu du panthéon karao. Rabien est le dieu des moissons et de la vigne. On dit que si son regard invisible s'égare des plantations un moment, celles-ci pourrissent sur pied aussitôt.

TABARI : dieu principal des Shaos.

LEXIQUE GÉNÉRAL

AKOM : bains personnels de l'impératrice qivhvienne.

AMAKO : poison très puissant d'origine qivhvienne.

ANASTIS : plante grimpante qui soulage les douleurs dorsales quand elle est mélangée au thé.

ARACH : épice du royaume de Snad.

ARAK : sorte de bœuf.

ARISMÈNE : bière samancienne.

ARMANDHIER : arbre dont le bois est utilisé par les Carmintraos pour construire des maisons.

ARRANXX : ordre religieux oublié.

ARTEM : fougère urticante.

ASKAMBER : arbre à l'écorce et aux feuilles mauves.

ASTRAGAAL : le Soleil.

BANNEH : encre indélébile entre le vert et le bleu, provenant d'une plante trouvable uniquement dans les montagnes derviennes.

BÏIL : épice samancienne.

BOUSS : pierres aux arêtes arrondies, utilisées par les Carmintraos pour le jonglage.

BZEK : arbre snadien dont la sève a des vertus paralysantes.

CALÈQUE : poisson à mi-chemin entre la raie et la libellule.

CARABÉ : plante linacée originaire de Kamp aux pouvoirs urticants.

CARBOI : alcool shao.

CARTAR : à la fois chef militaire et régent de province shao.

CATAQUANDA : plat typique snadien.

DAMALI : fleur originaire de Samance.

DRAGUINS : gros reptiles dociles et apprivoisés dont la principale utilité est de tirer les garocks.

DRAGUINS BLEUS : race la plus grosse et la plus rare de draguins.

DRAGUINS NAINS : prédateurs dangereux, à l'allure de dragons, mais sans ailes. Très difficiles à apprivoiser ; quand c'est le cas, ils ont toujours une utilité militaire. On les appelle alors draguins de combat.

ERK : sorte de buffle au cuir très épais et à la viande particulièrement appréciée des Karaos et des Shaos.

FÂPS, SINUEUX : Voici ce qu'en dit Azkrè, la magicienne : « un Fâps, une entité, est formée de six Sinueux. Ils ne peuvent survivre autrement que par six. C'est une race animale très rare, qui vit dans les profondeurs terriennes des forêts, sous les racines des seuls arbres multicentenaires. Je les connais. Ils ne vivent qu'en léthargie profonde des siècles durant. S'ils sont coupés des racines des arbres, il leur faut un être avec qui fusionner. »

FIRTARO : arbre de bois blanc.

FIRTRAO : espèce cousine du firtaro.

FIRSGH : plat traditionnel samancien.

FJARK : sorte de poule.

FOKAR : sorte de félin.

FYADOH : insecte qui produit du miel.

GABU : sorte de zèbre.

GAMESH : paralysant naturel, tiré de la sève d'un arbre snadien, le Bzek.

GAROCKS : chariots de diverses tailles qui peuvent tout aussi bien convoyer des marchandises que des personnes. Moyen de transport le plus usuel sur le continent.

GAVIOTAAS : sorte d'oiseau charognard.

GHAN : graisse utilisée pour faire luire les cheveux.

HANKO : masque porté constamment par les Masques carmintraos.

HARULL : animal mi-félin, mi-équidé souvent utilisé comme monture ou pour tracter les garocks.

HORNIT : palanquin spécial qui se harnache sur le dos des draguins bleus.

HOSTARIE : volatile.

JBÉ : drogue qui rend béat et inoffensif.

KALDRIN : sorte de mouton dont la peau épaisse est utilisée pour confectionner toiles, vêtements…

KCAM : petit oiseau de proie au long bec.

KENIN : notable de Leza à la fois armateur et affréteur, et gestionnaire de flottille.

KLUS : friandise en forme de bâtonnet et au goût vanillé, parfois épicé.

KORAD : gouverneur de la ville de Serza, dirigeant un des trois grands quartiers de la ville. Les trois korads forment le triumvirat.

KRAZES : grands entrepôts d'où partent les caravanes.

LEIJ : oiseau au plumage d'un bleu-vert marin.

LIMMULE TRESSÉ : sorte de champignon.

LIODON GÉANT : oiseau rapace des montagnes de Silga.

LUTTINALES : lutte snadienne.

MEDIR : plante originaire de la plaine de Fbezoa.

MORQ : gros animal marin inoffensif.

PAIN-BOUGUI : spécialité karao.

PARFIJ : arbre fruitier.

PÉLANES : petits insectes ailés qui se nourrissent de sang séché et dont les piqûres provoquent de fortes fièvres.

PIDOORGAR : chef de troupe qivhvien.

POURFFE : céréale fort prisée des Snadiens.

QIH : monnaie qivhvienne.

RIMAOLS : peuple légendaire de petits être disparus depuis des siècles.

RORQ JAUNE : sorte de tigre, à dents de sabre.

ROGNA : nation dirigée par les représentants des castes.

ROKAL : félin de la taille d'une panthère au pelage roux, parfois jaune. Il pullule particulièrement dans le désert du royaume talaunien.

SKADA : suivante de l'impératrice qivhvienne.
SÉANG : bière carmintrao.
SKERF : animal cervidé.
SOLTONE : prêtresse d'un ordre qivhvien mystérieux.
TARABA : petit fruit effervescent.
TAJS : abréviation de Tagalur-Agar-Judins, jeu d'origine golienne dont la création se perd dans la nuit des temps.
TORQ'HAL : dragon des mers.
VERG : herbe ayant la vertu de soigner les cors aux pieds.
WAQUETEU : oiseau marin au plumage violacé.
YOHDE : fruit qui a la particularité de puer à l'extérieur et de dégager une merveilleuse odeur une fois ouvert.
ZEC : vin liquoreux de Samance.

DU MÊME AUTEUR

Aux Éditions Critic

LE SABRE DE SANG

HISTOIRE DE TIRIC SHERNA (Folio Science-Fiction n° 471)

HISTOIRE DE KARDELJ ABASKAR (Folio Science-Fiction n° 472)

LES CRÉATEURS

ALONE, L'INTÉGRALE

Aux Éditions Black Coat Press

ALONE

A COMME ALONE

ALONE CONTRE ALONE

PLANÈTES PIRATES

LA GUERRE DES CHIFFONNEURS

SOUS L'OMBRE DES ÉTOILES

Aux Éditions Rageot

CENT VISAGES

Dans la même collection

339.	Isaac Asimov	*Terre et Fondation* (Le cycle de Fondation, V)
340.	Jack Vance	*La vie éternelle*
341.	Guillaume Guéraud	*La Brigade de l'Œil*
342.	Chuck Palahniuk	*Peste*
343.	Poul Anderson	*Trois cœurs, trois lions*
344.	Pierre Corbucci	*Journal d'un ange*
345.	Elizabeth Hand	*L'ensorceleuse*
346.	Steven Brust	*Taltos*
347.	Stéphane Beauverger	*La cité nymphale* (La trilogie Chromozone, III)
348.	Gene Wolfe	*L'ombre du Bourreau* (Le livre du Nouveau Soleil, I)
349.	Robert Charles Wilson	*Blind Lake*
350.	Alain Damasio	*La Zone du Dehors*
351.	James Patrick Kelly	*Fournaise*
352.	Joëlle Wintrebert	*Le créateur chimérique*
353.	Bernard Simonay	*La Vallée des Neuf Cités*
354.	James Tiptree Jr	*Par-delà les murs du monde*
355.	Gene Wolfe	*La Griffe du demi-dieu* (Le livre du Nouveau Soleil, II)
356.	Gene Wolfe	*L'épée du licteur* (Le livre du Nouveau Soleil, III)
357.	Wayne Barrow	*Bloodsilver*
358.	Ted Chiang	*La tour de Babylone*
359.	Clive Barker	*Le royaume des Devins*
360.	Michael G. Coney	*Péninsule*
361.	Theodore Sturgeon	*Un peu de ton sang*
362.	Robert Charles Wilson	*Spin*
363.	Gene Wolfe	*La citadelle de l'Autarque*

(Le livre du Nouveau Soleil, IV)

364. Francis Berthelot — *Khanaor*
365. Mélanie Fazi — *Serpentine*
366. Ellen Kushner — *À la pointe de l'épée*
367. K. J. Parker — *Les couleurs de l'acier* (La trilogie Loredan, I)
368. K. J. Parker — *Le ventre de l'arc* (La trilogie Loredan, II)
369. K. J. Parker — *La forge des épreuves* (La trilogie Loredan, III)
370. Thomas Day — *Le trône d'ébène*
371. Daniel F. Galouye — *Simulacron 3*
372. Adam Roberts — *Gradisil*
373. Georges Foveau — *L'Enfant Sorcier de Ssinahan* (INÉDIT)
374. Mathieu Gaborit — *Bohème*
375. Kurt Vonnegut Jr — *Le pianiste déchaîné*
376. Olivier Bleys — *Canisse* (INÉDIT)
377. Mélanie Fazi — *Arlis des forains*
378. Mike Resnick — *Ivoire*
379. Catherine L. Moore — *Les aventures de Northwest Smith*
380. Catherine L. Moore — *Jirel de Joiry*
381. Maïa Mazaurette — *Dehors les chiens, les infidèles*
382. Hal Duncan — *Évadés de l'Enfer !* (INÉDIT)
383. Daniel F. Galouye — *Le monde aveugle*
384. Philip K. Dick — *Le roi des elfes*
385. Poppy Z. Brite — *Contes de la fée verte*
386. Mélanie Fazi — *Notre-Dame-aux-Écailles*
387. J.G. Ballard — *Le monde englouti*
388. Jean-Philippe Jaworski — *Gagner la guerre*
389. Mary Gentle — *L'énigme du cadran solaire*
390. Stéphane Beauverger — *Le Déchronologue*
391. Robert Charles Wilson — *La cabane de l'aiguilleur*

392.	Christopher Priest	*L'Archipel du Rêve*
393.	McSweeney's	*Anthologie d'histoires effroyables*
394.	Robert Heinlein	*Marionnettes humaines*
395.	Norbert Merjagnan	*Les tours de Samarante*
396.	Jean-Philippe Depotte	*Les démons de Paris*
397.	Stephen Fry	*Le faiseur d'histoire*
398.	Kelly Link	*La jeune détective et autres histoires étranges*
399.	J.G. Ballard	*Sécheresse*
400.	Fabrice Colin	*Comme des fantômes*
401.	Ray Bradbury	*Les pommes d'or du soleil*
402.	Laurent Genefort	*Mémoria*
403.	Maïa Mazaurette	*Rien ne nous survivra*
404.	Eoin Colfer	*Encore une chose... (H2G2, VI)*
405.	Robert Charles Wilson	*Mysterium*
406.	Serge Lehman	*Le Haut-Lieu et autres espaces inhabitables*
407.	Isaac Asimov	*L'homme bicentenaire*
408.	Catherine Dufour	*L'accroissement mathématique du plaisir*
409.	Ian McDonald	*Brasyl*
410.	James Patrick Kelly	*Regarde le soleil*
411.	Alfred Bester	*L'homme démoli*
412.	Jack Vance	*Les chroniques de Durdane*
413.	Alfred Bester	*Terminus les étoiles*
414.	Isaac Asimov	*Cher Jupiter*
415.	Carol Berg	*L'Esclave* (Les livres des rai-kirah, I)
416.	Ugo Bellagamba	*Tancrède*
417.	Christopher Priest	*Le Glamour*
418.	Catherine Dufour	*Outrage et rebellion*
419.	Robert Charles Wilson	*Axis*

420.	Nick DiChario	*La vie secrète et remarquable de Tink Puddah*
421.	Thomas Day	*Du sel sous les paupières* (INÉDIT)
422.	Pierre Pelot	*La guerre olympique*
423.	Jeanne-A Debats	*La vieille Anglaise et le continent*
424.	Karl Edward Wagner	*Kane* (L'intégrale, I)
425.	Karl Edward Wagner	*Kane* (L'intégrale, II)
426.	Karl Edward Wagner	*Kane* (L'intégrale, III)
427.	Jean-Claude Dunyach	*Le jeu des sabliers*
428.	Jean-Michel Truong	*Le Successeur de pierre*
429.	Ray Bradbury	*Un remède à la mélancolie*
430.	Roger Zelazny	*Seigneur de Lumière*
431.	Clifford D. Simak	*Voisins d'ailleurs*
432.	Ian McDonald	*Roi du Matin, Reine du Jour*
433.	Thomas Day	*Sympathies for the devil*
434.	Hal Duncan	*Velum* (Le Livre de Toutes les Heures, I)
435.	Hal Duncan	*Encre* (Le Livre de Toutes les Heures, II)
436.	Steven Amsterdam	*Ces choses que nous n'avons pas vues venir*
437.	Serge Lehman présente	*Retour sur l'horizon*
438.	Carol Berg	*L'insoumis* (Les livres des rai-kirah, II)
439.	Henri Courtade	*Loup, y es-tu ?*
440.	Lord Dunsany	*La fille du roi des Elfes*
441.	Maurice Leblanc	*Le formidable événement*
442.	John Varley	*Le système Valentine*
443.	Philip K. Dick	*Le dernier des maîtres*
444.	Pierre Pevel	*Les Lames du Cardinal* (Les Lames du Cardinal, I)
445.	George R. R. Martin, Gardner Dozois & Daniel Abraham	*Le chasseur et son ombre*

446. Loïc Henry	*Loar*
447. Ray Bradbury	*Léviathan 99*
448. Clive Barker	*Hellraiser*
449. Robert Charles Wilson	*À travers temps*
450. Serge Brussolo	*Frontière barbare* (INÉDIT)
451. L. L. Kloetzer	*CLEER*
452. Cédric Ferrand	*Wastburg*
453. Jean-Claude Marguerite	*Le Vaisseau ardent*
454. Jean-Philippe Depotte	*Les jours étranges de Nostradamus*
455. Walter M. Miller Jr.	*L'héritage de saint Leibowitz*
456. Carol Berg	*Le vengeur* (Les livres des rai-kirah, III)
457. Philip K. Dick	*Question de méthode*
458. Leandro Ávalos Blacha	*Berazachussetts*
459. Alden Bell	*Les faucheurs sont les anges*
460. Pierre Pevel	*L'Alchimiste des Ombres* (Les Lames du Cardinal, II)
461. Xavier Mauméjean	*Rosée de feu*
462. Arkadi et Boris Strougatski	*Stalker*
463. Ian McDonald	*Le fleuve des dieux*
464. Barry Hughart	*La magnificence des oiseaux* (Une aventure de Maître Li et Bœuf Numéro Dix)
465. Serge Brussolo	*Trajets et itinéraires de la mémoire*
466. Barry Hughart	*La légende de la Pierre* (Une aventure de Maître Li et Bœuf Numéro Dix)
467. Jack McDevitt	*Seeker*

Ce volume a été composé
par IGS-CP à L'Isle-d'Espagnac (Charente)
Et achevé d'imprimer par Novoprint
à Barcelone, le 15 janvier 2014
Dépôt légal : janvier 2014

ISBN 978-2-07-045512-6 / Imprimé en Espagne.

256179